메뚜기의 하루

옮긴이 **이종인**

1954년 서울 출생. 고려대학교 영문학과 졸업.
한국 브리태니커 편집국장 역임. 이후 전문번역가로 활동하면서
『누구를 위하여 종은 울리나』『바벨탑』『문화가 중요하다』『축복받은 집』
『워킹 더 바이블』『죽기 전 100일 동안』등 120권의 책을 번역하였다.
지은 책으로는『전문번역가로 가는 길』이 있다.

메뚜기의 하루

1판 1쇄 인쇄 2002년 9월 25일
1판 1쇄 발행 2002년 10월 5일

지은이 | 너새네이얼 웨스트
옮긴이 | 이종인
펴낸이 | 정은숙
펴낸곳 | 마음산책

표지 사진 | THE LIBRARY OF AMERICA
편집 | 구윤회 · 고은희   디자인 | 이지윤
영업 | 공태훈   관리 | 동미옥
등록 | 2000년 7월 28일(제13 - 653호)
주소 | 서울시 서대문구 충정로 3가 270 (우 120 - 840)
전화 | 362 - 1452 ~ 4 팩스 | 362 - 1455
홈페이지 | http://www.maumsan.com
전자우편 | maum@maumsan.com

종이 공급 | 화인페이퍼
인쇄 | 한영문화사
제본 | 명지문화

ISBN 89 - 89351 - 29 - 4   03840

* 책값은 뒤표지에 있습니다.

메뚜기의 하루

너새네이얼 웨스트

마음산책

일러두기

이 책의 번역 텍스트는 New Direction Publishing Corporation의
페이퍼백 시리즈, 『Miss Lonelyhearts & The Day of the Locust』(NDP125)입니다.

그는 그들이 군중의 일부가 되면서
사람이 달라지는 것을 보았다.
군중들 사이에 들어가기 전까지
그들은 수줍고 겁먹은 표정이었지만 일단 군중 속에 들어가면
거만하고 사나운 사람으로 돌변했다.

아직 희망을 갖고 있는 사람들만이 눈물의 혜택을 받는다.

울고 나면 기분이 좋아지는 것이다.

하지만 호머처럼 희망이 없는 사람에게 눈물은 아무런 소용이 없다.

그 어떤 것도 그들의 삶을 바꾸어 놓지 못한다.

그들은 이 사실을 알고 있지만 그래도 울음을 멈추지 못하는 것이다.

1

 퇴근 무렵 토드 해케트는 사무실 밖의 도로에서 나는 시끄러운 소리를 들었다. 가죽 소리에 쇳소리가 뒤섞여 있었고 천 개의 말발굽이 다가닥거리는 요란스러운 소리였다. 그는 급히 창문으로 달려갔다.

 기병대와 보병대가 지나가고 있었다. 그것은 오합지졸처럼 움직였다. 마치 끔찍한 패배의 전장에서 대열이 흐트러진 채 달아나는 군대 같았다. 경기병의 망토, 근위병의 샤코 모자, 납작한 가죽 모자와 풍성한 붉은 깃털을 갖춘 하노버풍 경기병대의 말들, 그 모든 것들이 뒤죽박죽이 되어 혼란스럽게 걸어가고 있었다. 기병대 뒤에는 보병대가 걸어왔다. 바다의 파도처럼 흔들리는 작은 가방, 비스듬하게 맨 소총, 가슴에 엑스자로 맨 혁대, 좌우로 흔들리는 탄약통. 토드는 하얀 어깨받침을 댄 분홍색 군복의 영국 보병들, 독일 브런즈윅 공작 휘하의 검은 보병들, 거대한 하얀 색 각반을 착용한 프랑스의 근위 보병들, 평직 스커트 아래 맨다리를 드러낸 스코틀랜드 보병들을 보았다.

그가 그 광경을 지켜보고 있을 때, 코르크 차양 모자에 폴로 셔츠와 반바지를 입은 키 작고 뚱뚱한 남자가 건물의 코너에서 튀어나와 앞서가는 군대를 쫓아갔다.

"이 바보들아, 뛰어 가, 신 나인(장면 9)이야, 신 나인이라구!"

그는 자그마한 메가폰에다 악을 써댔다.

기병대는 말에 박차를 가했고 보병은 구보로 달려가기 시작했다. 코르크 차양 모자를 쓴 키 작은 남자는 주먹을 흔들고 욕설을 해대며 그들의 뒤를 쫓아갔다.

토드는 그들이 모형 미시시피 증기선 뒤로 사라질 때까지 쳐다보다가 연필과 화판을 치우고 사무실에서 나왔다. 스튜디오 바깥의 보도에서 그는 잠시 멈춰 서서, 걸어서 집에 갈지, 아니면 전차를 탈지 생각해보았다. 그는 할리우드에 온 지 겨우 석 달밖에 안 되었지만 여전히 할리우드가 매력적인 곳이라고 생각했다. 하지만 그는 게을러 터져서 걸어가는 것을 좋아하지 않았다. 결국 바인 스트리트까지 전차를 타고 가고 그 다음엔 집까지 걸어가기로 했다.

예일 대학 미대의 학부생 그림 전시회에서 그의 그림을 보고 마음에 든 내셔널 영화사의 인재 스카우터가 토드를 서부 해안으로 스카우트해왔다. 토드는 인터뷰 없이 전보를 주고받는 절차에 의해 채용되었다. 만약 스카우터가 토드를 직접 만났다면 할리우드의 무대와 의상 담당 디자이너로 그를 채용하지는 않았을 것이다. 키는 크지만 흐느적거리는 몸매,

천천히 움직이는 푸른 눈동자, 어설픈 웃음. 이런 것들은 그를 재능 없는 남자로 보이게 했고, 더 심하게 말하면 바보처럼 보이게 했다.

하지만 그런 외모에도 불구하고 그는 상자 속에 상자가 들어 있는 중국 상자처럼 복잡한 성격의 젊은이였다. 그가 앞으로 그리려고 하는 '불타는 로스앤젤레스'라는 그림이 완성되면 그에게 화가의 재능이 있다는 게 널리 알려지게 될 터였다.

토드는 바인 스트리트에서 하차했다. 길을 걸어가면서 그는 저녁의 인파를 쳐다보았다. 많은 사람들이 평상복을 입고 있었지만 자세히 보면 평상복이 아니었다. 그들의 스웨터, 반바지, 펑퍼짐한 바지, 놋쇠단추가 달린 푸른 플란넬 재킷 등은 가면무도회의 기발한 복장이었다. 요트 모자를 쓴 뚱뚱한 부인은 배를 타러 가는 것이 아니라 쇼핑을 하러 가는 중이었다. 노퍽 재킷에 티롤풍 모자를 쓴 신사는 등산을 마치고 돌아오는 길이 아니라 보험회사에서 퇴근하는 중이었다. 반바지에 운동화 그리고 반다나 모자를 쓴 여자는 테니스 연습장에서 나오는 것이 아니라 전화 교환대에서 막 퇴근하는 길이었다.

이런 가장행렬 같은 사람들 사이에 다른 타입의 사람들이 뒤섞여 있었다. 그들의 옷은 우편 주문으로 산 것인 양 색깔이 칙칙했고 재단이 엉성했다. 가장행렬의 사람들이 재빠르게 움직이면서 가게나 칵테일바로 들어가는 동안, 그들은 길

거리의 코너를 배회하거나 가게의 진열장에 등을 댄 채 서서 지나가는 행인들을 구경했다. 누군가가 그들을 쳐다보기라도 하면 그들의 눈에서는 증오가 뿜어져 나왔다. 이 당시 토드는 그들이 죽기 위해 캘리포니아에 왔다는 사실 외에는 그들에 대해서 잘 알지 못했다.

그는 그들에 대해 더 많은 것을 알아야겠다고 결심했다. 그들이야말로 그가 그려야 할 대상이었다. 그는 붉은 색깔의 농가 헛간이라든가 오래된 석벽이라든가 낸터컷 부두의 강인한 어부 등은 다시는 그리지 않겠다고 마음먹었다. 그들을 보는 순간, 그는 그의 인종, 교육, 전통에도 불구하고 윈즐로 호머(1836~1910. 미국의 화가로, 바다와 배 그림을 많이 그렸다―옮긴이)나 토마스 라이더(1847~1917. 미국의 화가로, 바다 그림을 많이 그렸다―옮긴이)는 그의 그림 스승이 될 수 없다는 것을 깨달았다. 그래서 그는 고야(1746~1828. 스페인의 화가로, 역사적 사건들에 대한 그림을 많이 그렸다―옮긴이)와 도미에(1808~1879. 프랑스의 화가로, 사회와 정치를 풍자한 그림을 많이 그렸다―옮긴이)에게 시선을 돌렸다.

그는 딱 알맞은 때에 그 사실을 알게 되었다. 미대 졸업반 때 그는 그림을 포기해야 할지도 모르겠다고 생각했다. 그림의 구도와 색채의 문제를 해결하는 데서 오는 즐거움은 그런 문제를 다루는 기술이 늘어남에 따라 반감되었다. 그는 자신이 동창생들과 마찬가지로 삽화나 응용미술 쪽으로 흘러가게 될지도 모른다고 생각했다. 할리우드에 일자리가 생겼을 때, 그 길로 나가면 그림과는 영영 이별이라는 친구들의 조언에도 불구하고 그는 그 일을 잡았다.

토드는 바인 스트리트의 끝에 이르러서 피니언 캐니언을 걸어 올라가기 시작했다. 주위가 어두워지기 시작했다.

나무들의 가장자리는 연한 보라색으로 빛났고 그 중심은 짙은 보라색에서 검은색으로 바뀌었다. 네온사인 같은 보라색 가두리 장식은 곱사등처럼 보기 흉한 언덕의 가장자리를 둘렀고 그 풍경은 거의 아름답기까지 했다.

하지만 석양의 부드러운 색깔도 집들의 모습을 바꾸어 놓지는 못했다. 멕시코풍 단층집, 사모아식 오두막, 지중해식 빌라, 이집트와 일본 식 사당, 스위스풍 샬레(城), 튜더식 오두막 등 이런 스타일이 뒤죽박죽으로 절충된 집들이 캐니언(계곡)의 등성이에 게껍질처럼 다닥다닥 달라붙어 있었다.

그 집들이 회반죽, 나뭇가지, 루핑지(紙) 등으로 되어 있다는 것을 발견했을 때, 그는 관대한 마음이 들어 그런 앙상한 몰골을 건축 자재 탓으로 돌렸다. 쇠, 돌, 벽돌은 건축업자의 상상을 약간 억제하여 집의 하중과 무게를 집 전체에 분산시키고 그리하여 집의 네 귀퉁이를 반듯이 서게 한다. 그러나 회반죽과 루핑지는 그 어떤 법칙도 지키지 않으며 심지어 중력의 법칙마저도 무시해버린다.

라 우에르타 도로의 구석에는 축소형 라인강의 성채가 세워져 있었는데, 성채의 꼭대기에는 찢어진 루핑지에 구멍을 뚫어 궁사(弓士)용 총안(銃眼)을 대신하고 있었다. 그 옆에는 마치 『아라비안 나이트』에서 금방 튀어나온 듯, 돔과 망루를 갖춘 화려한 색깔의 판잣집이 버티고 서 있었다. 또다시 그는 관대한 마음이 되었다. 그 두 집은 우스꽝스럽기 짝이 없었다. 하지만 그는 웃지 않았다. 남을 놀라게 하겠다는 그 의욕이 너무나 가상하고 진실해서 좋게 보아주기로 했다.

아무리 몰취미하고 끔찍하고 또 결과가 신통치 않다고 하더라도, 아름다움과 로맨스를 가져보겠다는 그 절실한 소망을 누가 비웃을 수 있으랴. 그런 것을 비웃기는 정말 어려운 것이다. 대신 그것을 보고 한숨을 내쉬기는 어렵지 않다. 정말 기괴한 것처럼 사람을 슬프게 하는 것은 다시 없다.

2

 그가 살고 있는 집은 샌버너디노 암스라는 이름의 보잘것없는 다세대 주택이었다. 장방형의 3층집으로 뒷면과 옆면은 색칠하지 않은 회반죽이었고 간간이 장식 없는 창문이 나 있었다. 앞면은 연한 겨자색이었고, 순무 모양의 상인방(上引枋)을 떠받치는 무어식의 분홍색 기둥으로 틀을 댄 이중 창문이 나 있었다.
 그의 방은 3층에 있었다. 하지만 그는 지금 2층 층계참에 서 있다. 2층의 208호에는 페이 그리너가 살고 있었다. 어떤 방에서 누군가의 웃음 소리가 터져나오자 그는 멋쩍은 표정을 지으며 황급히 계단을 올라갔다.
 그가 문을 여는데 카드 한 장이 바닥에 떨어졌다. 그 카드에는 커다란 글자로 '정직한 에이브 쿠직'이라고 씌어 있었다. 그리고 그 밑에 좀 작은 이탤릭체로—마치 신문 공고문의 효과를 내려는 듯—여러 가지 추천의 글이 실려 있었다.
 '…… 할리우드의 로이즈(보험회사)'—스탠리 로즈
 '에이브의 말은 모건 회사의 채권보다 더 낫다.'—게일 브

렌쇼

카드 뒷면에는 연필로 적어넣은 메시지가 있었다.

"킹핀 4번마, 솔리테어 6번마. 이 경주마에 걸면 큰돈을 벌 수 있습니다."

그는 창문을 열고 재킷을 벗은 다음 침대에 드러누웠다. 창문을 통해 네모난 에나멜 빛 하늘과 몇 그루의 유칼립투스 나무를 볼 수 있었다. 미풍이 길고 가는 나무 잎새에 불어와 먼저 초록 면을 보여주었고 이어 잎새를 뒤집어 은색 면을 보여주었다.

그는 페이 그리너를 생각하지 않기 위해 '정직한 에이브 쿠직'을 생각하기 시작했다. 그러자 다소 편안한 느낌이 되었고, 그는 그런 상태를 계속 유지하기를 바랐다.

에이브는 토드가 작업 중인 〈댄서들〉이라는 일련의 석판화에서 중요한 인물이었다. 그는 댄서들 중의 한 명이었다. 화면마다 춤추는 사람들이 바뀌었지만 그들을 쳐다보는 사람들은 똑같았다. 그들은 바인 스트리트에서 가장행렬을 쳐다보듯이 춤추는 사람들을 쳐다보았다. 에이브와 다른 춤꾼들이 낚시에 걸린 송어처럼 등을 비틀며 공중에서 미친 듯 회전하는 것은 관중들이 그렇게 쳐다봐주기 때문이었다.

그는 에이브의 타락한 꼬락서니를 보면 짜증이 치밀었지만 그래도 에이브와 함께 있는 것을 환영했다. 그 난쟁이는 그를 흥분시켰고 그에게 그림을 그려야겠다는 의욕을 고취시켰다.

그가 에이브를 처음 만난 것은 이바 스트리트의 샤토 미라벨라라는 여관에 묶고 있을 때였다. 이바 스트리트는 속칭 '라이솔 골목'이라고 했는데 샤토 미라벨라에는 주로 매춘부, 포주, 기둥서방, 뚜쟁이들이 살고 있었다.

아침이 되면 여관의 통로에서는 소독약 냄새가 심하게 났다. 토드는 그 냄새를 좋아하지 않았다. 게다가 경찰의 보호를 받는다는 그럴싸한 명목으로 여관의 임대료는 아주 높았다. 토드는 경찰의 보호를 받아야 할 일이 별로 없었다. 그는 이사를 하고 싶었지만 타고난 무기력증에다 어디로 이사해야 할지도 몰랐기 때문에 그럭저럭 샤토에서 버티다가 에이브를 만나게 되었다. 그건 아주 우연한 만남이었다.

그가 어느 날 밤늦게 집으로 가던 길에 그의 방 맞은편 복도에서 더러운 세탁물 꾸러미 같은 것을 발견하고 그냥 지나치려고 하는데, 그 꾸러미가 꿈틀거리면서 이상한 소리를 냈다. 담요에 둘둘 말아놓은 개인가 보다, 생각하며 성냥을 켜는 순간 그는 그 꾸러미가 난쟁이임을 발견했다.

성냥불은 곧 꺼졌고 그는 다시 황급히 성냥을 켜댔다. 그것은 여성용 플란넬 화장옷에 둘둘 감긴 남자 난쟁이였다. 꾸러미 끝부분의 둥그런 것은 약간 뇌수종에 걸린 듯한 그의 머리였다. 천천히 코고는 소리가 그 꾸러미로부터 흘러나왔다.

복도는 추웠고 외풍이 셌다. 토드는 그 남자를 깨우려고 발끝으로 톡톡 건드렸다. 그는 신음 소리를 내다가 눈을 떴다.

"여기서 자면 안 됩니다."

"젠장, 엿이나 먹어." 난쟁이는 그렇게 말하고 다시 눈을 감았다.

"감기에 걸릴지 몰라요."

그런 다정한 말이 난쟁이를 더욱 화나게 했다.

"내 옷 내놔!" 그가 소리쳤다.

난쟁이가 누워 있던 문의 틈새로 불빛이 흘러나왔다. 토드는 어떻게 된 것인가 알아볼 양으로 그 문을 노크했다. 잠시 후 어떤 여자가 그 문을 빠끔히 열었다.

"무슨 일이에요?"

"저기 당신 친구가 저렇게……"

두 사람은 그가 말을 끝내도록 내버려두지 않았다.

"그래서 어쨌다는 거야!"

그 여자는 악을 쓰더니 문을 쾅 닫았다.

"이 쌍년, 내 옷 내놔!"

난쟁이가 고함쳤다.

그녀는 문을 다시 열고 옷가지를 복도에다 재빨리 내던졌다. 상의와 바지, 셔츠, 양말, 구두, 속옷, 넥타이, 모자 등이었다. 그녀는 옷가지를 하나씩 내던질 때마다 지독한 욕설을 퍼부었다.

토드는 놀라서 휘파람을 불었다.

"정말 대단한 여자로군!"

"암요." 난쟁이가 말했다. "아주 지독한 년이에요. 매춘부 주제에 잘난 척하기는."

그는 자신의 말에 웃음을 터트렸다. 아주 새된 목소리였고 그가 지금껏 들어본 것 중 가장 난쟁이다운 목소리였다. 그는 힘들게 일어서더니 옷에 걸려 넘어지지 않도록 옷꾸러미를 주섬주섬 뭉뚱그렸다. 토드는 흩어진 옷가지를 줍는 것을 도와주었다.

"이봐요, 신사 양반," 그가 물었다. "당신 방에서 옷을 좀 입을 수 없을까요?"

토드는 그에게 욕실을 사용하도록 했다. 그가 나오기를 기다리는 동안 토드는 그 여자의 방에서 무슨 일이 벌어졌을까, 상상하지 않을 수 없었다. 괜히 끼어들었다는 후회가 되었지만 난쟁이가 모자를 쓰고 나오자 그는 기분이 한결 나아졌다.

난쟁이의 모자는 거의 모든 것을 원상 회복시켰다. 그 해에 할리우드에서는 티롤풍의 모자가 대유행이었는데 난쟁이의 모자는 아주 전형적인 티롤풍 모자였다. 멋진 초록색 모자는 운두가 높은 원추형이었다. 모자 앞부분에 놋쇠 버클이 있었으면 더욱 좋았겠지만 지금 그 상태로도 완벽했다.

그의 나머지 복장은 모자와 잘 어울리지 않았다. 끝이 뾰족하고 가죽 술이 달린 구두 대신에 파란색 더블 신사복, 검은색 셔츠, 노란색 넥타이 등을 걸치고 있었다. 휘어진 가시나무 지팡이 대신 그는 《데일리 러닝 호스*Daily Running Horse*》라는 경마 신문을 한 손에 말아 쥐고 있었다.

"저 싸구려 창녀에게 한번 자자고 했다가 그만 이런 꼴이 되었습니다."

그가 인사 삼아 그렇게 말했다.

토드는 머리를 끄덕거리면서 초록색 모자에 시선을 집중시켰다. 토드가 너무 빨리 고개를 끄덕거리자 난쟁이는 화를 냈다.

"어디 두고 보자구! 그 어떤 년도 이 에이브 쿠직을 괄시하고서 무사히 살아남을 수는 없어." 그가 씁쓸하게 말했다. "내가 20달러를 가지고 와서 저 년의 다리 몽둥이를 확 분질러 놓고 말 거야."

그는 두툼한 지갑을 꺼내 토드에게 흔들어 보이며 말했다.

"그래, 저 년이 감히 나를 괄시하려고 들어? 좋아, 어디 한번 해보자구……"

토드가 황급히 그의 말에 끼어들었다.

"당신 심정 이해합니다, 쿠직 씨."

난쟁이가 토드가 앉아 있는 곳으로 걸어왔다. 잠시 그는 난쟁이가 자신의 무릎 위에 앉는 것이 아닌가, 하는 생각을 했다. 그러나 난쟁이는 이름을 물으며 악수를 했을 뿐이었다. 난쟁이는 손아귀 힘이 아주 셌다.

"해케트 씨, 고맙습니다. 당신이 아니었더라면 저 문 앞에서 얼어죽을 뻔했소. 저 년은 나를 손님으로 받지 않겠다는 건데 앞으로 생각을 달리 먹어야 할 거요. 아무튼 고맙소."

"그만 잊어버리세요."

"난 절대로 잊어버리지 않아요. 난 반드시 기억해요. 나에게 지저분하게 논 인간과 나에게 잘해준 사람을."

그는 눈썹을 찡긋하더니 잠시 아무 말이 없었다.

"이봐요." 난쟁이가 입을 떼었다. "당신이 나를 이렇게 도와주었으니 보답을 해야죠. 에이브 쿠직이 아무개에게 빚을 졌다는 얘기가 나도는 건 싫어요. 그러니 한 가지 정보를 알려드리죠. 칼리엔테의 5번마에 돈을 걸어보세요. 5달러를 걸면 20달러를 벌 수 있어요. 내 정보는 정확합니다."

토드는 어떻게 대답해야 할지 몰라 망설였고 그런 망설임은 난쟁이를 화나게 했다.

"내가 당신에게 가짜 정보를 흘릴 것 같습니까?" 그가 인상을 쓰며 물었다. "정말 내가 그런 사람으로 보여요?"

토드는 그를 떼어버리기 위해 문 앞으로 걸어갔다.

"아니요." 그가 대답했다.

"그럼 왜 안 걸겠다는 겁니까?"

"말의 이름이 뭐죠?" 토드가 그를 진정시키기 위해 물었다.

난쟁이는 화장옷의 한쪽 소매를 잡고 질질 끌면서 토드를 따라 문 앞까지 왔다. 모자까지 썼어도 그의 키는 토드의 허리띠에도 미치지 못했다.

"트라고판. 아주 확실한 우승마죠. 그 말의 주인을 알고 있는데 그가 정보를 줬어요."

"그 마주는 그리스 사람인가요?"

그는 난쟁이를 문 앞까지 밀어내려는 자신의 의도를 감추기 위해 일부러 상냥하게 말했다.

"예, 그런데요. 그를 압니까?"

"모릅니다."

"모른다고요?"

"네, 몰라요."

토드는 약간 긴장된 목소리로 말했다.

"긴장 푸세요." 난쟁이가 말했다. "난 그저 당신이 그를 모르는데 어떻게 그리스 사람인 줄 아는지 궁금했을 뿐이오."

난쟁이는 의심으로 눈이 가늘어졌고 또한 주먹을 꽉 쥐었다.

토드는 그를 달래기 위해 미소를 지었다.

"난 단지 추측했을 뿐이오."

"추측이라고?"

난쟁이는 마치 권총을 꺼내거나 아니면 주먹을 날릴 것처럼 어깨를 움츠렸다. 토드는 뒤로 물러서면서 설명을 했다.

"트라고판은 꿩을 가리키는 그리스어이기 때문에 마주가 그리스인이 아닐까 생각했을 뿐이오."

난쟁이는 여전히 흡족하지 않다는 표정이었다.

"그 말의 뜻을 어떻게 압니까? 당신은 그리스인이 아니지 않소?"

"아닙니다. 하지만 그리스어를 좀 알아요."

"하, 그러니 당신은 먹물 든 사람이거나 만물박사로군요."

그는 발끝으로 움직이면서 한 걸음 앞으로 나왔고, 토드는 펀치를 저지할 자세를 취했다.

"대학을 졸업한 사람이로군. 가만 있자, 그러니까……"

난쟁이가 화장옷에 발이 걸려 앞으로 넘어졌다. 그는 재빨리 손으로 바닥을 짚어서 얼굴을 찧는 것을 피했다. 잠시 토드를 잊어버리고 화장옷을 저주하던 그는 그 여자에게 다시 욕설을 퍼붓기 시작했다.

"쌍년이 나를 괄시해!"

그는 엄지손가락으로 자신의 가슴을 계속 찔러댔다.

"중절 수술하라고 40달러를 준 게 누구야? 또 수술 후 시골에 내려가서 쉬라고 10달러를 준 게 누구야? 목장에 보낸 게 누구야? 그게 다 나잖아. 사기죄로 걸려서 산타 모니카 감방에 가 있는 걸 꺼내준 게 누구야? 엉, 누구냐고?"

"자, 이제 그만."

토드는 그를 재빨리 방 밖으로 밀어낼 태세를 취하며 말했다.

하지만 그는 난쟁이를 밀어낼 필요도 없었다. 난쟁이는 갑자기 문 밖으로 내달리더니 복도 아래쪽으로 달려갔다. 화장옷을 질질 끌면서.

며칠 뒤 토드는 잡지를 사기 위해 바인 스트리트에 있는 문방구에 들렀다. 그가 잡지 전시대를 살펴보고 있는데 누군가가 그의 양복 밑자락을 잡아끌었다. 난쟁이 에이브 쿠직이었다.

"지내는 게 어떠슈?"

그가 물었다.

토드는 그가 며칠 전 밤처럼 여전히 험악한 얼굴을 하고 있는 것을 보고 깜짝 놀랐다. 나중에 그를 좀 더 잘 알게 되었을 때 토드는 그런 얼굴이 일종의 농담이라는 것을 알 수 있었다. 그가 친구들에게 그런 얼굴을 해 보이면 친구들은 마치 으르렁거리는 강아지를 대하듯 그를 대했다. 강아지가 미친 듯이 대들면 일단 물리치고 그 다음에는 강아지의 약을 올려 다시 대들게 하는 그런 놀이…….

"좋아요." 토드가 말했다. "하지만 난 이사 갈 생각이에요."

그는 토요일은 대부분 집을 보러 다녔고, 머리속은 이사 생각으로 가득했다. 그러나 그 말을 하는 순간 그는 말을 잘못 했다는 것을 깨달았다. 시선을 다른 데로 돌리면서 그 얘기를 끝내려 했지만 난쟁이는 딱 붙잡고 놓아주지 않았다. 그는 자신이 주택 문제의 전문가라고 말했다. 열 군데 정도를 제시해도 토드가 아무런 반응을 보이지 않자 난쟁이는 마지막으로 샌버너디노 암스 다세대 주택을 생각해냈다.

"샌버두, 그곳이야말로 당신이 이사갈 곳입니다. 내가 거기 살아요. 그래서 그곳에 대해 아주 잘 알지요. 집주인이 최저가로 세를 내놓았어요. 그러니 아주 싼값에 얻어줄 수 있습니다."

"글쎄 그곳도 좀…….."

토드가 말했다.

난쟁이는 벌컥 화를 내면서 아주 기분 나쁘다는 표정을 지었다.

"물론 그곳도 당신 맘에 들지 않겠지. 하지만 그곳의 좋은 점은……"

토드는 난쟁이의 고집에 못이겨 그를 따라 피니언 캐니언까지 가보게 되었다. 샌버두의 방들은 작고 불결했다. 그러나 복도에서 페이 그리너를 보는 순간 그는 망설이지 않고 그 집의 방 하나를 임대했다.

3

 토드는 잠에 빠져들었다. 다시 깨어 보니 저녁 8시가 지나 있었다. 그는 목욕을 하고 면도를 한 다음 서랍 거울 앞에서 옷을 입었다. 칼라와 넥타이를 매만지면서 자신의 손가락을 보려고 했지만 그의 시선은 거울 위쪽에 꽂혀 있는 사진 위에 자꾸만 머물렀다.

 그것은 페이 그리너의 사진이었다. 그녀가 단역 배우로 출연했던 2릴(2000피트의 필름—옮긴이)짜리 코미디 영화의 스틸 사진이었다. 그녀는 기쁜 마음으로 그에게 그 사진을 건네주었고, 심지어 커다란 글씨로 '당신에게 존경의 마음을 보내며, 페이 그리너'라고 자필 서명을 하기까지 했다. 하지만 그녀는 그와의 우정은 거부했다. 보다 자세히 말하면 그와의 개인적 관계는 피하려고 했다. 그녀는 그에게 이유를 말해주었다. 그는 돈도 없고 잘생기지도 못해 그녀에게 제공할 게 별로 없는 남자라는 것이었다. 그녀는 잘생긴 남자만을 사랑할 수 있고 또 돈 많은 남자에게만 사랑을 허락할 것이라고 말했다. 토드는 '마음이 착한 남자'인데, 그녀 자신도 마음이 착한 남자를 좋아하기는 하지만 오로지 친구로만 좋아할 뿐이라는 것이었다. 그녀는 자신이 결코 비정한 게 아니라고 말하기도 했다. 단지 그녀는 사랑이 생겨날 수 있는 세계를 규정해 놓은 것뿐이며, 돈 많은 남자와 잘생긴 남자만이 그 세계에 들어올 수 있었다.

토드는 참담한 마음으로 그 사진을 바라보았다. 사진 속의 그녀는 하렘의 복장을 하고 있었다. 터키식 바지, 가슴받이 장식, 짧은 재킷 등을 입은 그녀는 비단 소파 위에 비스듬히 누워 있었다. 한 손에는 맥주병을, 다른 손에는 백랍 맥주잔을 들고서.

그는 영화 속의 그녀를 보기 위해 일부러 글렌데일까지 가서 그 영화를 보았다. 미국의 세일즈맨이 다마스쿠스 상인의 하렘('출입을 금하는 처소'라는 뜻의 아랍어로, 이슬람 국가에서 여자들이 분리되어 생활하던 거처—옮긴이) 속에서 길을 잃어 그 하렘 속의 여성들과 재미난 시간을 보낸다는 내용이었다. 페이는 하렘의 춤추는 여자들 중 하나였다. 그녀의 대사는 "오, 스미스 씨!"라는 짤막한 것 하나뿐이었는데 그나마도 서투르게 말하고 있었다.

그녀는 넓고 단단한 어깨, 칼같이 긴 다리를 가진 키 큰 여자였다. 그녀의 목 또한 기다란 기둥 같았다. 그녀의 얼굴은 신체의 다른 부분에 비해 풍만하고 컸다. 광대뼈가 넓고 얼굴 아래 부분과 눈썹 부분은 좁은 달 모양이었다. 그녀는 백금 같은 블론드 머리를 어깨까지 길렀다. 가느다란 푸른 리

본을 묶어 머리가 얼굴과 귀에 흘러내려오지 못하게 했고 나머지 머리카락은 위로 빗어 올려 정수리에 자그마한 매듭을 틀었다.

그녀는 영화 속에서 술을 마시지 않았으면서도 황홀한 표정을 짓기로 되어 있었는데 비교적 그 표정은 제대로 짓고 있었다. 팔과 다리를 벌린 채 소파에 누워 있는 그녀는 애인을 환영하는 듯한 자세였고 입술은 벌어져서 약간 시무룩한 미소를 짓고 있었다. 그녀는 누군가를 초대하는 듯한 표정을 짓고 있었지만 즐거움 쪽으로 초대하는 그런 표정은 아니었다.

토드는 담배에 불을 붙여 물고 신경질적으로 한 모금 빨아댔다. 그는 넥타이를 다시 매만졌으나 시선은 곧 사진으로 되돌아갔다.

그녀의 초대는 즐거움이 아니라 어렵고 힘든 갈등으로의 초대였다. 그것은 사랑보다는 살인에 가까운 것이었다. 만약 어떤 남자가 그녀에게 몸을 내던진다면 그것은 마천루의 꼭대기 층 난간에서 허공을 향해 떨어지는 것과 같다. 그 남자는 비명을 내지른다. 하지만 그는 다시 제자리로 돌아오지 못한다. 그의 이빨은 나무 판자에 박히는 못처럼 그의 두개골에 박히고 그의 등은 부러진다. 그는 땀을 흘릴 시간이나 눈을 감을 시간조차 없다.

그는 자신의 그런 표현에 간신히 웃음을 터뜨렸다. 하지만 그것은 진짜 웃음이 아니었고 아무것도 그 웃음에 의해 파괴

되지 않았다.

 만약 그녀가 허락한다면 그는 그 결과에 상관없이 기꺼이 허공에 몸을 날릴 각오가 되어 있었다. 하지만 그녀는 그를 받아주려 하지 않았다. 그녀는 그를 사랑하지 않았고 그는 그녀의 출세에 도움이 되지 못했다. 그녀는 감상적인 여자가 아니었고, 설혹 그가 따뜻한 애정을 베풀어준다고 해도 그런 애정은 원하지 않았다.

 옷을 다 입은 그는 재빨리 방 밖으로 달려나갔다. 클로드 에스티의 파티에 가겠다고 약속했던 것이다.

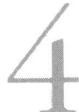

 클로드는 성공한 시나리오 작가로 미시시피 주 빌록시 근처에 있는 뒤피 맨션을 그대로 복제한 커다란 집에서 살고 있었다. 토드가 회양목 울타리 사이에 난 길을 걸어 올라가자 클로드는 식민지 시대의 남부 농장 소유주다운 동작을 해 보이면서 거대한 이층 현관 앞에서 그를 맞이했다. 그는 남북전쟁 때의 대령처럼 발뒤꿈치를 중심으로 몸을 앞뒤로 움직이면서 배가 툭 튀어나온 사람의 시늉을 했다.

 하지만 그는 배가 전혀 없었다. 우체부처럼 얼굴이 울퉁불퉁하고 어깨가 굽은 아주 바싹 마른 남자였다. 우체부의 모헤어 상의와 특색 없는 바지가 그에게 어울릴 듯했으나 그는 평상시처럼 세련된 복장을 하고 있었다. 그의 갈색 상의 옷깃의 구멍에는 레몬꽃이 꽂혀 있었다. 그가 입고 있는 바지는 체크무늬의 붉은 해리스 트위드였고 신발은 적갈색 블루처 구두였다. 그의 셔츠는 상아색 플란넬이었고 니트 넥타이는 붉다 못해 검은색이었다.

 클로드가 내민 손을 잡기 위해 토드가 계단을 올라갈 때 그는 시종에게 소리쳤다.

"이봐, 검은 악당, 박하 줄렙(위스키에 박하를 넣은 음료—옮긴이)을 가져와."

중국인 하인이 스카치와 소다수를 들고 달려왔다.

토드와 잠깐 얘기를 나눈 다음, 클로드는 그를 현관 저쪽 편에 있는 아내 앨리스 쪽으로 데려갔다.

"일찍 가지 마." 그가 속삭였다. "우리는 오늘 저녁 재미난 집에 갈 거니까."

앨리스는 조앤 쉬워츤이라는 부인과 함께 등나무 흔들의자에 앉아 있었다. 그녀가 그에게 테니스를 칠 줄 아느냐고 묻자 쉬워츤 부인이 대화에 끼어들었다.

"물고기 잡는 그물을 사이에 두고 공을 쳐 넘겨야 하다니 얼마나 어리석은 스포츠예요. 그 덕분에 수백만의 소비자가 청어를 먹지 못하잖아요."

"조앤은 여자 테니스 챔피언이에요."

앨리스가 설명했다.

쉬워츤 부인은 손발이 크고 어깨가 떡 벌어진 덩치 큰 여자였다. 그녀는 열여덟 처녀의 얼굴에 정맥이 튀어나온 서른다섯 여자의 목을 갖고 있었다. 햇빛에 그을려 약간 푸른 빛이 돌기까지 하는 루비색 선탠 때문에 얼굴과 목의 부조화가 그런 대로 가려지고 있었다.

"우린 이번에 색싯집에 가보았으면 좋겠어요." 그녀가 말했다. "난 그런 집을 좋아해요."

그녀는 토드에게 얼굴을 돌리며 눈꺼풀을 파닥거렸다.

"해케트 씨, 당신도 그렇지요?"

"당연한 얘기지, 조앤." 앨리스가 그 대신 대답했다. "젊은 남자를 훈련시키는 데에는 색싯집만한 게 없어. 좋은 경험이 되는 거지."

"어떻게 내게 그런 무례한 소리를!"

그녀는 일어서서 토드의 팔을 잡았다.

"나를 저기까지 에스코트 해줘요."

그녀는 클로드와 함께 얘기하고 있는 남자들을 가리켰다.

"제발, 그렇게 해요." 앨리스가 말했다. "그녀는 그들이 지저분한 얘기를 하고 있다고 생각하니까."

쉬워츠 부인은 토드를 뒤에 달고서 남자들 사이로 쑥 밀고 들어갔다.

"음담패설을 하고 있죠?" 그녀가 물었다. "나 음담패설 좋아해요."

그들은 모두 공손하게 웃었다.

"아니요. 직업과 관련된 얘기를 하고 있었어요." 그들 중 한 사람이 말했다.

"믿을 수 없는데요. 짐승 같은 당신들 목소리에서 그걸 금방 알아볼 수 있었어요. 자, 계속 음란한 말들을 나누세요."

이번에는 아무도 웃지 않았다.

토드는 그녀의 손을 뿌리치려 했으나 그녀가 팔을 꽉 잡고 있었다. 잠시 어색한 침묵이 흘렀고 방금 그녀에게 대답을 했던 남자가 다시 대화를 시작했다.

"영화 산업은 너무 겸손해요." 그가 말했다. "우리는 쿰스 같은 사람들에 대해 당연히 분노를 표시해야 합니다."

"그래, 맞아요." 다른 남자가 말했다. "그런 자들은 여기 와서 떼부자가 되어 놓고선, 자기 할 일은 내팽개친 채 이곳에 대해 불평만 털어놓습니다. 그 자들은 동부로 돌아가서는 그들이 만나보지도 못한 영화 제작자들에 대해 온갖 황당한 얘기를 꾸며내고 있어요."

"어머, 저런." 쉬워츠 부인은 토드에게 무대 위의 독백처럼 커다란 목소리로 말했다. "저들은 정말 사업 얘기를 하고 있군요."

"술을 마실 남자를 알아봅시다."

토드가 말했다.

"아니에요. 나를 정원에 좀 데려다줘요. 수영장 안에 뭐가 있는지 보았나요?"

그녀는 그를 잡아끌었다.

정원에는 미모사와 인동 덩굴의 향기가 진동했다. 검푸른 하늘의 빈틈을 통해 거대한 뼈 단추 같은, 울퉁불퉁한 달이 얼굴을 쑥 내밀었다. 양쪽에 나 있는 협죽도 때문에 폭이 좁아진, 포석을 간 작은 도로를 걸어가니 푹 꺼진 수영장의 가장자리가 나왔다. 그는 제일 깊은 바닥에 거대한 검은 물체가 놓여 있는 것을 보았다.

"저건 뭐죠?"

그가 물었다.

그녀가 관목 밑에다 숨겨 놓은 스위치를 발로 차서 켜자 물속에 잠긴 전깃불이 물을 초록색으로 비추었다. 그것은 죽은 말이었다. 아니, 실물 크기의 모조품이었다. 다리는 높이 치켜올리고 있었고 거대한 배는 아주 팽팽하게 늘어져 있었다. 커다란 머리는 한쪽으로 비틀어져 있었고 고통스런 웃음을 짓고 있는 듯한 입에서는 둔탁한 검은 혀가 비어져 나와 있었다.

"정말 멋지지 않아요!" 쉬워츤 부인이 소리쳤다. 그녀는 박수를 치면서 어린 소녀처럼 깡충깡충 뛰었다.

"저건 무엇으로 만든 거죠?"

"속아 넘어가지 않으시려고? 정말 예의도 없어! 물론 고무로 만든 거죠. 돈이 많이 들었어요."

"하지만 왜 저런 것을?"

"재미있잖아요. 어느 날 우리가 수영장을 바라보고 있는데 제리 애피스가 수영장 바닥에 죽은 말을 놓아두면 멋있겠다고 말했어요. 그래서 앨리스가 하나 사들였지요. 멋지다고 생각하지 않으세요?"

"정말 그렇군요."

"그렇게 야비하게 말하지 말아요. 저걸 사람들에게 보여주고 사람들이 아, 오, 하고 감탄하는 것을 보면서 에스티 부부가 느꼈을 행복감을 한번 생각해봐요."

그녀는 수영장의 가장자리에 서서 연속하여 아, 오, 하고 여러 번 말했다.

"그거 아직도 거기 있어?" 누군가가 말했다.

토드는 고개를 돌려 두 여자와 한 남자가 길 아래로 내려오는 것을 바라보았다.

"저 말의 배가 터질 것만 같아." 쉬워츤 부인이 재미있어 죽겠다는 어조로 그들에게 말했다.

"좋았어." 그 남자가 말을 보기 위해 서둘러 달려오며 말했다.

"하지만 공기가 가득 들어 있을 뿐이야."

여자들 중 하나가 말했다.

쉬워츤 부인은 막 울음을 터트릴 것 같은 시늉을 했다.

"당신은 야비한 해케트 씨와 똑같군요. 당신은 나의 환상을 조용히 내버려두지 않으려 해요."

그녀가 그를 불렀을 때 토드는 절반쯤 집으로 걸어가고 있었다. 그는 손을 흔들었지만 걸음을 멈추지는 않았다.

클로드와 함께 있는 남자들은 여전히 사업 얘기를 하고 있었다.

"하지만 영화 산업을 움직이고 있는 저 무식한 자들을 어떻게 제거하죠? 그 자들은 이 산업을 완전히 장악했어요. 그 자들은 머리만 굴리는 자들이지만 아무튼 훌륭한 사업가예요. 그들은 재산 수탁을 받으면 어떻게 해야 이빨 사이에 금시계를 물 수 있는지 알고 있어요."

"그들은 영화로 벌어들인 수백만 달러의 일부를 영화 산업에 재투자해야 돼요. 재단을 세운 록펠러처럼 말이에요. 사람들은 록펠러 가문을 증오했지만 이제는 그들의 재산이 불법 재산이라고 소리치지 않고 록펠러 재단이 하는 일을 칭찬하고 있어요. 그거 아주 멋지잖아요. 그러니 영화 산업도 그렇게 돼야 해요. 영화 재단을 만들어서 과학과 예술에 기부금을 내도록 하는 거예요. 그러니까 영화 산업의 외부를 그럴 듯하게 꾸미는 거예요."

토드는 클로드를 한쪽으로 불러내어 작별 인사를 하려 했다. 하지만 그는 놓아주려 하지 않았다. 클로드는 그를 서재로 데리고 가서 스카치 더블 두 잔을 만들었다. 그들은 벽난로를 바라보고 있는 소파에 앉았다.

"오드리 제닝스의 집에 가본 적 없지?" 클로드가 물었다.

"아니요. 하지만 소문은 많이 들었어요."

"좋아. 그렇다면 오늘 저녁 같이 가도록 해."

"나는 색싯집에 별 취미가 없습니다."

"아니 색시하고는 상관없는 일이야. 우린 그 집에 영화를 보러 갈 거야."

"나는 곧 우울해질 텐데요."

"제닝스의 집에서는 그렇지 않을 거야. 그녀는 악덕을 기막히게 포장해 매력적인 것으로 만들었지. 그녀의 술집은 산업디자인의 승리라고 할 수 있어."

토드는 클로드가 말하는 것을 듣기 좋아했다. 그는 코믹한 수사법을 잘 구사하는 사람이었다. 그래서 자신의 도덕적 분노를 표현하면서도 동시에 세속적이고 재치 넘친다는 평판을 얻을 수 있었다.

"나는 그녀가 셀로판지로 얼마나 잘 포장을 하는지에는 관심이 없어요." 토드가 그에게 직설적으로 말했다. "여자 있는 술집은 사람을 우울하게 해요. 은행, 우편함, 무덤, 자판기 등 무언가를 보관하고 있는 장소가 다 그렇듯이 말이에요."

"사랑은 자판기 같지 않아?" 클로드가 말했다. "그건 그리 나쁜 것도 아니야. 동전을 넣고 레버를 쭉 내리면 되는 거야. 그러면 자판기의 내부에서는 기계적인 동작이 발생해. 자네는 자그마한 과자를 받고서 지저분한 거울에 비친 자네 모습에 인상을 한번 쓰고 우산을 꼭 잡은 뒤 걸어가기만 하면 돼. 마치 아무 일도 일어나지 않은 것처럼. 이건 아주 좋아. 하지만 영화에는 맞질 않아."

토드는 또다시 직설적으로 말했다.

"그런데 사랑의 현실은 그렇지 않아요. 나는 최근에 한 여자를 쫓아다니고 있는데 그건 호주머니에 감추기에는 너무 큰 그런 물건이에요. 서류가방이나 작은 여행가방 같은 거예요. 그래서 나는 아주 불편해요."

"나도 알아, 안다구. 그건 늘 불편해. 먼저 오른손이 피곤해지고 그 다음에는 왼손이 피곤해지지. 그래서 자네는 그 여행가방을 내려놓고 그 위에 앉아버리지. 그러면 사람들이 놀라면서 자네를 쳐다봐. 그래서 딴 데로 가야만 하지. 자네가 그 가방을 나무 뒤에 숨기고 황급히 달아나면 누군가가 뒤쫓아오면서 그것을 돌려주지. 자네가 아침에 집을 나설 때 그건 싸구려 물건이 든 소형 여행가방이었지만, 저녁에 퇴근해 돌아오면 네 귀퉁이에 놋쇠가 달리고 외국 딱지가 많이 붙은 대형 트렁크가 되어버리지. 나도 알아. 그건 좋은 얘기이긴 하지만 영화로 만들 거리는 아니야. 영화를 보아줄 사람을 생각해야 하거든. 가령 퍼듀의 이발사를 한번 생각해보라고. 그는 하루 종일 남의 머리를 깎아서 저녁에는 피곤하단 말야. 그는 여행가방을 들고 다니거나 자판기 앞에서 고민하는 그런 멍청이에겐 전혀 관심이 없어. 이발사가 원하는 건 번쩍거리는 사랑과 매혹이야."

마지막 말은 그에게도 해당되는 것이었다. 그는 한숨을 크게 쉬었다. 그가 또 다른 말을 직설적으로 하려고 하는데 중국인 하인이 들어와서 다들 제닝스 부인 집으로 갈 준비가 되었음을 알렸다.

5

 그들은 여러 대의 차에 나누어 타고 출발했다. 토드는 클로드가 모는 차의 조수석에 앉았다. 그들이 선셋 불르바드를 달려갈 때 클로드는 토드에게 제닝스 부인 애기를 해주었다. 그녀는 무성영화 시절에 꽤 이름난 여배우였지만 토키 영화가 나오면서 일을 얻기가 어려워졌다. 다른 많은 왕년의 배우들처럼 단역이나 잡역이 되기보다 그녀는 뛰어난 사업 감각을 발휘해 콜하우스(색싯집)를 열었다. 그녀는 결코 악질적이지 않았다. 오히려 그 반대였다. 그녀는 다른 여자들이 도서관을 운영하는 것과 마찬가지로 예리하고 멋들어지게 그 사업을 운영했다.

 콜걸들은 그녀의 집에서 살지 않았다. 고객에게서 전화가 오면 그녀가 여자를 보내주기만 하면 됐다. 가격은 하룻밤에 30달러였고 제닝스 부인은 그 중 15달러를 챙겼다. 어떤 사람은 50% 수수료가 너무 세다고 할지 모르지만 그녀는 정직하게 받을 값만 받는 것이었다. 우선 경상비가 엄청났다. 그녀는 콜걸들이 대기할 수 있는 아름다운 집과, 그들을 고객에게 데려다주는 자동차와 운전사를 유지해야 했다.

또한 좋은 고객을 유지하려면 그럴 듯한 사교계에 출입을 해야 했다. 모든 남자가 하룻밤에 30달러를 내놓을 형편은 되지 못하는 것이다. 그녀는 자신이 데리고 있는 여자들에게 고상한 취미와 분별력은 물론이고 재산과 지위가 있는 남자들에게만 봉사할 것을 요구했다. 그녀는 조건이 아주 까다로워서 여자를 보내기 전에 고객의 신원을 먼저 파악했다. 그녀는 자기 자신이 한번 자보고 싶은 생각이 들지 않는 남자에게 자기 여자애를 보내고 싶은 마음이 없다고 자주 말했다.

그녀는 정말 교양이 흘러넘쳤다. 신분 높은 방문객들은 그녀를 만나는 일이 아주 즐거울 거라고 미리 생각했다. 하지만 막상 그녀를 만나면 그들은 실망했다. 그녀가 너무나 세련되었기 때문이었다. 그들은 보편적 관심사에 대해서 재미나게 얘기하기를 원하는 반면, 그녀는 거트루드 스타인(1874~1946. 미국의 여류 문인―옮긴이)이나 후앙 그리스(1887~1927. 스페인의 화가―옮긴이) 같은 인물에 대해 토론하기를 고집했다. 저명한 방문객이 아무리 노력하고 또 특별한 수단을 동원한다 해도 그녀의 세련된 매너와 교양을 흐트러트리지는 못했다.

제닝스 부인이 그들을 맞이하기 위해 문 앞에 나왔을 때에도 클로드는 그의 독특한 수사법을 구사해가며 여전히 제닝스 부인 얘기를 하고 있었다.

"이렇게 다시 만나게 되어 너무나 반가워요." 그녀가 말했다. "나는 어제 다과회에서 프린스 부인에게 말했답니다. 에스티 부부는 내가 좋아하는 사람들이라고 말입니다."

그녀는 금발머리에 붉은 안색을 가진, 부드럽고 온화한 분위기의 잘생긴 여인이었다.

그녀는 자주색, 회색, 장미색으로 단장된 자그마한 거실로 그들을 안내했다. 천장과 베네치아풍 블라인드는 장미색이었고 벽에는 자주색 꽃무늬가 듬성듬성 들어 있는 연회색 벽지가 발라져 있었다. 한쪽 벽에는 말았다 폈다 할 수 있는 은색 스크린이 쳐져 있었고, 그 반대편 벽의 체리목 테이블 양옆으로 의자들이 나란히 놓여 있었다. 의자는 장미색과 회색의 반짝거리는 사라사 무명으로 덮여 있었는데 가두리 장식은 자주색이었다. 테이블 위에는 영사기가 놓여 있었다. 야회복을 입은 젊은 남자가 양손으로 그 영사기를 만지작거리고 있었다.

그녀는 그들에게 앉으라고 손짓을 했다. 그때 웨이터가 들어와서 무엇을 마시겠느냐고 물었다. 웨이터가 주문을 받아 간 뒤 그녀가 전원을 껐고 젊은 남자가 기계를 작동하기 시작했다. 기계는 경쾌한 소리를 내며 돌아갔지만, 그는 영사기의 초점을 맞추느라고 애를 먹고 있었다.

"제일 먼저 무엇을 볼 건가요?" 쉬워츤 부인이 물었다.

"〈마리의 곤경〉(Le Predicament de Marie)이에요."

"그거 멋질 것 같군요."

"매력적이에요. 아주 매력적인 영화예요."

제닝스 부인이 말했다.

"그렇습니다." 아직도 애를 먹고 있는 카메라맨이 말했다. "나는 〈마리의 곤경〉을 좋아합니다. 이 영화에는 사람을 흥분시키는 독특한 매력이 있어요."

시간이 상당히 지체되었고 그동안 그는 기계를 제대로 작동시키지 못해 여전히 쩔쩔매고 있었다. 쉬워츤 부인이 휘파람을 불고 발을 동동 구르자 다른 사람들도 따라 했다. 그들은 니켈로디언(5센트 영화관—옮긴이) 시절의 무식한 관중들을 흉내내고 있었다.

"이봐, 빨리 돌리라구."

"빨리 돌린다더니 어떻게 된 거야? 여기 당신 모자 있어."

"말(馬)을 가져와!"

"빨리 내보내!"

젊은이는 마침내 영사기의 광선을 스크린 위에 투사시킬 수 있었고 그리하여 영화는 시작되었다.

LE PREDICAMENT DE MARIE
ou
LA BONNE DISTRAITE
(마리의 곤경 또는 정신이 헷갈리는 하녀)

하녀인 마리는 아주 짧은 스커트에 몸에 꽉 끼는 검은 실크 유니폼을 입은 몸매 좋은 젊은 여자였다. 그녀는 머리에 자그마한 레이스 모자를 썼다. 첫 장면은 육중한 가구들이 꽉 들어찬, 참나무 벽면의 식당에서 그녀가 중산층 가족의 저녁식사에 시중을 드는 장면이다. 그 가족은 아주 점잖은 가족으로 프록 코트을 입고 수염을 기른 아버지, 고래뼈 칼라에 카메오 브로치를 찬 어머니, 콧수염을 기르고 턱이 거의 없는 가늘고 긴 체구의 아들, 머리에 커다란 나비 매듭 리본을 매고 목에 십자가 목걸이를 한 어린 소녀, 이렇게 네 명이었다.

아버지의 턱수염과 수프를 소재로 저질 코미디를 연출한 다음, 배우들은 보다 진지한 주제에 접근해갔다. 온 가족이 마리에게 엉큼한 마음을 가지고 있는 데 비해, 정작 마리는 어린 소녀에게 엉큼한 마음을 가지고 있다. 냅킨으로 손을 가리면서 아버지는 마리의 엉덩이를 꼬집고, 아들은 그녀의 드레스 목 부분 아래쪽을 보려 하고, 어머니는 그녀의 무릎을 쓰다듬는다. 한편 마리는 은밀하게 어린 소녀의 몸을 주무른다.

장면은 마리의 방으로 바뀐다. 그녀는 옷을 벗었으나 검은 실크 스타킹과 굽 높은 신발은 그대로 둔 채 시퐁(비단) 네글리제로 갈아입었다. 그녀가 정성스럽게 밤 화장을 하고 있는데 어린 소녀가 방으로 들어왔다. 마리는 그 애를 무릎 위에 올려놓고 키스한다. 그때 문에서 노크 소리가 난다. 그녀는 당황하면서 그 애를 벽장 속에 감추고 수염 난 아버지를 방으로 맞아들인다. 그는 뭔가 의심하고 있고, 그래서 마리는 그의 수작을 받아준다. 그가 그녀를 포옹하고 있는데 문에서 노크 소리가 난다. 또다시 깜짝 놀라며 정지 화면. 이번에는 콧수염 난 아들이었다. 마리는 아버지를 침대 밑에 숨긴다. 아들의 몸이 뜨거워지려는 순간 또 다른 노크 소리가 들려온다. 마리는 아들을 커다란 담요 옷장에 들어가게 한다. 새로운 방문자는 그 집의 여주인이었다. 그녀가 막 애무 작업에 돌입하려고 하는데 또다시 노크 소리가 난다.

이번에는 누구일까? 전보일까? 경찰관일까? 마리는 미친 듯이 숨길 곳을 찾아본다. 온 집안 식구가 그 방 안에 함께 있었다. 그녀는 문으로 살금살금 걸어가 귀를 기울인다.

"지금 이 방 안으로 들어오려고 하는 자는 누구일까?"

스크린에 그런 문장이 뜬다.

그리고 바로 그 순간에 영사기가 또다시 말썽을 일으켰다. 야회복을 입은 젊은이는 마리 못지 않게 당황해한다. 그가 간신히 영사기를 고치자마자 불빛이 번쩍이더니 필름이 획 하는 소리를 내며 끝까지 다 돌아가고 말았다.

"정말 미안합니다." 그가 말했다. "제가 곧 필름을 다시 감겠습니다."

"이거 사기 아니야?" 누군가가 소리쳤다.

"가짜다!"

"속임수다!"

"사람을 애태우게 하려는 구태의연한 수작이다!"

그들은 발을 동동 구르며 휘파람을 불어댔다.

사람들이 그렇게 요란을 떠는 와중에 토드는 몰래 그 방에서 빠져나왔다. 그는 신선한 공기를 좀 들이마시고 싶었다. 통로에서 어슬렁거리고 있던 웨이터는 집 뒤의 베란다를 가리켰다.

베란다에서 돌아오는 길에 그는 다른 방들을 둘러보았다. 어떤 방에는 골동품 캐비닛 안에 모형 개들이 다수 보관되어 있었다. 유리 포인터, 은제 비글, 백자 슈나우저(테리어), 돌 닥스훈트, 알루미늄 불독, 마노 휘핏, 도자기 바셋, 나무 스패니얼 등 사람들이 알아볼 만한 개는 다 있었고, 모두가 조각이나 주조의 방법으로 온갖 다양한 재료를 이용하여 만든 것들이었다.

그가 모형 개들을 살펴보며 감탄하고 있는 동안, 어떤 여자의 노랫소리가 들려왔다. 그는 그 목소리가 낯익다고 생각하며 통로 쪽을 내다보았다. 페이 그리너의 친한 친구인 메리 도브였다.

그렇다면 페이도 제닝스 부인 밑에서 일하는 것은 아닐까? 만약 그렇다면 20달러만 있으면……

그는 영화의 나머지 부분을 보러 돌아갔다.

　자그마한 수수료를 지불함으로써 고민을 해결하려던 토드의 희망은 그리 오래가지 못했다. 클로드를 시켜 제닝스 부인에게 페이 건을 물어본 결과 그런 여자의 이름은 들어본 적이 없다는 대답이 돌아왔다. 클로드는 메리 도브를 통해 한번 알아보라고 제닝스 부인에게 요청했다. 며칠 뒤 그녀는 그에게 전화하여 방법이 없다는 답을 해왔다. 그런 이름의 여자는 그 업계에 나와 있지 않다는 것이었다.

　토드는 별로 실망하지 않았다. 그는 그런 식으로 페이를 손에 넣고 싶지 않았다. 그에게는 아직도 몇 가지 다른 방법이 남아 있었다. 최근에 그는 좋은 방법 하나를 알아냈다. 그녀의 아버지 해리가 병들었는데 토드는 그 때문에 그들의 집을 배회할 수 있는 핑계 거리를 얻었다. 그는 노인의 잔심부름도 해주고 또 노인의 말동무도 해주었다. 그런 친절에 보답하기 위해 그녀는 그를 가족 같은 친구로 인정해주었다. 그는 그녀의 감사의 정이 더욱 깊어져 그 이상이 되기를 희망했다.

이런 목적이 아니더라도 그는 해리에게 흥미를 느꼈고 그를 방문하는 것을 좋아했다. 노인은 광대였고 화가라면 당연히 그렇듯이 그도 광대를 좋아했다. 그러나 그보다 더 중요한 것은 그의 광대 노릇이 그것을 바라보는 사람들에게 단서(화가의 단서이므로 상징의 형태를 띤 단서)가 된다는 것이었다. 마치 페이의 여러 가지 꿈들이 또 다른 단서가 되는 것처럼.

그는 해리의 침대 옆에 앉아서 한 시간이 넘게 그의 얘기를 들었다. 보드빌(코미디언, 가수, 댄서, 곡예사, 마술사 등이 출연하는 쇼—옮긴이)과 벌레스크(코미디, 노래, 춤 따위가 뒤섞인 저급한 쇼—옮긴이)에서 40년 동안 활동했기 때문에 그에게는 이야기 거리가 많았다. 그의 말에 따르면 그의 인생은 '누운 자세에서 몸을 채뜨려 일으키기' '아주 무시무시한 묘기' '날아다니는 번데기' '폭발하는 난로에서 도망치기' 등의 연속이었다. 폭발하는 난로는, 와이오밍 주 메디슨 해트의 대홍수에서부터 온타리오 주의 무스 팩토리에서 마주친 분노하는 경찰관에 이르기까지 자연계와 인간 사회에서 벌어지는 온갖 재앙을 가리키는 은유적 표현이었다.

무대 경력을 처음 쌓기 시작했을 때 그는 광대 노릇을 극장 무대에만 국한시켰었다. 하지만 이제 그는 언제 어디서나 마음 내키는 대로 광대 짓을 했다. 그것은 그의 유일한 방어 기제였다. 그는 대부분의 사람들이 광대 짓이라고 생각하면 약간 나쁜 짓을 해도 봐준다는 것을 알고 있었다.

그는 자신의 구부정한 모습의 우스꽝스러움을 강조하기 위해 일련의 우아한 몸짓을 해 보였고 또 전혀 어울리지 않는 싸구려 복장으로 은행가를 흉내내어 웃음을 자아내려고 했다. 그 가짜 은행가 복장은 운두가 높은 지저분한 더비 모자, 윙 칼라, 물방울 무늬의 매듭 넥타이, 단추가 번쩍거리는 더블 양복, 회색 줄이 쳐진 바지 등으로 이루어졌다. 그의 복장은 아무도 속여넘기지 못했을 뿐만 아니라 그 자신도 누구를 속이려는 생각은 없었다. 그의 엉큼한 속셈은 전혀 다른 데 있었다.

무대에서 그는 완전한 실패작이었고 그도 그것을 알고 있었다. 하지만 그는 과거에 딱 한 번 성공에 가까이 다가간 적이 있었다고 말했다. 그것을 증명하기 위해 해리는 일요판 《타임스Times》의 연극란에서 오려낸 낡은 기사를 토드에게 보여주었다.

그 기사의 제목은 '남루한 할리퀸(광대)'이었다.

"광대극은 아직 죽지 않고 브루클린에 살아 있다. 아니, 보다 정확하게 말하면 지난 주 오글소프 극장 무대에서 해리 그리너라는 사람에 의해 살아났다. 그리너 씨는 '날아다니는 링 가족'의 일원이다. 독자들이 이 기사를 읽고 있는 지금쯤 그 단원들은 코네티컷 주의 미스틱이나, 대도시가 아닌 소도시 혹은 기타 지역으로 이동했을 것이다. 독자 여러분이 시간이 있고 또 연극 무대를 사랑한다면 모든 수단을 동원해 링 가족이 지금 어디에 있는지 찾아보기 바란다.

이 기사의 제목대로 남루한 할리퀸인 그리너 씨는 처음 무대에 등장할 때에는 전혀 남루하지 않고 오히려 깨끗하고 상냥하고 산뜻하다. 그러나 네 명의 근육질 동양인 링 가족과의 공연을 마칠 무렵이면 그의 복장은 아주 남루해진다. 그는 옷이 너덜너덜해지고 피를 흘리지만 그래도 상냥한 것은 여전하다.

그리너 씨가 무대에 등장하면 트럼펫은 그에 따라 잠잠해진다. 어머니 링은 입에 문 가느다란 막대기 끝으로 접시를 돌리고 있고, 아버지 링은 옆으로 재주넘기를 하고, 딸 링은 공을 여러 개 공중에 던져 올려 저글링을 하고 있고, 아들 링은 무대 앞부분의 아치에 자신의 변발을 이용하여 공중에 매달려 있다. 그렇게 힘들게 움직이고 있는 동료들을 보면서 그는 아주 뻔한 세속적 행동으로 자신의 혼란을 감추려고 한다. 그는 딸 링을 간지럼 태우려고 하다가 배에 강한 발길질을 당한다. 그런 발길질을 당하자 그는 이제 자신에게 익숙한 분야로 되돌아와 썰렁한 농담을 지껄이기 시작한다. 아버지 링이 그의 뒤에 살금살금 다가와 그를 번쩍 집어들어 아들 링에게 던진다. 그러면 아들은 다른 곳을 쳐다보며 외면한다. 공중에 붕 떴던 그리너 씨는 속절없이 땅에 털썩 떨어진다. 그는 등을 대고 누운 자세로 아까 하던 썰렁한 농담을 마친다. 드디어 그가 일어서자 그의 농담에 전혀 웃지 않던 관중들은 그의 절름발이 걸음에 웃음을 터뜨린다. 그래서 그는 공연 내내 절름발이 행세를 한다.

그리너 씨는 또 다른 이야기를 시작한다. 전보다 더 길고 더 지루한 이야기이다. 그가 짤막하고 멋진 농담을 던지려는 순간, 오케스트라가 굉음을 울리면서 그의 말을 익사시켜버린다. 하지만 그는 아주 끈질기고 아주 용감하다. 그는 또다시 그의 얘기를 시작한다. 하지만 오케스트라는 그가 끝까지 얘기하도록 내버려두지 않는다. 만약 그 모든 것이 명백한 광대 짓이 아니라면 그의 뻣뻣한 작은 몸에 엄습하는 고통은 실로 참아내기 어려웠을 것이다.

피날레는 아주 멋지다. 링 가족이 공중을 휙휙 날아다니는 동안, 그리너 씨는 현실 인식과 중력의 작용으로 땅에 몸을 꼭 붙이고 엎드려 있다. 그는 공중을 날아다니는 동양인들 때문에 놀라지도 걱정하지도 않는다는 인상을 관중들에게 심어주려고 애쓴다. 그는 온갖 손짓 발짓을 다 해가며 그런 인상을 꾸며낸다. 하지만 그의 표정은 그런 몸짓을 부정한다. 시간이 흘러가면서 아무도 다치지 않고 그는 자신감을 되찾는다. 곡예사들은 그를 무시하고 그도 그들을 무시하는 것이다. 마지막 승리는 그의 것이므로 그에게 칭찬이 돌아가야 마땅하다.

나의 첫 번째 생각은 힘 있는 제작자가 그리너 씨를 아름다운 여자들과 화려한 커튼을 배경으로 하는 시사 풍자극에 등장시켜야 한다는 것이었다. 하지만 두 번째 생각은 그렇게 하는 건 실수일 거라는 것이다. 어쩌면 그리너 씨는 비옥한 땅에 옮겨 심으면 죽어버리는 야생식물 같은 존재인지도 모른다. 그러니 그를 복화술사와 여자 자전거 곡예사를 배경으로 하는 보드빌(음악이 들어 있는 짧은 희극―옮긴이) 무대에서 활짝 피게 하는 것이 더 좋을 것이다."

해리는 이런 기사를 오려 놓은 것이 열 개 이상이나 되었다. 그 중 어떤 것은 오래 되어서 종이가 너덜너덜했다. 그는 《버라이어티Variety》에 자그마한 광고(힘 있는 제작자가 그리너 씨를 아름다운 여자들과 화려한 커튼을 배경으로 하는 시사풍자극에 등장시켜야 한다)를 실어서 일자리를 구하려고 해보았지만 그게 여의치 않자 할리우드로 왔다. 영화에 단역 코미디언 배우로 출연해보자는 속셈이었다. 하지만 그의 재능을 요구하는 영화는 거의 없었다. 그리하여 그의 말마따나 그는 "가난으로 온몸에서 악취가 났다." 스튜디오에서 벌어들이는 아주 빈약한 수입을 보충하기 위해 그는 집의 화장실에서 초크, 비누, 노란 기계용 유지(油脂) 등을 섞어 만든 은(銀)식기 광택제를 팔러 돌아다녔다. 페이는 센트럴 캐스팅(단역 배우 모집소)에 나가 있지 않을 때에는 그녀의 모델 T 포드 차를 끌고서 아버지와 함께 광택제 판매에 나섰다. 부녀가 지난번에 마지막으로 장삿길에 나섰을 때 해리는 그만 병이 나고 말았다.

바로 이 장삿길에서 페이는 호머 심프슨이라는 새로운 구애자를 알게 되었다. 해리가 병으로 자리보전한 지 일 주일쯤 되었을 때 토드는 처음으로 호머를 만났다. 그가 노인과 말동무를 하며 얘기를 할 때 갑자기 노크 소리가 들렸다. 토드가 문을 열어 보니 한 남자가 페이에게 줄 꽃다발과 그녀의 아버지에게 줄 포트 와인 한 병을 들고 서 있었다.

토드는 그를 찬찬히 살펴보았다. 그는 한눈에 그 사람이 '죽기 위해 캘리포니아로 온 사람'이라는 것을 알아보았다. 충혈된 눈과 약간 떠는 듯한 손은 영락없이 그 타입이었다.

"내 이름은 호머 심프슨입니다." 그 남자가 약간 떠는 목소리로 말했다. 그는 불안한 듯 몸을 주뼛거리더니 땀이 전혀 나지 않은 이마를 접은 손수건으로 훔쳐냈다.

"좀 들어오지 않으시렵니까?" 토드가 물었다.

그는 무겁게 머리를 흔들더니 와인과 꽃을 토드에게 내밀었다. 토드가 뭐라고 말하기도 전에 그는 사라져버렸다.

토드는 자신이 사람을 잘못 보았다는 것을 알았다. 호머 심프슨은 겉모습만 그런 타입일 뿐이었다. 죽기 위해 캘리포니아로 오는 사람들은 전혀 수줍어하질 않았다.

선물을 해리에게 가져갔지만 그는 전혀 놀라지 않았다. 그는 호머가 광택제를 사준 고마운 고객이라고 말했다.

"저 기적 광택제가 내게 많은 손님을 알게 해주었지."

나중에 집에 돌아온 페이는 아까 호머가 다녀간 얘기를 듣고 아주 즐거워했다. 부녀는 토드에게 호머를 만난 경위를 얘기해주면서 몇 초 간격으로 얘기를 멈추고 서로 웃음을 터트렸다.

그리고 토드는 길 건너편 대추야자나무 그늘에서 해리의 집을 응시하고 있는 호머를 발견했다. 그는 몇 분 동안 지켜보다가 다정하게 소리치며 인사를 했다. 호머는 대답을 하지 않고 달아났다. 그 다음 날에도 또 그 다음 날에도 토드는 야자나무 아래에 숨어 있는 그를 발견했다. 그는 나무 뒤로 몰래 돌아가서 호머에게 접근했다.

"안녕하십니까, 심프슨 씨." 토드가 부드럽게 말했다. "그리너 가족은 당신의 선물을 매우 고맙게 생각하고 있어요."

심프슨은 이번에는 달아나지 않았다. 토드가 그를 나무 쪽으로 압박했기 때문이었다.

"그거 잘됐네요." 그가 불쑥 말했다. "나는 지나가는 길이었습니다. …… 난 길 위쪽에 살고 있습니다."

겨우 몇 분 동안 대화를 나눈 뒤 호머는 곧 달아났다.

그 다음에는 토드는 살금살금 다가가지 않아도 그에게 다가갈 수 있었다. 그때부터 호머는 그의 접근에 즉각적으로 반응해왔다. 비록 노골적인 동정이긴 했지만, 토드의 동정은 호머의 말문을 열어주었고 때로는 수다스러운 사람으로까지 만들었다.

7

 토드는 적어도 하나는 제대로 맞추었다. 그가 관심을 갖고 있는 사람이 대부분 그렇듯이 호머도 중서부 출신이었다. 그는 아이오와 주 디모인 근처의 웨인빌이라는 작은 마을 출신이었다. 그는 그 마을의 한 호텔에서 20년 동안 근무했다.

 어느 비 오는 날 공원에 앉아 있다가 그는 감기에 걸렸고 그것은 다시 폐렴으로 발전했다. 그가 병원에서 퇴원해 보니 일하던 호텔은 새로운 경리 직원을 채용해 놓고 있었다. 호텔은 그를 다시 받아주겠다고 했으나 그의 의사는 요양차 캘리포니아에 갈 것을 권했다. 의사는 아주 권위 있는 사람이었고 그래서 호머는 웨인빌을 떠나 서부 해안으로 왔다.

 로스앤젤레스의 철도변 호텔에서 일주일을 묵은 뒤 그는 피니언 캐니언의 한 집을 임대했다. 그것은 부동산 중개인이 두 번째로 보여준 집이었다. 하지만 그는 피곤한 데다 또 중개인이 심하게 윽박지르는 바람에 그 집을 계약해버렸다.

 그는 그 집의 위치를 마음에 들어 했다. 그것은 캐니언의 맨 뒤에 있는 집이었고 차고 뒤로는 언덕이 가파르게 솟아올라 있었다. 언덕에는 루핀, 풍륜초, 양귀비, 그리고 다양한 종류의 노란 데이지가 뒤덮여 있었다. 키 작은 소나무, 조수아 나무, 유칼립투스 나무 들도 있었다. 부동산 중개인은 야생 비둘기나 깃털메추라기도 볼 수 있다고 말했으나 그가 거기 사는 동안 본 것이라고는 커다란 검은 거미들과 도마뱀뿐이었다. 하지만 그는 도마뱀을 아주 좋아하게 되었다.

임대가 잘 되지 않는 집이었기 때문에 임대료는 쌌다. 이 근방에 집을 얻는 사람들은 대부분 '스페인풍'의 집을 원했다. 하지만 부동산 중개인의 말에 의하면 호머가 임대한 집은 '아일랜드풍'이었다. 호머는 그 집이 좀 이상야릇하게 보인다고 말했으나 중개인은 오히려 아주 멋지게 보인다고 주장했다.

그 집은 정말 이상야릇했다. 아주 크면서도 비뚤비뚤한 석조 굴뚝과, 큰 덮개에 이엉 지붕을 가진 자그마한 지붕창 등이 그러했다. 특히 지붕창은 정문의 양 옆까지 낮게 내려와 있었다. 이 문은 그을린 참나무처럼 보이도록 페인트칠을 한 고무나무로 만든 것이었는데 거대한 경첩으로 움직이는 것이었다. 그 경첩은 기계로 만든 것이었지만 손으로 만든 것처럼 보이기 위해 스탬프가 여러 군데 찍혀 있었다. 지붕 이엉에도 그와 비슷한 배려와 손길이 뻗쳐 있었다. 그 이엉은 실제 볏짚으로 만든 것은 아니었고 그 대신 볏짚처럼 보이는 방화용 중질지로 만든 것이었다.

그런 눈 가리고 아웅 식의 취미는 거실에서도 그대로 재현

되었다. 거실은 '스페인풍'이었다. 벽에는 핑크색이 섞인 연한 오렌지색 벽지가 발라져 있었고, 그 위에 붉은색과 황금색의 실크로 만든 문장(紋章) 깃발이 걸려 있었다. 벽난로 선반에는 거대한 갤리선이 놓여 있었다. 그 배의 선체는 회반죽이었고, 돛은 종이, 그리고 삭구(索具)는 철사였다. 벽난로 위에는 화려한 색상의 멕시코 화분에 든 다양한 선인장들이 놓여 있었다. 그 중 어떤 것은 고무와 코르크로 만든 것이었고 어떤 것은 진짜 식물이었다.

방 안의 전등은 갤리선 모양의 붙박이등이었는데 갑판에서 호박색 전구가 툭 비어져 나와 있었다. 테이블에는 램프가 놓여 있었고 램프의 갓은 양피지처럼 보이게 하기 위해 기름을 발라 놓았다. 갓에는 여러 척의 갤리선이 그려져 있었다. 창문의 양 옆에는 붉은 벨벳 휘장이 검은 이지창(二枝槍)으로부터 드리워져 있었다.

가구는 빛바랜 붉은 다마스크 천으로 씌워진 소파, 발받침대, 역시 붉은색인 낡은 안락의자 세 개가 있었다. 방 한가운데에는 아주 기다란 마호가니 테이블이 있었다. 테이블은 버팀다리 타입이었고 커다란 놋쇠못이 박혀 있었다. 안락의자 옆에는 각각 소형 테이블이 놓여 있었는데 디자인이나 색깔은 의자와 똑같았고 테이블 위에 채색 타일을 붙인 것만이 달랐다.

두 개의 자그마한 침실에는 또 다른 스타일이 도입되었다. 부동산 중개인은 그것이 '뉴잉글랜드풍'이라고 했다. 방에는 나무 무늬를 넣은 쇠로 만든 스풀 침대, 커피숍에서 흔히 볼 수 있는 윈저풍 의자, 페인트칠을 하지 않은 소나무처럼 보이도록 페인트칠한 가버너 윈스롭풍의 옷장 등이 있었다. 바닥에는 소형 훅트 양탄자(삼베에 천조각으로 수놓듯 꿰어 만든 양탄자—옮긴이)가 깔려 있었다. 옷장을 마주보는 벽에는 눈 덮인 코네티컷의 농가와 늑대를 그린 채색 판화가 걸려 있었다. 두 침실은 내부 장식이 완전히 똑같았다. 심지어 그림도 똑같이 복사한 것이었다.

그 외에 화장실과 주방이 있었다.

8

 호머가 이 새집에 정착하는 데에는 몇 분밖에 걸리지 않았다. 그는 트렁크를 열어서 진회색 양복 두 벌을 꺼내어 침실 벽장에다 걸었고 셔츠와 속옷은 옷장 서랍에다 넣었다. 방 안의 가구는 재배치하지 않고 그대로 두었다.

 아무런 목적도 없이 집과 방을 한번 둘러본 후 그는 거실의 소파에 앉았다. 마치 호텔 로비에 앉아서 누군가를 기다리는 듯한 자세였다. 그는 손만 까딱거리면서 그런 자세로 30분 동안 앉아 있었다. 그러다가 침실로 들어가 침대의 가장자리에 앉았다.

 아직 이른 오후밖에 되지 않았는데도 그는 아주 졸렸다. 그는 침대에 드러누워 잠자는 것이 두려웠다. 악몽을 꾸기 때문이 아니라 다시 깨어나는 것이 너무나 어렵기 때문이었다. 그는 잠이 들 때면 늘 자신이 다시는 깨어나지 못할 거라는 두려움을 느꼈다.

 하지만 그의 두려움이 그의 수면 욕구만큼 강하지는 못했다. 그는 자명종을 가져다가 저녁 7시에 맞춰 놓고 침대에 누위 그것을 귀 바로 옆에다 놓았다. 두 시간 뒤(그에게는 불과 몇 초처럼 느껴졌다) 자명종이 울렸다. 벨이 일 분쯤 울리자 그는 정신을 차리기 위해 몸부림쳤다. 그 몸부림은 아주 처절했다. 신음 소리를 냈고 머리가 떨렸고 발은 쫙 뻗어졌다. 마침내 그는 눈을 살짝 떴다가 크게 떴다. 다시 한번 승리는 그의 것이었다.

그는 사지를 쫙 뻗은 채 침대에 누워 온몸의 감각을 느껴 보고 몸의 모든 부분을 테스트해 보았다. 모든 부분이 깨어 났으나 양손은 아니었다. 양손은 아직도 잠을 자고 있었다. 그는 놀라지 않았다. 양손은 언제나 특별한 주의를 요했다. 어린아이였을 적에 그는 양손에 핀을 찔러보기도 했고 심지어는 불 속에 집어넣어 보기도 했다. 하지만 이제는 불 대신 찬물을 이용했다.

그는 조잡하게 만들어진 자동인형처럼 몸의 각 부분을 천천히 들어올려 침대에서 내려와 화장실로 들어갔다. 그는 차가운 물을 틀었다. 세면대에 물이 가득 차자 그는 손목까지 손을 집어넣었다. 양손은 세면대 바닥에 한쌍의 수중 동물처럼 가만히 있었다. 완전히 차가워져서 꾸물거리기 시작하자 그는 양손을 꺼내어 타월에 닦았다.

감기에 걸린 듯했다. 그는 욕조에 뜨거운 물을 틀어 놓고 천천히 옷을 벗었다. 옷의 단추를 제대로 끄르지 못해 뭉그적거리는 모습이 마치 낯선 사람의 옷을 벗기는 것 같았다. 그는 욕조에 물이 완전히 차기 전에 옷을 다 벗었고 그래서 의자에 걸터앉아 기다렸다. 그는 거대한 양손을 배 위에 얌전히 올려놓았다. 전혀 미동도 하지 않았지만 그 손은 쉬고 있다기보다 굴절된 것처럼 보였다.

거대한 조각상에나 어울릴 법한 커다란 손과 그에 비해 턱없이 작은 머리를 제외하면, 그의 몸은 아주 균형이 잘 잡혀 있었다. 근육은 크고 우람했고 가슴은 아주 넓었다. 하지만 그의 몸에는 뭔가 잘못된 구석이 있었다. 그의 키와 덩치에도 불구하고 강건하다거나 힘차다는 인상을 조금도 주지 못했다. 그는 피카소의 추상화에 나오는 무기력한 운동선수와 닮았다. 분홍색 모래를 맥없이 내려다보고 줄무늬 대리석의 물결 무늬를 뚫어지게 응시하는 운동선수……

욕조에 물이 가득 차자 그는 안으로 들어가 뜨거운 물에 몸을 깊숙이 담갔다. 그리고 시원하다는 듯이 툴툴거리는 소리를 냈다. 하지만 그는 곧 과거의 기억을 떠올리게 될 것이다. 그가 조금도 준비되어 있지 않은 바로 그 순간에. 그는 눈물을 가득 쏟아내고 가슴속에서 늘 불안하게 어른거리는 흐느낌을 토해 올림으로써 그 기억을 피해나가려고 애썼다. 그는 처음에는 부드럽게 울다가 나중에는 엉엉 목놓아 울었다. 그가 토하는 소리는 묽은 죽을 핥는 개가 짖는 소리와 비슷했다. 그는 자신이 아주 비참하고 고독하다는 사실에 집중하려고 했다. 하지만 그것은 통하지 않았다. 그가 그토록 피하고 싶어하는 과거의 기억이 꾸역꾸역 그의 머릿속으로 밀려들고 있었다.

그것은 전에 그가 호텔에서 일할 때 벌어진 일이었다. 어느 날 로몰라 마틴이라는 여자 손님이 엘리베이터 안에서 그에게 말을 걸었다.

"심프슨 씨, 당신이 경리 직원 심프슨 씨지요?"

"예."

"나는 611호에 묵고 있어요."

그녀는 어린애처럼 키가 작았고 재빠르면서도 신경질적인 여자였다. 그녀는 네모난 진 술병이 들어 있는 듯한 꾸러미를 안고 있었다.

"그런데요." 호머는 남에게 다정하게 대하려는 자신의 본능적 반응을 억누르며 말했다. 그는 미스 마틴이 숙박료가 몇 주나 밀려 있는 술주정꾼이라는 것을 객실 담당 직원으로부터 들어 알고 있었다.

"오! ……" 그 여자는 일부러 교태를 부려 자신의 작은 몸집을 내보임으로써 그들의 덩치 차이를 강조했다. "숙박료 때문에 염려를 끼쳐서 죄송해요. 나는……"

그렇게 다정하게 나오는 그녀의 태도는 호머를 당황스럽게 했다.

"지배인에게 말씀해보시죠." 그는 시선을 돌리며 그녀의 말을 끊었다.

사무실로 돌아온 그는 후둘후둘 떨고 있었다.

뻔뻔스러운 여자! 물론 그녀는 술주정뱅이지만 자신이 무슨 짓을 하고 있는지 모를 정도로 술에 취해 있지는 않았다.

그는 황급히 자신의 흥분에 혐오감이라는 딱지를 붙여주었다.

얼마 후 지배인이 그를 불러서 미스 마틴의 숙박료 장부를 가져오라고 했다. 지배인실에 가보니 객실 담당인 미스 칼라일이 거기 있었다. 호머는 지배인이 그녀에게 하는 말을 가만히 들었다.

"당신이 611호 방을 내줬소?"

"네, 제가 내줬습니다."

"왜 내줬지? 그 여자 겉모습만 봐도 뻔하잖아."

"술에 취하지 않았을 때에는 안 그래요."

"아무튼 좋아. 우리 호텔에 그런 여자는 필요없어."

"죄송합니다."

지배인은 그에게 시선을 돌리더니 그가 들고 있는 숙박료 장부를 넘겨받았다.

"그 여자, 31달러나 밀려 있습니다." 호머가 말했다.

"그 여자는 밀린 돈을 내고 호텔에서 나가야 해. 그런 여자는 필요없어." 그가 미소 지었다. "특히 숙박료를 잘 안 낼 때는 말이야. 그 여자 방에 전화를 대."

호머는 교환원에게 611호를 부탁했으나 잠시 후 전화를 받지 않는다고 교환원이 말해왔다.

"그 여자 호텔 안에 있습니다." 호머가 말했다. "제가 아까 엘리베이터에서 봤습니다."

"청소 담당에게 알아보도록 하지."

잠시 뒤 호머가 경리 장부와 씨름하고 있는데 전화벨이 울렸다. 지배인이었다. 청소 담당이 611호에 사람이 있는 것을 확인했으니 그 여자의 방에 가서 돈을 받아내라는 지시였다.

"돈을 내든지 아니면 나가라고 해."

그가 제일 먼저 생각해낸 것은 지금 바쁘니 미스 칼라일을 대신 보내면 어떻겠느냐는 것이었다. 하지만 감히 그런 제안은 하지 못했다. 그는 장부 계산을 하면서 자신이 아주 흥분하고 있다는 것을 깨달았다. 그것은 오싹한 전율이었다. 그의 신경을 타고 감각의 작은 파도가 흘렀고 혀 밑바닥이 따끔거렸다.

6층에서 내렸을 때 그는 조금은 쾌활한 기분이 되었다. 그의 발걸음은 공중에 붕 떠 있는 것 같았고 그는 자신의 신경질적인 손을 전혀 의식하지 않았다. 그는 611호 앞에 멈춰 노크를 할 것 같은 자세를 취하다가 갑자기 겁을 집어먹었다. 그리고는 문을 두드리지 못하고 손을 내렸다.

그는 그 문을 밀고 들어갈 수가 없었다. 이런 일에는 미스 칼라일을 보내야 했다.

복도 끝에서 그를 지켜보고 있던 청소 담당이 그에게 다가왔기 때문에 그는 달아날 수도 없었다.

"대답이 없는데요." 호머가 황급히 말했다.

"세게 노크를 했어요? 그 년은 방에 있어요."

호머가 대답을 하기도 전에 청소 담당이 먼저 쾅쾅 문을 두드렸다.

"열어!" 그녀가 소리쳤다.

호머는 방에서 사람이 움직이는 소리를 들었다. 이어 문이 살짝 열렸다.

"누구세요?" 가녀린 목소리가 물었다.

"경리 직원 심프슨입니다." 그가 숨찬 목소리로 말했다.

"들어오세요."

문이 약간 더 열렸고 호머는 청소 담당을 감히 쳐다보지도 못한 채 방으로 들어섰다. 그는 방 한가운데로 쑥 들어가 멈춰 섰다. 처음에 그는 코를 찌르는 술 냄새와 썩은 담배 냄새만을 의식했으나 조금 있다가 그 냄새 밑에 어른거리는 금속성의 향수 냄새를 맡았다. 그의 눈은 작은 동그라미를 그리며 움직였다. 바닥에는 옷, 신문, 잡지, 병 따위가 나뒹굴고 있었다. 미스 마틴은 침대의 한쪽 구석에 쪼그리고 앉아 있었다. 그녀는 남성용 검은색 실크 가운을 입고 있었다. 가운의 손목과 목 칼라 부분은 푸른 색이었다. 짧게 깎은 머리는 볏짚단 같은 색깔과 윤기가 났고, 그녀는 꼭 어린 소년 같아 보였다. 그녀의 소년다움은 푸른 단추 눈, 핑크빛 단추 코, 붉은 단추 입에 의해 더욱 강조되었다.

호머는 너무 흥분되어 말을 한다거나 머리를 굴리는 일은 도저히 할 수가 없었다. 그는 사태에 잘 대처하기 위해 눈을 감았고 자신의 느낌을 조심스럽게 달래야 했다. 조심해야 했다. 왜냐하면 그가 너무 빨리 움직이면 신체가 위축되어 온몸이 차가워지기 때문이었다. 차가운 느낌은 점점 커지고 있었다.

"제발 가주세요. 난 술에 취했어요." 미스 마틴이 말했다.

호머는 움직이지도 말하지도 않았다.

그녀는 갑자기 흐느껴 울기 시작했다. 그녀가 만들어내는 그 거칠고 쉰내 나는 소리는 그녀의 배에서 올라오는 것 같았다. 그녀는 양손에 얼굴을 묻고 양 발로 마루를 동동 굴렀다.

감정이 너무 격렬해져서 호머의 머리는 중국 용 인형의 머리처럼 뻣뻣하게 흔들렸다.

"난 거지예요. 한푼도 없어요. 땡전 한닢도 없다구요. 당신한테 말했잖아요."

호머는 지갑을 꺼내어 그걸로 여자를 후려칠 것처럼 다가갔다.

그녀는 겁을 먹으며 뒤로 물러섰고 그녀의 흐느낌 소리는 더욱 커졌다.

그는 지갑을 그녀의 무릎 위에 떨어트리고 나서 그 다음엔 어떻게 해야 할지 몰라 멍하니 서 있었다. 그녀는 지갑을 보자 일순 미소를 지었으나 곧 다시 흐느끼기 시작했다.

"앉으세요." 그녀가 말했다.

그는 침대 위 그녀 옆에 앉았다.

"당신은 이상한 사람이에요." 그녀가 수줍은 목소리로 말했다. "이렇게 친절하게 해주신 보답으로 키스해드릴게요."

그는 그녀를 양팔로 잡으면서 포옹했다. 그의 갑작스러운 태도는 그녀를 겁먹게 했고 그래서 그녀는 몸을 뒤로 빼내려 했다. 하지만 그는 계속 붙잡으면서 어색한 자세로 그녀를 애무하기 시작했다. 그는 자신이 무슨 행동을 하고 있는 건지 전혀 의식하지 못했다. 지금 이 순간 그가 느끼고 있는 느낌이 아주 달콤하다는 것과, 그 달콤함을 흐느껴 우는 불쌍한 여인에게 전달해야겠다는 생각뿐이었다.

미스 마틴의 흐느낌 소리는 점점 작아졌고 곧 완전히 멈추었다. 그는 그녀가 안절부절못하면서도 힘을 내고 있다는 것을 느낄 수 있었다.

그때 전화벨이 울렸다.

"받지 말아요." 그녀가 다시 흐느껴 울기 시작하면서 말했다.

그는 그녀를 부드럽게 밀어내고 전화기가 있는 데로 가서 전화를 받았다. 미스 칼라일이었다.

"괜찮으세요?" 그녀가 물었다. "아니면 경찰을 부를까요?"

"괜찮아요." 그가 전화를 끊었다.

상황은 끝나버렸다. 그는 다시 침대로 돌아갈 수가 없었다.

미스 마틴은 깊은 고뇌를 담은 그의 표정을 보며 웃음을 터트렸다.

"이 거대한 암소야, 진을 가져와." 그녀가 쾌활하게 소리쳤다. "테이블 밑에 있어."

그는 그녀가 다리를 벌리며 침대에 드러눕는 것을 보았다.

그 태도가 무엇을 의미하는지는 너무나 분명했다. 그는 방에서 뛰쳐나왔다.

이제 캘리포니아에 온 그는 그후 미스 마틴을 다시 보지 못했기 때문에 눈물을 흘리고 있다. 그 다음 날 지배인은 일 처리를 잘했다며 그를 칭찬했고 그녀가 밀린 숙박료를 다 지불하고 호텔에서 나갔다고 말했다.

호머는 그 여자를 찾으려고 애썼다. 웨인빌에는 규모가 작고 허름한 호텔이 두 개 더 있었다. 그는 두 호텔을 모두 알아보았다. 또 방을 빌려주는 곳들도 알아보았다. 하지만 찾아내지 못했다. 그녀는 마을을 떠나버린 것이다.

그는 고정적인 일과로 되돌아가 열 시간 일하고, 두 시간 식사하고, 그 나머지 시간은 잠을 잤다. 그러다가 감기에 걸렸고 캘리포니아로 가서 정양을 하라는 권고를 받았다. 그는 당분간 일을 하지 않아도 금전적으로 아무런 고통이 없었다. 아버지가 약 6천 달러의 유산을 남겨주었고 20년 동안 호텔 경리로 일하면서 1만 달러를 모았기 때문이다.

9

 그는 욕조에서 나와 거친 타월로 재빨리 몸을 닦은 후 옷을 입기 위해 침실로 갔다. 평소보다 더 둔하고 피곤한 느낌이었다. 늘 그랬다. 그의 감정은 엄청난 파도로 솟구쳐서 커브를 그리며 점점 높이 올라갔다. 마치 그 파도로 모든 것을 쓸어버릴 듯한 기세였다. 하지만 추락은 결코 오지 않았다. 파도의 꼭대기에서 늘 뭔가 발생했고 파도는 하수구를 빠져 내려가는 물처럼 후퇴하면서 그 뒤에 감정의 찌꺼기를 남겼다.

 옷을 모두 입는 데에는 시간이 오래 걸렸다. 옷을 하나씩 입을 때마다 옷 입는 일과는 어울리지 않을 정도로 커다란 절망감을 느끼면서 쉬어야 했기 때문이다.

 집에는 먹을 것이 하나도 없었기 때문에 음식을 사오려면 할리우드의 불르바드까지 걸어 내려가야 했다. 그는 아침까지 그냥 기다릴까 생각하다가 기다리지 않기로 했다. 겨우 저녁 8시였고 거기까지 갔다 오면 꽤 긴 시간을 죽일 수 있을 터였다. 만약 멍청히 앉아 있는다면 다시 잠들고 싶은 유혹이 너무나 강해질 것이다.

 밤은 따뜻하고 조용했다. 그는 보도의 가장자리로 걸으며 언덕을 내려갔다. 가로등 사이의 어두운 길은 서둘러 걸어가고 가로등이 둥그런 빛을 던지는 곳에 이르면 걸음을 잠시 멈추었다. 불르바드에 도착했을 때 그는 달리고 싶은 욕망을 가까스로 억눌렀다. 그는 자세를 가다듬기 위해 코너에서 잠시 걸음을 멈추었다. 달아날 자세를 취하며 그곳에 서 있는 동안, 공포가 그를 우아한 사람으로 만들어주는 듯했다.

 다른 사람들이 그에게 시선조차 주지 않고 지나가 버리자 다소 진정이 되었다. 그는 상의의 깃을 바로 잡으며 길을 건널 준비를 했다. 막 두 걸음을 떼었을 때 누군가가 그를 불렀다.

 "헤이, 여보슈."

 문간의 그늘에 숨어서 그를 살펴보던 거지였다. 거지 특유의 본능으로 호머가 손쉬운 상대임을 알아본 것이다.

 "백동전 하나 있소?"

 "없습니다." 호머가 자신 없이 말했다.

 거지는 웃음을 터트리더니 이번에는 위협적인 어조로 물었다.

 "이봐, 백동전 하나 있지!"

 그는 호머의 얼굴에다 손바닥을 내밀었다.

 호머는 호주머니를 뒤져서 보도 위에 몇 개의 동전을 떨어트렸다. 거지가 동전을 줍는 동안 그는 길을 가로질러 달아났다.

그가 들어간 선골드 슈퍼마켓은 조명이 화려한 대형 매장이었다. 슈퍼의 붙박이 시설은 모두 크롬으로 되어 있었고 벽과 바닥에는 하얀 타일을 깔았다. 색색의 스포트라이트가 진열장과 카운터를 비추어서 서로 다른 식품의 자연색을 한층 돋보이게 하고 있었다. 오렌지는 붉은색, 레몬은 노란색, 생선은 연초록색, 스테이크는 장미색, 계란은 상아색이었다.

호머는 깡통 식품 코너로 가서 버섯수프 한 깡통과 정어리 한 깡통을 샀다. 그 두 통의 깡통과 소다 크래커 반 파운드면 저녁식사로 충분할 것이다.

꾸러미를 들고 다시 거리로 나선 그는 집으로 걸어가기 시작했다. 피니언 캐니언으로 들어서는 입구에 도착해 아주 가파르고 어두컴컴한 언덕을 보았을 때, 그는 가로등이 환히 켜진 불르바드를 되돌아보았다. 누군가가 언덕을 걸어 올라갈 때까지 기다릴까 하다가 마침내 택시를 잡았다.

10

 호머는 간단한 식사를 해먹는 것 외에는 별로 할 일이 없었으나 그래도 심심하지는 않았다. 로몰라 마틴 사건이 일어나고 그후 아주 오랜 시차를 두고 한두 건 그런 사건이 벌어진 것을 제외하고, 그의 사십 평생은 변화나 흥분이 전혀 없는 생활이었다. 경리 직원이었던 그는 기계적으로 일했다. 숫자를 합산하고 장부 기재 사항을 적어넣는 따위의 일을, 지금 그가 수프 깡통을 따고 침구를 까는 것처럼, 아주 몰개성적으로 초연하게 했다.

 누군가가 자신의 작은 집을 돌아다니는 호머를 본다면 몽유병 환자나 눈먼 사람이 아닌가, 하고 생각할 것이다. 그의 양손은 그 자체의 생명력과 의지를 가지고 있는 듯했다. 침대 시트를 단단히 잡아당기고 베개의 모양을 반듯하게 해놓는 것도 바로 그 양손이었다.

 어느 날, 점심을 먹기 위해 연어 깡통을 따다가 그는 엄지손가락을 크게 베었다. 그 상처가 상당히 아팠을 텐데도 평소에 침착하고 약간 불만스럽던 그의 표정에는 전혀 변화가 없었다. 상처 입은 손은 주방 테이블 위에서 제멋대로 움직이다가 호머가 싱크대로 가져가 뜨거운 물에 담그자 그제서야 잠잠해졌다.

집 안 청소를 하지 않을 때 그는 뒷마당(부동산 중개인은 베란다라고 했다)에 나가서 너무 낡아 부서질 것 같은 접의자에 앉아 있곤 했다. 그는 아침식사를 마치자마자 뒷마당으로 해바라기를 하러 나갔다. 벽장에서 낡은 책을 하나 꺼내서 가지고 나갔지만 무릎 위에 놓아두었을 뿐 읽지는 않았다.

그가 앉아 있는 방향 말고도 풍경이 잘 보이는 각도는 얼마든지 있었다. 의자를 45도 정도 옆으로 돌리면 캐니언이 굽이치며 도시 아래쪽으로 내달리는 풍경을 한눈에 볼 수가 있다. 지금 앉아 있는 곳에서는 차고의 닫혀진 문과 그 지붕을 덮은 남루한 루핑지만이 보일 뿐이다. 그 앞에는 검댕을 뒤집어 쓴 벽돌 소각로와 한 무더기의 녹슨 깡통이 있었다. 그 오른쪽 옆으로는 허물어진 선인장 정원이 있었는데 거기에는 몇 그루의 남루한 선인장이 아직도 남아 있었다.

두텁고 노(櫓) 같은 잎새에 보기 흉한 가시가 뒤덮인 선인장들 중 하나에는 꽃이 피어 있었다. 꼭대기 부분의 잎새에서 밝고 노란 꽃이 튀어나와 있었는데 어쩐지 엉겅퀴꽃 같았지만 그보다 더 투박해 보였다. 바람이 아무리 세게 불어도 잎새들은 흔들리지 않았다.

이 선인장의 바닥 근처에 나 있는 구멍에는 도마뱀이 한 마리 살고 있었다. 그 도마뱀은 길이가 약 5인치쯤 되었고 쐐기 모양의 머리를 갖고 있었는데 그 머리에서 두갈래진 가느다란 혀가 쏙 튀어나왔다. 그것은 깡통 더미를 뒤지다가 선인장으로 날아오는 파리들을 잡아먹으면서 힘겹게 살아가고 있었다.

도마뱀은 자의식이 강했고 짜증을 잘 냈다. 그래서 호머는 그 도마뱀을 지켜보는 것을 아주 재미있어했다. 정교한 접근 작업이 실패로 돌아갈 때마다 도마뱀은 그 짧은 다리로 몸을 불안하게 뒤척거리며 불만스럽다는 듯이 목구멍을 크게 부풀렸다. 그것은 선인장과 완벽한 보호색을 이루었지만 파리들이 많이 있는 깡통 더미로 나오면 그의 모습은 완전히 노출되고 말았다. 도마뱀은 한 시간쯤 선인장 위에 꼼짝 않고 앉아 있다가 짜증이 나서 다시 깡통 더미로 향했다. 파리들은 도마뱀을 재빨리 알아본다. 도마뱀은 몇 번 시도를 하다가 성공을 하지 못하고 시무룩해져 원래의 자리로 되돌아온다.

호머는 파리들의 편이었다. 파리 한 마리가 너무 멀리 날아가 선인장을 지나칠 때면 그는 마음속으로 그 파리가 얼른 선인장 너머로 날아가거나 아니면 되돌아오기를 빌었다. 만약 파리가 선인장에 내려앉으면 호머는 숨을 죽이며 도마뱀이 살금살금 다가가는 것을 지켜보았다. 그러면서 무슨 일인가 벌어져서 파리가 날아가기를 빌었다. 파리가 도망가기를 간절히 빌기는 했지만 그러나 그 자신이 개입해야겠다는 생각은 전혀 하지 않았다. 오히려 미동도 하지 않으면서 소리를 내지 않으려고 조심했다. 때때로 도마뱀은 거리 계산을 잘 못했다. 그런 일이 벌어질 때마다 호머는 행복하게 웃었다.

  태양, 도마뱀, 자그마한 집, 이것만으로도 그는 일이 바빴다. 하지만 그가 행복한지 어떤지는 말하기가 어렵다. 아마도 둘 다 아닐지도 모른다. 식물이 행복하지도 불행하지도 않은 것처럼. 하지만 그에게는 마음을 어지럽히는 기억이 있고 식물에게는 그것이 없다. 다행스럽게도 이곳에 이사와 그 기억으로 괴로워했던 첫날 밤 이래, 그의 기억은 점점 잠잠해지고 있다.

11

 그는 그런 식으로 근 한 달을 살아왔다. 그러던 어느 날 막 점심식사를 준비하려는데 초인종이 울렸다. 문을 빠끔 열고 밖을 내다보았다. 어떤 남자가 한 손에는 견본 제품을, 다른 손에는 더비 모자를 들고 계단에 서 있었다. 호머는 황급히 문을 닫았다.

 초인종은 계속 울렸다. 그는 그 남자에게 다른 데로 가라고 말하기 위해 문에서 가장 가까운 창문 밖으로 머리를 내밀었다. 그러자 그 남자는 공손히 고개를 숙이면서 물 한 잔만 달라고 하는 것이었다. 호머는 그 늙고 피곤한 남자를 보면서 험악한 사람 같지는 않다고 생각했다. 그는 냉장고에서 물 한 통을 꺼내들고 문을 열어주며 들어오라고 했다.

 "선생님, 제 이름은 해리 그리너입니다." 그 남자는 모든 음절에 강세를 넣으면서 노래하듯 말했다.

 호머는 그에게 물병과 물잔을 건네주었다. 그는 재빨리 한 잔을 다 마셔버리더니 또 한 잔을 채웠다.

 "정말 감사합니다." 그는 우아하게 목례를 하며 말했다.

"정말 시원한 물이군요."

호머는 그가 다시 고개를 숙여 목례를 하고 재빨리 지그 스텝을 몇 번 밟더니 팔 아래로 더비 모자를 굴리는 것을 보며 깜짝 놀랐다. 모자는 바닥에 떨어졌다. 그는 모자를 집어 들기 위해 허리를 굽히더니 마치 엉덩이를 걷어차인 사람처럼 재빨리 상체를 위로 제끼며 일어섰다. 그러더니 유감이라는 듯 바지의 엉덩이 부분을 쓰다듬는 것이었다.

호머는 그게 상대방을 웃기려는 행동이라고 이해하고 웃음을 터트렸다.

해리는 다시 고개를 숙여 감사 표시를 했는데 그때 뭔가가 잘못되었다. 그 동작이 그에게 무리가 되었던 것이다. 그는 얼굴이 창백해져 목 칼라 부분을 쓰다듬었다.

"잠깐 상태가 안 좋은 것뿐이에요." 그가 중얼거렸다. 그도 자신이 연기를 하는 것인지 실제로 아픈 것인지 헷갈리는 듯했다.

"앉으세요." 호머가 말했다.

하지만 해리는 아직 연기가 끝나지 않았다. 그는 우아한 미소를 지어 보이더니 몇 발자국 불안정한 스텝을 밟으며 소파 쪽으로 걸어가다가 다시 쓰러졌다. 그는 화가 난다는 듯이 양탄자를 쏘아보더니 마침내 자신의 발을 걸어 넘어트린 물건을 찾았다는 시늉을 하면서 그 상상 속의 물건을 발길로 멀리 차 보냈다. 이어 그는 절뚝거리며 소파로 걸어가서 장난감 풍선에서 공기가 빠져나오듯이 한숨을 내쉬며 털썩 주저앉았다.

호머는 물을 좀 더 따라주었다. 해리가 일어서려고 했지만 호머는 그를 가볍게 밀어 앉히며 물부터 마시라고 했다. 그는 아까 두 잔을 재빨리 마셨던 것처럼 이번에도 황급히 마시더니 손수건으로 입을 닦으면서 거품 많은 맥주를 금방 마신 콧수염 사나이의 흉내를 냈다.

"선생님, 당신은 정말 친절하군요." 그가 말했다. "걱정하지 마세요. 언젠가 내가 천 배로 이 고마움을 되갚아드릴 테니까."

호머가 놀라며 입을 벌렸다.

해리는 주머니에서 자그마한 깡통을 꺼내 그에게 내밀었다.

"이건 증정품입니다." 그가 말했다. "기적의 용액이 든 통입니다. 타의 추종을 불허하는 뛰어난 광택제인데 할리우드 스타들은 모두 이걸 쓰고 있어요……."

그는 말끝을 흐리며 약간 떨리는 웃음소리를 냈다.

호머는 그 통을 받아들었다.

"감사합니다." 그는 고맙다는 표시를 하면서 말했다. "이건 얼마입니까?"

"소매 가격은 50센트인데 공장도 가격으로 해서 25센트의 특별 가격을 받고 있습니다."

"25센트요?" 호머가 자신의 수줍음을 잊어버리고 습관적으로 물었다. "그 돈이면 슈퍼에서 두 배나 큰 통을 살 수 있는데요."

해리는 그렇게 나오는 상대방을 어떻게 다루어야 하는지 알고 있었다.

"그렇다면 거저 가지십시오." 그가 경멸하는 어조로 말했다.

호머는 상대가 그렇게 나오니 자신의 입장을 바꾸어야 했다.

"아마도 품질이 더 좋은 광택제겠지요."

"아닙니다." 마치 뇌물을 거절하는 사람처럼 해리가 단호하게 말했다. "당신 돈을 거두어 들이십시오. 난 그 돈을 원하지 않아요."

그는 웃음을 터트렸다. 이번에는 아주 씁쓸한 웃음이었다.

호머는 동전을 몇 개 꺼내어 그에게 내밀었다.

"자, 받으십시오. 당신은 받을 자격이 충분해요. 두 통을 사겠습니다."

해리는 이제 상대방을 마음대로 주무를 수 있다는 것을 알았다. 그는 지금껏 다양한 웃음을 선보여왔다. 그것은 모두 연극적인 웃음으로서, 말하자면 연주회 직전의 연주자가 악기의 정확한 음을 조율하기 위해 내보는 다양한 소리였다. 그는 마침내 적당한 웃음소리를 발견했고 그것으로 밀고 나가기만 하면 된다. 그것은 피해자의 웃음이었다.

"제발 그만하십시오." 호머가 말했다.

하지만 해리는 멈출 수가 없었다. 자기 연민의 활주로에 놓여 있던 마지막 장애물이 치워지면서 그는 더욱더 빠른 속도로 미끄러져 내려가기 시작했고 시간이 지날수록 가속도가 붙었다. 그는 벌떡 일어나 해리 그리너, 불쌍한 해리, 정직한 해리, 선량하고 겸손하고 착하고 좋은 남편, 모범적인 아버지, 신앙심 깊은 크리스천, 충실한 친구의 연기를 연속적으로 해댔다.

호머는 그 연기가 조금도 마음에 들지 않았다. 그는 너무 겁을 먹은 나머지 경찰에 신고를 해버릴까, 하는 생각까지 했다. 하지만 그는 신고하지 않았다. 단지 손을 쳐들어 해리에게 그만하라는 신호를 보냈을 뿐이었다.

팬터마임의 끝부분에서 해리는 고개를 뒤로 휙 젖히고 자신의 목덜미를 부여잡았다. 마치 무대의 커튼이 내려오기를 기다리는 자세였다. 호머는 그에게 물 한 잔을 또 따라주었다. 하지만 해리는 아직 끝난 게 아니었다. 그는 모자를 가슴 부근에 가져가며 목례를 하더니 다시 시작했다. 이번 연극에서는 진도가 멀리 나가지 못하고 숨이 차서 고통스럽게 혁혁거렸다. 갑자기 너무 감은 기계식 장난감처럼 그의 내부에서 뭔가가 딱, 하고 부러졌고 그는 자신의 모든 레퍼토리 속으로 무의식적으로 회전해 들어가기 시작했다. 그것은 사지가 마비된 사람의 춤처럼 순전히 근육만 움직이는 것이었다. 그는 지그 춤을 추었고 모자를 공중에 던져 저글링을 했고 남에게 걷어채인 모습, 뭔가에 걸려 넘어지는 모습, 자기 자신과 악수하는 모습 등을 연기했다. 그는 그 모든 과정을 어지러운 발작 속에서 해치우더니 소파로 미끄러지듯 걸어가 그 위에 푹 쓰러졌다.

눈을 감은 채 소파에 누워 있는 그의 가슴이 벌렁거렸다. 그는 호머보다 더 놀라고 있었다. 그 날만 해도 벌써 그 연기를 네댓 번 했지만 이런 일은 없었던 것이다. 그는 정말로 아팠다.

"당신은 잠시 기절을 했어요."

해리가 눈을 뜨자 호머가 말했다.

시간이 몇 분쯤 지나자 해리는 상태가 좋아지고 자신감이 되돌아오는 것을 느꼈다. 그는 자신이 병들었다는 생각을 말끔히 씻어버리고 평생의 이력 중 가장 멋진 연기를 지금 했다고 스스로를 칭찬하기까지 했다. 걱정스러운 표정으로 그를 내려다보는 저 바보 같은 자에게서 적어도 5달러는 뜯어낼 수 있을 터였다.

"집에 술이 좀 있습니까?" 그가 기어드는 목소리로 물었다.

호머는 지난번에 식료품 주인이 포트 와인 한 병을 배달해준 게 있어서 그것을 가지러 갔다. 그는 와인잔을 절반쯤 채워 해리에게 건네주었다. 해리는 몇 모금으로 나누어 조금씩 마시면서 마치 약을 먹듯이 인상을 썼다.

그는 마치 큰 고통을 느끼고 있는 것처럼 아주 느릿느릿한 목소리로 샘플 통을 좀 가져다 달라고 호머에게 말했다.

"계단 위에 있어요. 누군가가 훔쳐갈지 몰라요. 내 재산의 상당 부분이 이 광택제에 투자되었어요."

그 부탁을 들어주기 위해 밖으로 나간 호머는 커브길에 서 있는 한 여자를 보았다. 그것은 페이 그리너였다. 그녀는 호머의 집을 쳐다보고 있었다.

"우리 아버지 거기 있어요?" 그녀가 소리쳤다.

"그리너 씨 말입니까?"

그녀는 발을 동동 굴렀다.

"어서 나오라고 해요. 이렇게 하루 종일 여기 서 있으라는 거예요?"

"그는 아픕니다."

그 여자는 그 말을 들었다는 표시도 또 걱정된다는 표시도 하지 않은 채 고개를 돌렸다.

호머는 샘플 통을 집어들고 다시 집 안으로 들어갔다. 해리는 포도주를 또 한 잔 따르고 있었다.

"아주 좋은 술인데요." 그가 입맛을 다시며 말했다. "아주 맛이 좋아요. 혹시 이런 정도의 포도주라면 값이 어느 정도……"

호머는 그의 말을 잘랐다. 그는 술 마시는 사람을 좋게 생각하지 않았고 그래서 빨리 그 남자를 집에서 내쫓고 싶었다.

"당신의 딸이 밖에서 기다립니다." 그는 가능한 한 단호한 표정을 지으려고 애쓰면서 말했다. "어서 나오래요."

해리는 소파에 나자빠지더니 거칠게 숨을 쉬었다. 그는 또

다시 연기를 하고 있었다.

"걔한테는 말하지 말아요." 그가 숨찬 목소리로 말했다. "걔한테는 아빠가 얼마나 아픈지 말하지 말아요. 그 애한테는 절대로 비밀로 해야 돼요."

호머는 그 위선에 충격을 받았다.

"이제 좋아졌잖아요." 그는 가능한 한 차갑게 말했다. "왜 이제 그만 집으로 돌아가지 않습니까?"

해리는 집주인의 그런 쌀쌀맞은 태도에 마음이 상하고 기분이 나쁘다는 듯 일부러 미소를 지었다. 호머가 아무 말도 하지 않자 그의 미소는 무한한 용기를 표현하는 미소로 바뀌었다. 그는 조심스럽게 일어서더니 일 분쯤 서 있다가 다시 비틀거리며 소파 위로 쓰러졌다.

"난 어지럽습니다." 그가 신음 소리를 냈다.

해리는 다시 한번 놀라며 겁을 집어먹었다. 그는 정말 어지러웠던 것이다.

"내 딸을 좀 불러주세요." 그가 헐떡거리며 말했다.

호머는 길모퉁이에 등을 돌리고 서 있는 그녀를 발견했다. 그가 그녀를 부르자 그녀는 몸을 홱 돌려 그에게 달려왔다. 그는 잠시 그녀를 쳐다보다가 문을 잠그지 않은 채 집 안으로 들어왔다.

페이가 화다닥 방으로 들어왔다. 그녀는 호머는 아예 무시하고 다짜고짜 소파로 달려갔다.

"도대체 이게 무슨 수작이에요?" 그녀가 화를 벌컥 내며 말했다.

"예쁜 딸아," 그가 말했다. "나는 오늘 하루 종일 홀대를 당했단다. 그런데 이 신사가 나한테 아주 잘 대해주어서 이렇게 잠시 쉬고 있는 거야."

"저 분은 잠시 기절을 한 것 같습니다." 호머가 말했다.

그녀가 그를 향해 갑자기 몸을 돌리자 호머는 깜짝 놀랐다.

"안녕하세요?" 그녀가 손을 앞으로 높게 내밀며 말했다.

그는 조심스럽게 악수를 했다.

"고마워요." 그가 뭐라고 중얼거리자 그녀가 말했다.

그녀는 다시 한번 해리에게 몸을 돌렸다.

"심장에 문제가 있어." 해리가 말했다. "일어설 수가 없어."

그녀는 그가 광택제를 팔기 위해 벌이는 소규모 연기를 훤히 알고 있었다. 그래서 그런 대사가 연기의 일부가 아니라는 걸 단번에 꿰뚫어 보았다. 호머에게 다시 고개를 돌린 그녀의 표정은 아주 비극적이었다. 그녀의 머리는 뒤로 젖혀진 것이 아니라 이제 앞으로 푹 수그러져 있었다.

"저기서 좀 쉬게 해주세요." 그녀가 말했다.

"예, 물론이죠."

호머는 그녀에게 의자를 가리켰고 그녀가 담배를 피울 수 있도록 성냥을 가져다 주었다. 그는 그녀를 쳐다보지 않으려고 애썼다. 하지만 그런 좋은 매너는 헛수고에 불과했다. 어느 편이냐 하면, 그녀는 남들이 자기를 쳐다보는 것을 즐기는 여자였다.

그는 그녀가 아주 아름답다고 생각했다. 하지만 그에게 더욱 강한 인상을 심어준 것은 그녀의 활기찬 태도였다. 그녀는 당긴 활처럼 팽팽하면서도 생기가 넘쳐흘렀다. 그녀는 새 순가락처럼 반짝거렸다.

그녀는 열일곱이었지만 마치 열두 살 소녀처럼 푸른 색 세일러 칼라가 달린 하얀 목면 드레스를 입고 있었다. 긴 다리는 맨살이었고 발에는 푸른 샌들을 신고 있었다.

"죄송해요." 호머가 해리를 쳐다보자 그녀가 말했다.

그는 손으로 괜찮다는 신호를 해 보였다.

"아빠는 심장이 안 좋아요." 그녀가 말했다. "아빠에게 전문 의사를 찾아가 보라고 얼마나 자주 말했는지 몰라요. 남자들은 모두 똑같아요."

"그래요. 의사를 찾아가봐야 할 것 같네요." 호머가 말했다.

그녀의 야릇한 매너와 인위적인 목소리는 그를 난처하게 만들었다.

"지금 몇 시예요?" 그녀가 물었다.

"한 시쯤 되었어요."

그녀는 갑자기 일어서더니 양손을 머리카락 양쪽에다 찔러 넣어 들어올리면서 머리카락으로 반짝거리는 노란 색 공을 만들었다.

"어머나." 그녀가 혀 짧은 소리로 말했다. "난 점심 약속이 있어요."

그녀가 여전히 머리카락을 그런 식으로 잡고 있었기 때문에 몸에 딱 맞는 드레스가 더욱 몸을 죄었다. 호머는 그녀의 우아한 갈비뼈 부분과 잔물결이 이는 배를 볼 수 있었다. 그녀의 다른 모든 제스처가 그렇듯이, 그 세련된 제스처는 너무나 완벽할 정도로 무의미했기 때문에(거의 무생물적인 형태를 띠고 있었기 때문에) 그녀는 교태를 부리는 여배우라기보다는 자연스러운 동작으로 움직이는 춤꾼 같아 보였다.

"연어 샐러드 좋아하세요?" 호머가 용기를 내어 물었다.

"연어 샐러~드?"

그녀는 그 질문을 자신의 배에다 전달하는 것 같았다. 물론 그 대답은 예스였다.

"마요네즈를 듬뿍 넣고서? 난 그거 너무 좋아해요."

"점심때 먹으려고 그걸 만드는 중이었습니다. 곧 만들어 올게요."

"제가 거들어드릴게요."

그들은 잠이 든 것 같은 해리를 잠시 쳐다보더니 이어 주방으로 들어갔다. 그가 연어 깡통을 따는 동안 그녀는 의자에 걸터앉아 의자 등받이의 꼭대기 부분을 양팔로 감싸쥐고 그 위에 자신의 턱을 내려놓았다. 그가 쳐다볼 때마다 그녀는 다정하게 미소 지으며 고개를 까닥여서 자신의 반짝거리는 블론드 머리를 앞뒤로 흔들어댔다.

호머는 신이 났고 양손을 재빨리 놀려댔다. 그는 곧 커다란 그릇 하나 가득 샐러드를 준비했다. 그는 집에 있는 가장 좋은 식탁보를 깔고 가장 좋은 은식기와 그릇을 내왔다.

"보고 있으니까 저절로 배가 고파져요."

그렇게 말하는 그녀의 어조는 마치 그녀를 배고프게 하는 건 샐러드가 아니라 호머라는 듯이 들렸다. 그래서 그는 그녀에게 환하게 웃어 보였다. 그가 식탁에 앉기도 전에 그녀는 샐러드를 먹기 시작했다. 그녀는 빵에다 버터를 바르고 그 위에 설탕을 뿌린 다음 한 입 크게 베어먹었다. 이어 연어에다 마요네즈를 듬뿍 바르고서 그것도 씩씩하게 먹어치웠다. 그가 막 의자에 앉는 순간 그녀는 마실 것을 좀 가져다 달라고 했다. 호머는 우유 한 잔을 가져다주고 웨이터처럼 서서 그녀가 먹는 것을 지켜보았다. 그는 그녀의 무례한 태도를 전혀 의식하지 못했다.

그녀가 샐러드를 다 먹어치우자 그는 커다란 홍옥 사과를 하나 가져다 주었다. 그녀는 사과를 천천히 깨물어 먹었다. 사과를 잡은 그녀의 손에서 새끼손가락은 다른 손가락들로부터 약간 벗어나 있었다. 사과를 다 먹자 그녀는 거실로 갔고 호머는 그 뒤를 따라갔다.

해리는 여전히 소파 위에 널브러져 있었다. 정오의 뜨거운 햇빛이 마치 곤봉처럼 그의 얼굴을 후려치고 있었다. 하지만 그는 햇빛의 타격을 전혀 느끼지 못했다. 가슴의 고통을 감당하기에도 벅찼던 것이다. 그는 너무나 벅찬 나머지 저 멍청이에게서 5달러를 뺏어내야겠다는 생각조차 하지 못하고 있었다.

호머는 해리의 얼굴에 그늘을 드리우기 위해 커튼을 내렸다. 해리는 그것도 의식하지 못했다. 그는 죽음을 생각하고 있었다. 페이가 그를 내려다보았다. 반쯤 닫힌 눈꺼풀을 통해 그녀가 자기를 안심시키는 제스처를 기대하고 있다는 것을 알 수 있었지만 그는 그녀의 기대를 무시했다. 그녀의 얼굴에 나타난 비극적인 표정이 마음에 들지 않았던 것이다. 이런 심각한 순간에 그녀의 가짜 슬픔은 그를 모욕하는 것이었다.

"아빠, 내게 말 좀 해봐요." 그녀가 애원했다.

그녀는 부지불식간에 그에게 미끼를 던지고 있었다.

"도대체 이게 뭐야?" 그가 으르렁거렸다. "싸구려 톰 쇼야?"

그의 갑작스러운 분노는 그녀를 두렵게 했다. 그녀는 놀라면서 벌떡 일어섰다. 그는 웃고 싶지 않았다. 하지만 그가 제동을 걸기도 전에 짧은 웃음이 그의 입에서 먼저 튀어나갔다. 그는 그 결과 어떤 일이 벌어질지 몰라 불안한 마음으로 기다렸다. 그것이 상처를 입히지 못하자 그는 또다시 웃었다. 처음에는 수줍게 웃다가 점점 자신감을 되찾으며 거칠게 웃어댔다. 그는 눈을 감은 채 웃었고 눈썹에서는 땀이 흘러내렸다. 페이는 그 웃음을 멈추게 하는 방법을 딱 하나 알고 있었다. 그것은 그가 싫어하는 노래를 부르는 것이었다. 그녀가 그의 웃음을 증오하는 것처럼, 그도 그녀의 그 노래를 너무너무 싫어했다. 그녀는 노래 부르기 시작했다.

지퍼스 크리퍼스(어머나, 저런)!
어쩌다 눈탱이가 밤탱이가 되었나? ……

그녀는 엉덩이를 흔들고 머리를 좌우로 흔들면서 지르박 스텝을 밟았다.

호머는 깜짝 놀랐다. 그는 지금 목도하고 있는 그 장면이 전에 여러 번 연습한 장면 같다고 느꼈다. 그의 느낌은 옳았다. 그들의 가장 처절한 싸움은 종종 이런 형태를 취했다. 그는 웃고 그녀는 노래 부르는 것이다.

지퍼스 크리퍼스!
어쩌다 눈탱이가 그렇게 되었나?
저런 밤탱이가 되었군!
어떻게 두 눈이 저렇게 되었지?
정말 대단한 눈이야……

해리가 웃음을 멈추자 그녀도 노래를 멈추고 의자에 털썩 주저앉았다. 그러나 해리는 마지막 일격을 터트리기 위해 힘을 비축하는 중이었다. 그는 다시 웃기 시작했다. 이 새로운 웃음은 공격적이지 않았다. 그것은 비극적이었다. 그녀가 어린아이였을 때 그는 그 웃음으로 그녀를 벌주곤 했다. 그건 그의 걸작이었다. 그가 정신병원이나 귀신 들린 성채(城砦)에 출연하는 장면을 촬영할 때 그렇게 웃음을 터트리라고 지시하는 감독이 늘 있었다.

그 웃음은 불타는 막대기처럼 날카로운 금속성을 냈다가 재빠른 울부짖음이 되었고 이어 음란한 껄껄거림이 되었다. 그리고 짧은 휴지(休止)를 둔 다음 다시 소리가 높아져 말 울음 소리가 되었고 이어 더 음이 높아져 기계 돌아가는 소리 같은 비명 소리가 되었다.

페이는 고개를 한쪽으로 기울인 채로 그 웃음소리를 맥없이 들었다. 그러다가 갑자기 그녀도 웃음을 터트리기 시작했다. 자발적인 웃음이라기보다 그의 웃음에 대항하려는 가짜 웃음이었다.

"나빠! 나빠!" 그녀가 소리쳤다.

그녀는 소파로 달려가 해리의 어깨를 부여잡아 흔들면서 그의 입을 다물게 하려고 애썼다.

그는 계속 웃어댔다.

호머는 그녀를 떼어낼 양으로 가까이 다가갔지만 용기가 나지 않았다. 그는 그녀를 만지기가 두려웠다. 그녀는 얇은 드레스 아래 알몸이나 다름없었다.

"미스 그리너." 그가 애원했다. 그의 손이 팔 끝에서 제멋대로 춤췄다. "제발, 제발……"

해리는 이제 웃음을 멈출 수가 없었다. 그는 양손으로 배를 눌렀으나 웃음은 그의 입에서 저절로 튀어나왔다. 그것은 이제 그의 가슴을 아프게 했다.

그녀는 마치 망치를 든 것처럼 손을 흔들더니 주먹으로 그의 입을 세게 내리쳤다. 그녀는 그를 딱 한 번 때렸다. 해리는 긴장이 풀어지더니 조용해졌다.

"이렇게 할 수밖에 없었어요." 호머가 그녀의 팔을 잡으며 옆으로 끌어내자 그녀가 말했다.

그는 그녀를 주방에 있는 의자로 안내하고 문을 닫았다. 그녀는 오랫동안 흐느껴 울었다. 의자 뒤에 맥없이 서서 리드미컬하게 들썩거리는 그녀의 어깨를 멍하니 내려다보며 호머는 여러 번 그녀를 위로하기 위해 손을 앞으로 내뻗었다가 그만두었다.

그녀가 다 울고 나자 그는 그녀에게 냅킨을 건네주었고 그녀는 얼굴을 닦았다. 냅킨은 그녀의 루즈와 마스카라로 더러워졌다.

"지저분해졌네요." 그녀가 고개를 옆으로 돌리며 말했다. "정말 죄송해요."

"원래 지저분했어요." 호머가 말했다.

그녀는 주머니에서 콤팩트를 꺼내 자그마한 거울에 자신의 얼굴을 비춰보았다.

"어머, 귀신 같네요."

그녀는 화장실을 좀 사용할 수 있겠느냐고 물었고 그는 화장실의 위치를 가르쳐주었다. 이어 그는 해리를 살펴보기 위해 살금살금 거실로 나왔다. 노인의 숨소리는 거칠었지만 규칙적이었고 편히 자고 있는 것 같았다. 호머는 조심스럽게 그의 머리 밑에 쿠션을 넣어주고 다시 주방으로 갔다. 그는 스토브의 불을 피우고 커피 주전자를 올려 놓은 다음 그녀가 돌아오기를 기다렸다. 호머는 그녀가 거실로 들어가는 소리를 들었다. 몇 초 뒤 그녀가 주방으로 왔다.

페이는 미안한 듯이 문턱에서 잠시 망설였다.

"커피 좀 드시겠어요?"

그녀의 대답을 기다리지도 않고 그는 한 잔을 따랐고 설탕과 크림을 그녀의 손 가까운 곳에다 놓아주었다.

"난 그렇게 할 수밖에 없었어요." 그녀가 말했다. "정말 그렇게 할 수밖에 없었어요."

"괜찮아요."

사과할 필요가 없다는 것을 보여주기 위해 그는 일부러 싱크대 앞에서 그릇을 설거지하는 척했다.

"그렇게 할 수밖에 없었어요." 그녀가 말했다. "나를 미치게 만들려고 일부러 저렇게 웃는 거예요. 난 그걸 참을 수 없어요. 정말이에요."

"그렇겠지요."

"아빠는 미쳤어요. 우리 그리너 집안 사람들은 모두 미쳤어요."

그녀는 미치는 일에 무슨 보람이라도 있다는 듯이 마지막 말을 힘주어 말했다.

"저 분은 아픕니다." 그녀에게 대신 사과하듯이 호머가 말했다. "어쩌면 일사병인지도 몰라요."

"아니에요. 아빠는 미쳤어요."

그는 테이블에다 생강과자가 담긴 쟁반을 내려놓았고 그녀는 두 번째 커피와 함께 그 과자를 먹었다. 그녀가 과자를 씹으면서 내는 아삭거리는 소리가 그를 매혹시켰다.

그녀가 잠시 아무런 말도 하지 않고 있자 그는 뭐가 잘못되었는지 알아보기 위해 싱크대에서 시선을 돌렸다. 그녀는 담배를 피우면서 깊은 생각에 잠겨 있었다.

그는 일부러 쾌활한 척했다.

"뭘 그렇게 생각합니까?" 그는 자신이 바보 같다고 느끼며 어색하게 물었다.

그녀는 자신의 생각이 얼마나 우울하고 어두운 것인지 보여주기라도 하듯 길게 한숨을 내쉬었다. 하지만 대답은 하지 않았다.

"과자를 좀 더 드시겠어요?" 호머가 말했다. "집에는 과자가 없지만 슈퍼에 전화하면 금방 보내줘요. 아니면 아이스크림이라도?"

"아뇨, 됐어요."

"별로 힘든 일이 아니에요."

"우리 아빠는 행상이 아니에요." 갑자기 그녀가 말했다. "아빠는 배우예요. 나는 여배우이고요. 엄마 또한 배우였어요. 춤도 추는. 연극배우의 기질이 우리 집안의 내력이에요."

"나는 연극을 많이 보지 않습니다만. 나는……"

그녀가 그의 말에 관심이 없다는 것을 알고 그는 얼른 말을 멈추었다.

"난 언젠가 스타가 될 거예요."

반박하면 가만 두지 않겠다는 어조로 그녀가 말했다.

"당신은 틀림없이……"

"그게 내 인생이에요. 그게 내가 이 세상에서 바라는 단 하나의 소원이에요."

"당신의 소원이 무엇인지 알아서 기쁩니다. 나는 한때 호텔에서 경리 직원을 했는데……"

"만약 스타가 되지 못한다면 자살해버릴 거예요."

그녀는 의자에서 일어서서 머리에 양손을 얹으면서 눈을 크게 뜨고 얼굴을 찌푸렸다.

"나는 연극을 자주 보는 편이 못 됩니다." 호머가 생강과자를 그녀 쪽으로 밀면서 미안한 어조로 말했다. "조명 때문에 눈이 아파서요."

그녀는 웃음을 터트리고 생강과자 하나를 집어들었다.

"이러다가 살찌면 어쩌지."

"아니, 그런 일은 없을 거예요."

"사람들이 내년에는 살찐 여자가 유행일 거라고 해요. 당신은 어떻게 생각하세요? 난 그렇게 보지 않아요. 여배우 메이 웨스트를 위한 홍보 전략일 뿐이에요."

그는 그녀의 말에 동의했다.

그녀는 자기 자신과 영화 산업에 대해 끊임없이 얘기했다. 그는 그녀를 쳐다보았을 뿐 그녀의 말은 듣고 있지 않았다. 그녀가 대답을 얻어내기 위해 질문을 되풀이하면 그는 아무 말도 하지 않고 고개만 끄덕거렸다.

또다시 손이 그를 괴롭히기 시작했다. 그는 양손의 간지러움을 덜기 위해 테이블 가장자리에다 양손을 비벼댔다. 하지만 간지러움은 더욱 심해질 뿐이었다. 그가 등 뒤로 양손을 감추자 그 긴장은 참을 수 없는 것이 되었다. 양손은 뜨거워지며 부어올랐다. 설거지를 핑계로 그는 양손을 싱크대의 차가운 물 주둥이 밑에다 집어넣을 수 있었다.

해리가 문턱에 나타났을 때 페이는 아직도 뭔가를 말하고 있었다. 해리는 힘겨운 자세로 문설주에 몸을 기대었다. 그는 코가 아주 빨개져 있었고 얼굴의 나머지 부분은 백지처럼 하얬다. 옷은 갑자기 커진 것처럼 헐렁했다. 그러나 그는 미소를 짓고 있었다.

호머는 부녀가 마치 아무 일도 없었던 듯 인사를 하는 것을 보고 놀라움을 금치 못했다.

"아빠, 이제 괜찮아요?"

"아주 좋아. 비처럼 상쾌하고 바이얼린 줄처럼 팽팽하고, 벼룩처럼 생생하단다."

해리는 시골 사람처럼 콧소리를 섞어서 말했고 그것이 호머를 미소짓게 했다.

"뭘 좀 드시겠습니까?" 그가 물었다. "우유 한 잔이라도?"

"간단한 스낵이면 더 좋겠는데요."

페이가 그를 식탁으로 안내했다. 그는 자신의 병약한 상태를 감추기 위해 일부러 니그로 춤을 추면서 다가왔다.

호머는 정어리 깡통을 따고 빵을 몇 조각 썰었다. 해리는 그 음식을 보고 입맛을 다셨지만 아주 힘들게 천천히 식사를 했다.

"식사를 하고 나니 원기가 회복되는구만."

식사를 끝낸 해리는 몸을 의자 등받이에 기대면서 조끼 주머니에서 구겨진 시가를 꺼냈다. 페이가 불을 붙여주었고 그는 장난스럽게 담배 연기를 그녀의 얼굴에다 내뿜었다.

"아빠, 이제 가요."

"곧 가자."

그는 호머에게 시선을 돌렸다.

"집이 참 좋군요. 결혼했습니까?"

페이가 말렸다.

"아빠!"

그는 그녀를 무시했다.

"총각입니까?"

"네."

"저런 저런, 당신같이 젊은 사람이."

"요양차 여기 와 있습니다." 호머는 해명할 필요가 있어서 그렇게 말했다.

"질문에 대답할 필요없어요." 페이가 끼어들었다.

"얘야, 얘야, 난 그저 다정하게 물어보는 것뿐이란다. 난 남에게 피해주는 일은 안 해."

해리는 아직도 과장된 시골뜨기 억양을 쓰고 있었다. 그는 상상 속의 타구(唾具)에 마른 침을 뱉는 시늉을 하고 입 안에 든 씹는담배를 이 뺨에서 저 뺨으로 옮기는 흉내를 냈다.

호머는 그의 흉내가 우스꽝스럽다고 생각했다.

"이렇게 큰 집에 혼자 살면 외롭고 무섭겠어요." 해리가 말했다. "외로울 때는 없습니까?"

호머는 대답이 궁해 페이를 쳐다보았다. 그녀는 쓸데없는 질문이라는 듯이 얼굴을 찌푸렸다.

"없습니다." 해리가 곤란한 질문을 되풀이하는 것을 막기 위해 그가 말했다.

"없다고요? 그거 잘 되었군요."

그는 천장을 향해 담배 연기의 동그라미를 몇 개 내뿜더니 그것을 멍하니 쳐다보았다.

"하숙생을 둘 생각은 없습니까?" 그가 물었다. "선량하고 사교적인 사람들로 말입니다. 그러면 추가 수입이 생기고 집 안도 한결 생기가 돌 텐데요."

호머는 화가 났다. 하지만 그 분노의 이면에는 아주 흥분되는 또 다른 아이디어가 잠복해 있었다. 그는 뭐라고 말해야 할지 알지 못했다.

페이는 그의 당황하는 태도를 잘못 이해했다.

"아빠, 집어쳐요." 호머가 대답하기도 전에 그녀가 끼어들었다. "이미 많은 폐를 끼쳤어요."

"실없는 소리일 뿐이오." 해리가 순진한 표정을 지으며 말했다. "그냥 한가한 소리 한번 해본 거예요."

"자, 어서 가요." 그녀가 신경질적인 목소리로 말했다.

"이렇게 빨리요? 아직 시간이 많은데요." 호머가 말했다.

그는 좀 더 강하게 붙잡고 싶었지만 그럴 용기가 없었다. 오히려 그의 손이 더 용감했다. 페이와 작별의 악수를 했을 때 그 손은 그녀의 손을 붙잡고 놓지 않으려 했다.

페이는 그의 강한 손아귀 힘에 웃음을 터트렸다.

"심프슨 씨, 정말 고마웠어요." 그녀가 말했다. "당신은 정말 친절하세요. 점심식사와 아빠한테 해준 것, 정말 감사해요."

"정말 고맙소." 해리가 거들었다. "오늘 진정한 기독교인다운 행동을 했소. 하느님께서 당신을 포상할 거요."

그는 갑자기 매우 경건해졌다.

"한번 놀러오세요." 페이가 말했다. "우린 여기서 가까운 샌버두 다세대 주택에 살아요. 캐니언에서 다섯 블록 아래로 내려가면 있어요. 커다란 노란색 집이에요."

해리는 의자에서 일어서더니 테이블을 붙잡으며 몸을 지탱했다. 페이와 호머가 양팔을 잡고 그를 길 앞까지 부축했다. 호머가 그를 꼭 붙들고 있는 동안, 페이는 길 건너편에 주차되어 있던 포드를 가지러 갔다.

"당신이 기적의 광택제를 주문했는데 그걸 그만 잊어버렸군요." 해리가 말했다. "그건 정말 타의 추종을 불허하는 광택제입니다!"

호머는 주머니에서 1달러를 꺼내 해리의 손에 쥐어주었다. 그는 그 돈을 재빨리 감추면서 사무적인 태도를 취했다.

"내일 물건을 전달하겠습니다."

"그렇게 해주시면 좋구요." 호머가 말했다. "마침 은식기 광택제가 필요했던 참입니다."

해리는 바보 멍청이에게 호의를 입었다는 게 기분 나빴기 때문에 화가 났다. 그는 냉소적인 목례를 보내면서 그들의 관계를 재정립하려고 했다. 하지만 그 제스처는 오래가지 못했다. 그는 목젖을 부여잡고 더듬거렸다. 호머는 그가 차에 오르는 것을 도와주었고 그는 페이 옆의 조수석에 털썩 주저앉았다.

그들은 출발했다. 그녀는 고개를 돌려 손을 흔들었으나 해리는 고개조차 돌리지 않았다.

12

 호머는 그날 오후의 나머지 시간을 뒷마당의 낡은 접의자에 앉아 있었다. 도마뱀이 선인장 위에 앉아 있었지만 그는 도마뱀의 움직임에는 전혀 관심이 없었다. 그의 양손이 그의 생각을 어지럽게 했다. 양손은 꿈 때문에 괴로운 듯 제멋대로 부르르 떨리며 좌우로 흔들렸다. 그는 손을 고정시키기 위해 깍지를 꼈다. 손가락들은 뒤엉킨 남녀의 허벅지처럼 심하게 꼬였다. 그는 양손을 풀고 다시 깍지를 껴서 엉덩이로 내리눌렀다.

 그후 며칠이 지나가도 페이를 잊지 못하자 그는 겁을 먹기 시작했다. 그는 동정(童貞)만이 자신의 유일한 방어기제라는 것을 알고 있었다. 그것은 거북의 껍질처럼 척추이면서 갑옷 같은 것이었다. 그것을 내던진다는 것은 그에게는 생각조차 할 수 없는 일이었다. 만약 그것을 내던진다면 그는 파괴될 것이다.

 그의 생각이 옳았다. 그와는 다르게, 신체의 일부분만을 가지고 정욕을 탐할 수 있는 남자들이 분명 있었다. 그런 사람들은 두뇌나 심장만이 불탈 뿐 그 나머지는 멀쩡했다. 하지만 더 운 좋은 사람들도 있었다. 가령 백열등의 필라멘트처럼 필요한 부분만 불탈 수 있는 사람들도 있는 것이다. 그들은 맹렬하게 불타지만 아무것도 파괴되지 않는다. 그러나 호머의 경우 그것은 건초가 가득 들어찬 헛간에 불씨를 떨어트리는 것이나 마찬가지였다. 그는 로몰라 마틴 사건에서는 도망칠 수 있었다. 하지만 또다시 도망치지는 못할 것이다. 당시만 해도 그는 호텔에서 일하고 있었고 하루 종일 일에 몰두하다 보면 피곤해졌다. 그것으로 자기 자신을 지킬 수가 있었다. 하지만 지금 그는 아무런 보호 장치도 가지고 있지 않았다.

이런 생각은 그를 두렵게 했다. 그는 생각을 떨쳐버리기 위해 집 안으로 달려 들어갔다. 그렇게 하면 마치 모자를 내팽개치듯 그 생각을 잊어버릴 수 있기를 바라면서. 호머는 침실로 들어가 침대 위에 몸을 내던졌다. 그는 단순한 성격이어서 사람은 잠들어 있는 동안에는 아무 생각도 하지 않는다고 믿었다.

마음이 심란하다 보니 그런 위안조차 얻을 수가 없었다. 도무지 잠이 오지 않는 것이었다. 그는 눈을 감고 잠을 청해보았다. 예전 같으면 자동적으로 이루어지던 잠으로 가는 길은 빛나는 긴 터널이 되었다. 잠은 그 터널의 끝부분에 있는, 밝은 햇빛 속의 한 점 부드러운 그늘이었다. 그는 달릴 수는 없었고 다만 그 검은 그늘을 향해 기어갈 수 있을 뿐이었다.

막 포기하려는 순간 평소의 습관이 그를 도와주러 왔다. 그것은 빛나는 터널을 무너트렸고 그를 그늘 속으로 던져 넣었다.

잠에서 깨는 것은 별로 힘이 들지 않았다. 다시 잠들려고 했지만 이번에는 터널조차 발견할 수가 없었다. 그는 잠에서 완전히 깨어났다. 무척 피곤하다는 생각을 했지만 실은 전혀 피곤하지 않았다. 그는 로몰라 마틴 사건 이래 그 어느 때보다 생생하게 살아 있는 느낌이었다.

바깥에서는 몇 마리의 새들이 마치 하루가 끝나는 것을 아쉬워라도 하듯이 간헐적으로 울어댔다. 그는 비단과 비단이 부딪치는 소리를 들었다고 생각했으나 그것은 나뭇가지에 와서 노는 바람 소리였다. 그의 집은 텅 빈 것만 같았다! 그는 노래를 불러 집 안을 채워보려 했다.

오, 당신은 볼 수 있지요,
이른 아침의 동트는 햇빛으로……

그것은 그가 알고 있는 유일한 노래였다. 그는 축음기나 라디오를 살까, 하는 생각도 했다. 그러나 그는 그 어떤 것도 사지 않으리라는 것을 알고 있었다. 그 사실은 그를 매우 슬프게 했다. 그것은 아주 달콤하고 평온한, 즐거운 슬픔이었다.

하지만 호머는 혼자 있는 것만으로는 충분하지 않았다. 그는 초조했고 그래서 자신의 슬픔을 찔러대기 시작했다. 그렇게 하면 그 슬픔을 더욱 예리한 것으로 만들어 더욱 즐거움을 느낄 수 있으리라고 희망하면서. 그는 여행사로부터 여행상품을 알리는 우편물을 받았고 그가 전에 하지 않았던 해외여행을 생각해보았다. 멕시코는 불과 몇백 마일 떨어져 있을 뿐이고 하와이행 여객선은 매일 출항했다.

부지불식간에 그의 슬픔은 씁쓸한 분노로 바뀌었다. 그는 또다시 비참해져서 울기 시작했다.

아직 희망을 갖고 있는 사람들만이 눈물의 혜택을 받는다. 울고 나면 기분이 좋아지는 것이다. 하지만 호머처럼 희망이 없는 사람, 견고하고 영원한 고뇌를 앓고 있는 사람에게 눈물은 아무런 소용이 없다. 그 어떤 것도 그들의 삶을 바꾸어놓지 못한다. 그들은 이 사실을 알고 있지만 그래도 울음을 멈추지 못하는 것이다.

호머는 운이 좋았다. 그는 울다가 잠이 들었다.

하지만 아침에 깨어나면 페이가 그의 마음속에 가장 먼저 떠오르는 것이었다. 그는 목욕을 하고 아침을 먹고 접의자에 나가 앉았다. 오후에 그는 산책을 하러 가기로 했다. 그가 다니는 길은 딱 하나뿐인데 그것은 샌버너디노 다세대 주택 옆을 지나는 길이었다.

오랜 잠 속의 어떤 순간에 그는 이미 저항을 포기해버린 상태가 되었다. 다세대 주택까지 온 호머는 호박색 불이 켜진 현관에서 우편함에 부착된 그리너 표시를 읽고 그대로 돌아서 집으로 왔다. 그 다음 날 밤 그는 꽃다발과 와인 병을 들고 같은 걸음을 반복했다.

13

 해리 그리너의 상태는 좋아지지 않았다. 그는 침대에 누워 두 손을 가슴에 올려 놓은 채 천장만을 바라보고 있었다.

 토드는 거의 매일 밤 그를 보러 갔다. 보통은 다른 손님들이 있었다. 어떤 때는 에이브 쿠직이 와 있었고 어떤 때는 1910년대의 동성애 쇼를 하는 안나와 애너벨리 자매가 와 있었고, 또 어떤 때는 알래스카 주 포인트 배로에서 온, 에스키모 배역을 전문적으로 연기하는 가족인 네 명의 깅고가 와 있었다.

 해리가 잠이 들었거나 다른 손님들이 와 있을 때에는, 페이는 토드를 자기 방으로 불러 얘기를 나누었다. 그의 사랑을 분명히 거절했음에도 불구하고 그녀에 대한 그의 관심은 날마다 커져갔다. 또한 토드는 그녀가 대단히 매력적인 여자라고 생각했다. 만약 다른 여자가 그렇게 허세를 부렸다면 그는 역겨워서 참지 못했을 것이다. 하지만 페이의 허세는 완벽할 정도로 인공적인 것이었기 때문에 오히려 더욱 매력적이었다.

그녀와 함께 있는 것은, 비유적으로 말한다면, 아마추어 수준의 우스꽝스러운 드라마가 공연되는 동안 무대 뒤에 함께 있는 것과 비슷했다. 만약 무대 앞쪽에 앉아 있었다면 그 둔탁한 대사와 기괴한 상황 때문에 그는 너무나 따분했을 것이다. 하지만 무대 뒤는 다르다. 땀을 뻘뻘 흘리며 뛰어다니는 무대 조역들과, 조화가 꽂힌 번드레한 여름 별장(세트)을 지탱하고 있는 전선들을 보고 있노라면 그 모든 것을 좋게 받아들이게 되고 그 드라마가 성공하기를 빌게 되는 것이다.

토드는 그녀를 이해하는 또 다른 방법도 발견했다. 그는 이렇게 생각했다. 그녀는 자신의 어떤 태도가 잘못된 것임을 알면서도 그런 태도를 고집했다. 그보다 더 간단하고 더 정직한 방법을 그녀는 달리 알지 못하기 때문이다. 그녀는 엉터리 연기학교에서 엉터리 모델에게 연기를 배운 여배우였다.

하지만 페이는 우스꽝스러운 것은 알아볼 정도의 비판 능력은 갖고 있었다. 그는 그녀가 자기 자신을 향해 종종 웃음을 터트리는 것을 보았다. 더욱이 그녀는 자기 자신의 꿈을 향해서도 웃음을 터트릴 줄 알았다.

어느 날 저녁 그들이 얘기를 나누던 중, 그녀는 단역 배우로 뛰지 않을 때 무엇을 하며 시간을 보내는지 말해주었다. 그녀는 하루 종일 이야기를 꾸며내면서 시간을 때운다고 말했다. 페이는 그렇게 말하면서 웃음을 터트렸다. 그가 보다 구체적인 것을 묻자 그녀는 자신이 이야기를 꾸며내는 방법을 기꺼이 말해주었다.

먼저 라디오의 음악을 틀고 침대에 드러누워 눈을 감는다. 그녀는 마음대로 고를 수 있는 이야기의 보따리를 갖고 있다. 적당한 분위기가 조성되면 그녀는 그 이야기들이 마치 카드 패인 것처럼 마음속으로 하나하나 떼본다. 그렇게 패를 떼다가 가장 마음에 드는 것이 나오면 그것을 집어든다. 어떤 날은 일부러 고르지 않고 전체 패를 다 떼어본다. 그렇게 하고 나서 그녀는 돈이 있으면 바인 스트리트로 나가 아이스크림 소다를 사먹고 만약 돈이 없으면 카드를 다시 떼보면서 그 중 하나를 선택하도록 자기 자신에게 강요한다.

그녀는 자신의 방법이 좋은 결과를 얻기에는 너무 기계적이라는 것과 자연스럽게 꿈속으로 빠져드는 것이 최고라는 것을 알고 있었지만, 그래도 꿈이 전혀 없는 것보다는 약간의 꿈이라도 있는 게 좋고 또한 거지에게는 선택권조차 없는 거라고 말했다. 그녀가 정확히 그렇게 말한 것은 아니었지만 그는 그녀의 말로부터 그 정도는 짐작할 수 있었다. 그녀가 그에게 얘기할 때 자연스러우면서도 비판적인 미소를 지어 보이는 것이 그는 아주 멋지다고 생각했다. 그러나 그녀의 비판 능력은 거기서 끝났다. 그녀는 기계적인 것에만 미소를 지었다.

그가 그녀의 꿈 가운데 하나를 듣게 된 것은 어느 늦은 밤 그녀의 침대에서였다. 그보다 반 시간쯤 전에 그녀는 그의 방문을 황급히 노크하더니 아버지가 죽어가고 있는 것 같으니 좀 도와 달라고 했었다. 아버지의 거친 숨소리가 그녀를 깨웠고 그것을 죽어가는 소리로 오해한 그녀는 덜컥 겁이 났던 것이다. 토드는 실내 가운을 걸치고 그녀를 따라 아래층으로 가보았다. 그녀의 집에 도착했을 때 해리는 목구멍의 가래를 제거하고서 아주 평온한 숨소리를 내며 자고 있었다.

페이는 그에게 자기 방에 들어가 담배나 한 대 피우고 가라고 말했다. 그는 침대 위 그녀 곁에 앉았다. 그녀는 파자마 위에 하얀 타월로 만든 낡은 비치 가운을 입고 있었는데 썩 어울려 보였다.

토드는 그녀에게 키스를 요구하고 싶었으나 두려웠다. 그녀가 거절할까봐 그런 것이 아니라 그런 키스를 무의미한 것으로 만들어버릴까 두려웠던 것이다. 그녀의 비위를 맞추기 위해 그는 그녀가 예쁘다고 말했다. 하지만 그는 아부를 제대로 하지 못했다. 노골적인 아첨을 잘하지 못해서 빙빙 둘러 말하다가 그만 언어의 늪에 빠져버리고 만 것이다. 그녀는 그의 말을 듣지 않았고 토드는 바보가 된 느낌으로 말을 멈춰야 했다.

"내게 좋은 아이디어가 있어요." 갑자기 그녀가 말했다. "우리가 큰돈을 벌 수 있는 아이디어예요."

그는 또다시 그녀에게 아첨의 말을 했다. 이번에는 진지한 관심을 갖고 있다는 태도를 취하면서.

"당신은 교육을 많이 받았어요." 그녀가 말했다. "그리고 난 영화에 대해서 좋은 아이디어를 갖고 있어요. 그러니 당신은 내 아이디어를 글로 옮겨 적기만 하면 돼요. 그러면 그걸 스튜디오에다 팔 수 있을 거예요."

 그는 동의했고 그녀는 자신의 아이디어를 말했다. 그것은 결과는 뚜렷한데 과정은 애매모호한 그런 아이디어였다. 그녀는 그 결과에 대해서만 구체적으로 말했다. 그들이 시나리오를 하나 판매하는 즉시 그에게 다른 스토리를 건네주겠다는 것이었다. 그렇게 해서 그들은 많은 돈을 벌게 된다는 내용이었다. 물론 그녀는 작가로서 큰 성공을 거두어도 연기는 포기하지 않을 생각이었다. 연기가 곧 그녀의 생활이었으므로.

 그는 그녀가 그런 얘기를 하면서 기존의 두꺼운 카드 패에 또 다른 꿈의 카드를 덧붙인다는 것을 알 수 있었다. 그녀가 그렇게 해서 번 돈을 전부 다 써버리는 계획까지 말했을 때 그는 그녀에게 베껴 쓸 구체적 '아이디어'를 하나 말해 달라고 요구했다. 자신의 어조에 냉소적 분위기가 끼어들지 않도록 각별히 조심하면서.

 침대 발치 맞은편에는 한때 타잔 영화를 광고하기 위해 극장의 로비에 걸렸음직한 대형 사진이 걸려 있었다. 우람한 근육에 천조각으로 허리를 겨우 가린 잘생긴 청년이, 찢어진 승마복을 입은 날씬한 여자를 가볍게 포옹하는 그림이었다. 남녀는 정글의 개활지(開豁地)에 서 있었고 그들 주위는 난초가 뒤섞인 거대한 덩굴로 뒤덮여 있었다. 그녀가 스토리를 말해주었을 때, 이 사진이 그 스토리에 커다란 영감을 주었음을 그는 쉽게 생각할 수 있었다.

 젊은 여자가 아버지의 요트를 타고 남태평양을 순항하고 있다. 그녀는 키가 크고 날씬하고 나이가 지긋하지만 매너가 좋은 러시아 백작과 약혼했다. 그 백작 또한 요트에 타고 있는데 그는 여자에게 어서 결혼식 날짜를 잡자고 조른다. 하지만 그녀는 왠지 기분이 안 좋아서 그 일에는 심드렁하다. 어쩌면 그녀는 다른 남자에게 복수하려고 백작과 약혼한 것인지도 모른다. 그녀는 자신보다 신분이 훨씬 떨어지지만 잘생긴 요트 선원에게 마음이 끌린다. 그러나 그 선원은 아무리 부잣집 딸이라고 해도 그녀의 노리개가 되는 것을 거부하면서 자신은 선장의 지시만 따르는 사람이니 러시아 백작에게 돌아가라고 말한다. 그녀는 화를 벌컥 내며 그를 해고시키겠다고 위협한다. 하지만 그는 그녀에게 웃음을 터트릴 뿐이다. 바다 한가운데에서 어떻게 사람을 해고하겠다는 것인가? 비록 그녀 자신은 그 이유를 깨닫지 못하고 있지만 그녀가 그에게 사랑을 느끼는 것은 이런 이유 때문이다. 그가 그녀의 변덕에 "안 돼"라고 말한 최초의 남자였고 또한 무엇보다도 잘생겼던 것이다. 그러다가 갑자기 커다란 폭풍우가 몰려와 요트는 섬 근처에서 난파한다. 모두 물에 빠져 죽지만 그녀만 용케도 해변으로 헤엄쳐 나온다. 그녀는 나뭇가지로 오두막을 짓고 물고기와 과일로 연명한다. 그곳은 열대지방이다. 어느 날 아침 그녀가 개울에서 목욕을 하고 있는데 커다란 뱀이 그녀의 몸에 감겨온다. 그녀는 뱀을 떨쳐내려고 발버둥치지만 뱀은 너무나 강력하여 마치 커튼을 두른 것 같다. 바로 그때 숲 속에서 그녀를 쭉 관찰해오던 선원이 그녀를 구조하기 위해 달려온다. 그는 그녀를 위해 뱀과 싸우고 마침내 승리를 거둔다.

토드는 그 다음부터 이야기를 풀어나가야 했다. 그는 그녀에게 이야기의 결말을 어떻게 끝맺고 싶으냐고 물었다. 하지만 그녀는 더 이상 그 이야기에 흥미가 없었다. 하지만 그는 이야기를 끝까지 들려 달라고 요구했다.

"으음, 이렇게 돼요. 물론 그는 그녀와 결혼하고 그들은 구조돼요. 먼저 구조되고 그 다음에 결혼을 하는 거죠. 어쩌면 그 요트 선원은 부잣집 아들이었는데 경험 삼아 혹은 모험 삼아 선원일을 하게 되었을지도 몰라요. 이렇게 하면 이야기의 끝마무리를 쉽게 맺을 수 있어요."

"와, 멋지다." 토드가 그녀의 젖은 입술과 입술 사이를 부지런히 움직이는 혀끝을 쳐다보면서 진지한 목소리로 말했다.

"난 그런 얘기라면 수백 가지도 더 있어요."

그는 아무 말도 하지 않았고 그녀의 태도는 바뀌었다. 그녀는 이야기를 할 때에는 온몸에 생기가 흘러넘쳤고 얼굴과 손은 생생하게 살아나 찡그림이나 제스처가 전혀 없었다. 이제 그녀의 흥분은 범위가 좁혀지고 더 깊어져서 내면적인 것이 되었다. 그녀는 이야기의 카드 패를 뒤적거리는 중이었고 곧 또 다른 카드를 꺼내들어 그에게 보여줄 터였다.

그는 전에도 때때로 그녀의 이런 표정을 본 적이 있었지만 왜 이런 표정을 짓는지 알지 못했다. 그 수많은 작은 이야기들, 그녀의 작은 백일몽들이 그녀의 움직임에 놀라운 색채와 신비를 입혀주었던 것이다. 그녀는 마치 늪지에서 허우적거리는 것처럼 그 이야기들의 부드러운 포옹에 사로잡혀 발버둥치는 듯했다. 그는 그녀를 쳐다보면서 그녀의 입술에서는 피와 소금 맛이 나고 그녀의 다리는 너무 발버둥친 나머지 나른해져 있을 거라고 생각했다. 그의 순간적인 욕망은 그녀를 그 늪지에서 해방시켜주는 것이 아니라 그 부드럽고 따뜻한 진흙 속에다 그녀를 패대기쳐서 거기에 계속 놔두는 것이었다.

그는 툴툴거리는 소리를 내면서 그런 욕망을 살짝 표현했다. 그에게 그녀의 몸 위를 덮칠 용기가 있다면 얼마나 좋을까. 그녀를 덮치려면 강간처럼 폭력적인 방법이 아니고는 불가능했다. 그 순간 그의 감정은 손에 달걀을 들고 있을 때의 그것과 비슷했다. 그녀가 약해 보인다거나 곧 깨질 것 같다는 그런 뜻이 아니었다. 오히려 그 반대였다. 그녀의 완벽성, 달걀과 같은 자기 충족성 때문에 그는 그녀를 깨트리고 싶은 것이었다.

그러나 그는 아무 짓도 하지 않았고 그녀는 얘기를 다시 시작했다.

"당신에게 얘기해주고 싶은 좋은 아이디어가 또 있어요. 어쩌면 이 얘기를 먼저 쓰는 게 좋을지도 모르겠어요. 무대 뒤의 이야기인데 금년에는 이런 얘기가 대유행이잖아요."

그녀는 쇼의 주연 스타가 갑자기 병이 나서 좋은 기회를 잡은 합창단 소녀의 얘기를 해주었다. 그것은 흔히 있는 신데렐라 류의 이야기였다. 하지만 그녀는 '남태평양' 이야기를 할 때와는 다른 테크닉으로 그 얘기를 풀어나갔다. 그녀가 말해준 사건들은 기적에 가까운 것이었지만 그녀의 묘사는 아주 사실적이었다. 그 효과는 중세의 화가들이 성취한 것과 비슷했다. 그들은 라자루스의 부활이라든가 예수의 수상(水上) 산책을 묘사할 때 관련 세부 사항을 아주 사실적으로 그렸던 것이다. 그녀도 중세의 화가들처럼 사실적 테크닉을 정교하게 구사하면 판타지도 개연성을 획득한다고 믿는 것 같았다.

"난 그 얘기도 마음에 들어요." 그녀가 얘기를 마치자 그가 말했다.

"두 얘기를 잘 생각해보고 가장 가능성 있는 것을 잡으세요."

그녀는 이제 그만 가보라는 자세를 취했고 그는 지금 당장 행동을 취하지 않으면 기회는 사라져버린다는 것을 알았다. 그는 그녀 쪽으로 몸을 기울였고 그의 의도를 알아차린 그녀가 벌떡 일어섰다. 그녀는 은근하지만 단호하게 그의 팔을 잡으며—그는 이제 시나리오 사업의 파트너이므로 심하게 대할 수는 없었다—그를 문까지 안내했다.

통로에 나와 그녀는 와주어서 고맙고 시간을 빼앗아서 미안하다고 말했다. 그는 마지막으로 한번 더 시도했다. 그녀는 약간 누그러지는 듯했고 그는 그녀에게 다가섰다. 그녀는 자발적으로 그에게 키스해주었으나 그가 애무를 하려고 하자 뒤로 물러섰다.

"어머, 장난치면 못써." 그녀가 웃으며 말했다. "엄마가 맴매해줄 거야."

그는 계단 쪽으로 걸어갔다.

"자, 잘 가요." 그녀가 그의 등 뒤에 말하고 나서 다시 웃음을 터트렸다.

그는 그녀의 말을 거의 듣지 못했다. 그는 그녀를 그린 그림들, 그리고 방에 돌아가자마자 그려야 할 그림에 대해 생각하고 있었다.

'불타는 로스앤젤레스'라는 그 그림 속에서 페이는 왼쪽 전경(前景)에 알몸의 여자로 나온다. 그녀는 광포한 군중들로부터 떨어져 나온 한 무리의 남녀에 의해 쫓기고 있다. 그 여자들 중 하나는 페이를 쓰러트리기 위해 돌을 던질 자세를 취하고 있다. 페이는 눈을 감은 채 달리고 있고 어렴풋한 미소가 그녀의 입 주위에 감돌고 있다. 얼굴에 나타난 꿈 같은 평온함에도 불구하고 그녀의 몸은 전속력으로 달리기 위해 팽팽한 긴장을 유지하고 있다. 그런 미소와 전력 질주라는 대조적 상황에 대해서는 이런 설명이 가능하다. 그녀는 그 맹렬한 추격전이 주는 해방감을 즐기고 있다. 그녀는 한동안 긴장하면서 숨어 있다가 그 긴장을 견디지 못한 나머지, 완전하고 무의식적인 공황 속에서 은신처로부터 뛰쳐나온 한 마리의 사냥감 새였다.

14

 토드에게는 호머 심프슨 말고도 더 성공적인 라이벌들이 있었다. 그 중 가장 강력한 라이벌이 얼 슈프라는 젊은이였다.

 얼은 애리조나 주의 작은 마을 출신인 카우보이였다. 그는 가끔 서부 영화의 단역으로 출연하고 그 나머지 시간은 선셋 불르바드에 있는 말안장 가게의 진열장 앞에서 빈둥거리며 보냈다. 이 가게의 진열장에는 은으로 장식된 거대한 멕시코제 말안장이 진열되어 있었고 그 주위에 다양한 고문 기구들이 놓여 있었다. 그 기구들 중에는 채찍, 뾰족한 바퀴가 달린 박차, 말의 턱을 순식간에 부숴 놓을 것 같은 이중 재갈 등이 들어 있었다. 진열 유리 뒤편의 낮은 선반에는 검은색, 붉은색, 연노랑색 부츠들이 진열되어 있었다. 부츠는 모두 부채꼴 가장자리 장식이 둘러쳐져 있었고 굽이 높았다.

 얼은 언제나 그 진열장에 등을 돌리고 서서 길 건너편 단층 가게의 옥상에 내걸린 간판, '너무 걸쭉해 빨대가 들어가지 않을 정도의 농축된 맥아유(麥芽乳)'를 뚫어져라 응시했다. 그리고 두 시간마다 한 번씩 셔츠 주머니에서 담배 쌈지와 종이 한 장을 꺼내서 담배를 말았다. 이어 무릎을 들어올려 바지의 주름을 곧게 편 다음 넓적다리 밑부분에다 서서히 성냥을 그어댔다.

그는 키가 6피트가 넘었다. 그가 쓰고 있는 스테트슨 모자는 그 키에 5인치를 더해주었고 부츠굽은 추가로 3인치를 더해주었다. 그의 막대기 같은 외관은 좁은 어깨와 살이 전혀 없는 옆구리와 엉덩이에 의해 더욱 강조되었다. 그가 말안장 위에서 보낸 오랜 세월도 그를 안장다리로 만들지는 못했다. 사실 그의 다리는 너무 직선이어서 햇빛과 세탁으로 연푸른 색이 된 덩가리(푸른 청바지)에 주름 하나 잡혀 있지 않았다. 아니, 그 안에 아무것도 들어 있지 않은 것 같았다.

토드는 페이가 왜 그를 핸섬하다고 생각하는지 그 이유를 알 수 있었다. 그는 솜씨 좋은 어린아이가 자와 컴퍼스로 그렸을 법한 이차원적 얼굴을 갖고 있었다. 그의 턱은 아주 동그스름했고 미간이 벌어진 두 눈 또한 동그스름했다. 그의 얇은 입술은 수직으로 곧게 내리뻗은 코와 직각을 이루었다. 그의 검붉은 얼굴은 마치 전문가가 염색을 들인 것처럼 이마에서 목젖이 있는 부분까지 똑같은 색깔이었다. 그런 안색은 기계적인 그림을 닮았다는 느낌을 더욱 강조했다.

토드는 페이에게 얼은 멍청한 바보라고 말했다. 그녀는 웃으면서 동의했다. 하지만 그가 '사람을 죽여줄 정도의 미남' 이라고 말했다. 그 말은 그녀가 영화 신문의 가십 칼럼에서 읽었던 멋진 표현이었다.

어느 날 다세대 주택의 계단에서 그녀를 만난 토드는 저녁 식사를 함께 하자고 제안했다.

"안 돼요. 약속이 있어요. 하지만 같이 가려면 가요."

"얼이랑?"

"네. 얼이랑 만나는 거예요." 그녀가 그의 난처해하는 어조를 흉내내며 말했다.

"아니, 싫어."

"이번에는 그가 낼 거예요."

그녀는 일부러 그의 말을 못 알아들은 척하면서 말했다.

얼은 늘 무일푼이었고 토드와 그들이 함께 만날 때면 늘 토드가 돈을 냈다.

"돈 문제가 아니야. 그건 당신도 잘 알잖아."

"오, 그래요?" 그녀가 장난스럽게 말했다. 그녀는 확신에 찬 어조로 이렇게 말했다. "5시에 하지스에서 만나요."

하지스는 말안장 가게였다. 토드가 거기에 도착해 보니 얼 슈프는 평상시와 마찬가지로 그 가게 진열장 앞에 서서 길 건너 단층 가게의 옥상 간판을 쳐다보고 있었다. 여전히 물이 10갤런은 들어갈 법한 모자에 굽 높은 부츠를 신고 있었다. 왼쪽 팔에는 잘 접은 진회색 재킷을 들고 있었다. 그는 10센트 동전 크기의 물방울 무늬가 박힌, 네이비 블루 색깔의 목면 셔츠를 입고 있었다. 셔츠의 소매는 단정하게 접어 올린 것이 아니라 팔뚝의 중간 부분까지 단숨에 걷어올린 다음 멋진 장미색 밴드로 묶어놓았다. 손은 얼굴처럼 깨끗한 검붉은 색깔이었다.

"잘 있었는감?"

토드가 인사를 하면 그는 늘 그렇게 인사해왔다.

토드는 그의 서부 사투리가 아주 재미있다고 생각했다. 처음 그 말을 들었을 때 토드는 "자네도 잘 있었는감?" 하고 따라서 대꾸했으나 얼은 그게 농담이라는 걸 전혀 눈치채지 못했다. 심지어 토드가 '조랑말' '야비한 옴브레(놈)' '가축 도둑'이라는 말을 썼을 때에도 얼은 아무렇지도 않게 받아넘겼다.

"잘 있었구먼." 토드가 대꾸했다.

얼의 옆에는 커다란 모자에 부츠를 신은 또 다른 서부 사람이 있었다. 그는 쪼그리고 앉아서 작은 나뭇가지를 열심히 씹어대고 있었다. 그의 바로 뒤에는 멋진 매듭이 달린 두꺼운 로프로 고정시킨 깨어진 종이항아리가 놓여 있었다.

토드가 도착한 직후 세 번째 남자가 나타났다. 그는 진열장의 물건들을 샅샅이 훑어본 뒤 다시 몸을 돌려 다른 두 사내와 마찬가지로 길 건너 단층 가게의 간판을 바라보았다.

그는 중년의 남자였고 경마장 마굿간에서 일하는 연습생같아 보였다. 그의 얼굴에는 잔주름이 촘촘히 나 있었다. 마치 네모 눈금의 철망에 얼굴을 꽉 누른 채로 잠이 들지 않았을까 하는 생각이 들 정도였다. 그는 아주 남루해 보였다. 모자는 팔아먹었는지 쓰지 않고 있었지만 부츠는 아직도 신고 있었다.

"어이 친구들, 잘 있었는감." 그가 말했다.

"어이, 힝크." 종이항아리의 사내가 말했다.

토드는 자신도 그 인사에 포함되는지 불확실했지만 포함된다고 생각하고 대꾸를 했다.

"안녕하십니까?"

힝크는 발가락으로 그 항아리를 톡톡 건드렸다.

"캘빈, 어디로 가는 건가?" 그가 물었다.

"아주사에 가네. 거기서 로데오가 벌어져."

"누가 주최하는데?"

"자칭 '배드랜즈 잭'이라고 하는 친구야."

"그 사기꾼…… 자네도 가나, 얼?"

"아니."

"난 식사를 해야겠어." 캘빈이 말했다.

힝크는 자신이 수집한 정보를 다시 한번 머릿속으로 점검한 뒤 입을 열었다.

"모노에서 새로운 벅 스티븐스 영화를 만들어." 그가 말했다. "윌 페리스가 내게 말해주었는데, 말 타는 사람 마흔 명이 필요할 거래."

캘빈은 고개를 돌리고서 얼을 쳐다보았다.

"아직도 흑백 얼룩의 조끼를 가지고 있나?" 그가 교활한 목소리로 물었다.

"왜?"

"자네에게 외판원 일자리를 잡아주려고."

토드는 그게 일종의 농담이라는 것을 알고 있었다. 왜냐하면 캘빈과 힝크가 무릎을 치면서 웃음을 터트리는 데 반해 얼은 얼굴을 찌푸렸기 때문이다.

또다시 긴 침묵이 흐른 뒤 역시 캘빈이 입을 열었다.

"자네 영감님(아버지)이 아직도 암소를 갖고 계신감?"

그러나 얼은 이번엔 경계를 하면서 대꾸를 하지 않았다.

캘빈은 얼굴의 반쪽을 완전히 일그러트리면서 토드에게 천천히, 멋지게 윙크를 해 보였다.

"좋아, 얼." 힝크가 말했다. "영감님이 아직 가축을 좀 갖고 계신 모양인데 왜 집으로 돌아가지 않나?"

그들이 얼에게서 대꾸를 이끌어내지 못하자 캘빈이 대신 대꾸했다.

"영감님은 암소 없어. 그 분은 고무장화를 신은 채 양떼를 실은 차에 치였어."

그것은 또 다른 농담이었다. 캘빈과 힝크는 무릎을 치면서 웃어댔다. 하지만 토드는 그들이 다른 어떤 것을 기다리고 있다는 것을 알고 있었다. 얼은 갑자기 발을 들어 캘빈의 엉덩이를 살짝 걷어찼다. 바로 그것이 농담의 포인트였다. 그들은 얼이 화를 내는 걸 보면 즐거운 것이다. 토드 또한 웃었다. 얼이 느닷없이 무감각에서 분노로 이행하는 과정은 대단히 우스운 것이었다. 그가 진지하게 폭력을 휘두르는 걸 보는 건 그보다 더 우스웠다.

잠시 후 페이가 낡은 포드 차를 끌고 나타나 20피트쯤 떨어진 커브길에다 차를 세웠다. 캘빈과 힝크가 손을 흔들었지만 얼은 꼼짝도 하지 않았다. 그는 자신의 권위를 내세울 속셈인지 뜸을 들였다. 그녀가 경적을 울리자 그제서야 어슬렁거리며 움직이기 시작했다. 토드는 그의 뒤에서 따라갔다.

"하이, 카우보이." 페이가 즐겁게 말했다.

"여어, 잘 있었는감?" 모자를 조심스럽게 벗었다가, 벗을 때보다 더 조심스럽게 다시 쓰면서 얼이 느릿느릿 말했다.

페이는 토드에게 미소를 지었고 두 사람에게 어서 타라는 손짓을 했다. 토드는 뒷좌석에 앉았다. 얼은 팔에 들고 있던 재킷을 펴서 몇 번 탁탁 털어 주름을 제거하고서 그것을 입더니 칼라를 매만지고 옷깃의 접힌 모양새를 살펴보았다. 그리고 그는 페이 옆의 조수석에 올라탔다.

그녀가 시동을 걸자 차가 한 번 덜컹거렸다. 그녀는 라브레아에 도착해 우회전을 하고 할리우드 불르바드를 타고 계속 갔다. 토드는 그녀가 곁눈질로 얼을 쳐다본다는 것을 느꼈다. 그가 뭐라고 얘기해주기를 기다리는 것 같았다.

"이렇게 계속 가는 거야?" 그녀가 그의 대답을 재촉하며 말했다. "갈 데가 어디야?"

"이봐, 실은 말이야, 저녁식사 할 돈이 없어."

그녀는 크게 당황했다.

"하지만 토드에게 한턱 낸다고 말했는데. 토드가 벌써 여러 번 샀잖아."

"괜찮아." 토드가 끼어들었다. "다음번에 사면 돼. 나 돈 많이 있어."

"이런 빌어먹을." 그녀가 고개를 돌리지 않고 소리쳤다. "난 얻어먹기만 하는 게 지겹단 말이야."

그녀는 도로 옆에다 차를 대더니 브레이크를 세게 밟았다.

"늘 이 모양이야." 그녀가 얼에게 말했다.

그는 모자, 칼라, 소매를 순서대로 매만진 다음 말했다.

"캠프에 먹을 것이 있어."

"콩 따위나 있겠지."

"아니."

"그래? 뭐가 있는데?"

그녀가 그를 채근했다.

"미그(미젤의 약칭—옮긴이)와 내가 덫을 놓았어."

페이가 웃음을 터트렸다.

"쥐덫? 야, 오늘 저녁엔 쥐를 먹겠구만."

얼은 아무 말도 하지 않았다.

"이봐, 이 덩치 큰 바보야," 그녀가 말했다. "말이 되는 소리를 하든지 아니면 지금 당장 이 차에서 내려."

"그건 메추라기 덫이야." 그는 목석 같은 뻣뻣한 태도를 조금도 흐트러트리지 않으면서 말했다.

그녀는 그의 설명을 무시했다.

"너한테 얘기하는 건 꼭 이빨을 뽑는 것 같아. 너무 피곤하단 말이야."

토드는 그런 싸움에 끝이 없다는 것을 알고 있었다. 그는 같은 얘기를 너무나 많이 들었던 것이다.

"한번 해본 얘기야." 얼이 말했다. "농담이었다구. 걱정 마. 쥐는 먹이지 않을 테니까."

그녀는 사이드 브레이크를 풀고 다시 시동을 걸었다. 그녀는 자카리아 스트리트에서 언덕 쪽으로 올라갔다. 4분의 1마일쯤 올라가자 비포장도로가 나왔고 그녀는 그 길을 타고 끝까지 갔다. 그들은 모두 차에서 내렸다. 얼이 페이가 내리는 것을 도와주었다.

"나한테 키스해줘." 그녀가 용서해주겠다는 듯이 미소를 지으며 말했다.

그는 멋지게 모자를 벗어서 차의 트렁크에다 놓고 긴 팔로 그녀의 어깨를 감싸 안았다. 그들은 길 한쪽에 비켜서서 그들을 쳐다보고 있는 토드는 전혀 신경쓰지 않았다. 그는 그저 얼이 눈을 감고서 어린애처럼 입술을 오무리는 것을 지켜보았다. 하지만 얼이 그녀에게 하는 행동에는 어린애다운 구석이 전혀 없었다. 그녀는 한참 키스를 한 다음 그를 뒤로 밀쳐냈다.

"당신도?" 그녀가 등을 돌리고 서 있던 토드에게 명랑하게 말했다.

"아, 나중에 하지." 그가 그녀의 가벼운 어조를 흉내내며 대꾸했다.

그녀는 웃음을 터뜨렸고 이어 콤팩트를 꺼내더니 입술 주위를 매만졌다. 그녀가 화장을 마치자 그들은 비포장도로가 이어진 작은 길을 걸어 올라갔다. 얼이 앞장섰고 페이가 중간에, 토드가 맨 뒤에서 따라갔다.

이제 완연한 봄이었다. 길은 좁은 계곡의 바닥을 따라 나 있었다. 계곡의 양쪽 비탈에 어렵사리 뿌리를 내린 잡초들이 자주, 파랑, 노랑으로 만발했다. 오렌지 양귀비가 길 양 옆을 장식했다. 꽃잎은 크레이프(검은 비단—옮긴이)처럼 주름잡혀 있었고 잎새에는 탈쿰 파우더(화장용 분—옮긴이) 같은 먼지가 쌓여 있었다.

한참 걸어 올라가니 또 다른 계곡이 나왔다. 이 계곡에는 꽃이 없었으나 그 맨땅과 거친 암석은 아까 계곡에서 보았던 꽃들 못지 않게 알록달록했다. 그 길은 장미색이 약간 섞인 은색이었고 벽은 벽옥색, 담갈색, 암갈색, 자주색이었다. 계곡의 공기는 핑크색으로 부드럽게 진동하고 있었다.

그들은 여치를 쫓는 벌새를 보기 위해 걸음을 멈추었다. 루비탄환 같은 적(敵)을 자신의 꽁무니에 달고서 재빨리 내빼는 여치가 까악까악 울었다. 화려한 색깔의 새들이 공중을 휘저으며 날아다니자 핑크색 공기는 수천 갈래의 금속 색종이 조각으로 찢어지는 듯했다.

계곡을 벗어나자 발 아래로, 주로 유칼립투스 나무들로 빽빽한 초록의 계곡이 보였다. 그러나 나무들 사이사이에 포플러 나무와 거대한 검은 참나무도 보였다. 그들은 그 계곡을 향해 메마른 산길을 걸어 내려갔다.

토드는 숲가에서 그들이 다가오는 것을 지켜보는 남자를 보았다. 페이도 그를 보고서 손을 흔들었다.

"하이, 미그!" 그녀가 소리쳤다.

"치니타(새끼 암돼지)!" 그가 소리쳤다.

그녀는 비탈의 마지막 10야드를 달려 내려갔고 그 남자는 양팔로 그녀를 포옹했다.

그는 커다란 아르메니아인의 눈과 툭 튀어나온 검은 입술을 가졌고, 커피과자처럼 얼굴이 거무튀튀했다. 그의 머리는 잘 빗어 넘긴 곱슬머리로 뒤덮여 있었다. 그는 로스앤젤레스 일원에서는 '고릴라'라고 부르는 긴털 스웨터를 입고 있었고 그 밑에는 아무것도 입지 않았다. 그의 지저분한 즈크 천 바지는 붉은 밴다나 손수건으로 허리춤을 묶어서 흘러내리지 않게 했다. 신발은 낡은 테니스 운동화를 신고 있었다.

그들은 숲 속 개활지에 있는 캠프로 걸어갔다. 그것은 나무에다 고속도로에서 훔쳐온 주석간판을 지붕으로 씌운 형편없는 오두막이었다. 오두막 옆의 돌들 사이에는 다리와 밑받침이 없는 스토브가 아무렇게나 놓여 있었다. 오두막 옆에는 닭장이 있었다.

얼은 스토브 밑에 불을 붙였고 페이는 박스 위에 앉아 그를 지켜보았다. 토드는 닭들을 보러 갔다. 한 마리의 늙은 암탉과 대여섯 마리의 싸움닭이 있었다. 그 닭장은 홈이 파인 판자를 가져다가 많은 공을 들여가며 정교하게 짜맞춘 것이었다. 닭장 바닥에는 신선한 이탄 이끼가 뿌려져 있었다.

멕시코인은 그에게 다가와 닭 얘기를 자랑스럽게 늘어놓았다. 그는 닭들을 아주 자랑스럽게 생각했다.

"저게 에르마노인데 다섯 번 우승한 닭이지요. 스트리트의 버처 보이 중 하나예요. 페페와 엘네그로는 아직 신참이에요. 다음 주에 산페드로에서 싸움을 붙일 겁니다. 저건 빌라인데 잘 놀라는 게 흠이에요. 하지만 아직도 잘 싸워요. 저건 사파타인데 두 번 우승했지요. 여기는 타셀 돔이에요. 그리고 마지막으로 후후틀라인데 나의 챔피언이지요."

그는 닭장을 열더니 후후틀라를 꺼내어 토드에게 보여주었다.

"이 친구는 정말 살인자예요. 빠르고 강력해요!"

그 수탉의 깃털은 초록, 청동, 구리 색이었다. 부리는 레몬색, 다리는 오렌지색이었다. "정말 멋진 놈이로군요." 토드가 말했다.

"암요."

미그는 그 닭을 닭장 안에다 집어넣고 불을 피우고 있는 친구들에게로 되돌아갔다.

"식사는 언제 하죠?" 페이가 물었다.

미겔은 스토브에 침을 뱉어 화력을 시험했다. 이어 커다란 무쇠 프라이팬을 꺼내오더니 모래로 닦기 시작했다. 얼은 페이에게 칼과 감자를 건네주면서 껍질을 벗기라고 했다. 그리고 마대 자루를 집어들었다.

토드는 그를 따라갔다. 그들은 양들이 다니는 길인 듯한 좁은 길을 걸어서 키 큰 풀들이 빽빽이 뒤덮인 자그마한 들판으로 갔다. 얼은 고무나무 숲 뒤에 서더니 손을 들어 토드에게 조용히 하라는 신호를 보냈다.

근처에서 흉내지빠귀가 울었다. 그 노랫소리는 높은 곳에서 연못 속으로 하나씩하나씩 떨어지는 조약돌 소리 같았다. 이어 지빠귀가 부드러우면서도 걸걸한 목소리로 노래 부르기 시작했다. 또 다른 지빠귀가 응답했고 그런 식으로 새들의 합창이 오고갔다. 그들이 화답하는 소리는 동부의 메추라기들이 내는 쾌활한 소리와는 좀 다른 것 같았다. 우울과 피곤이 뒤섞여 있으면서도 여전히 감미로운 그런 소리였다. 이때 또 다른 메추라기가 그 이중창에 끼어들었다. 그것은 덫에 걸린 새였다. 그 새가 내는 소리에는 불안감이 전혀 없고 단지 몰개성적이고 희망 없는 슬픔만이 느껴졌다.

얼은 자신의 밀렵 행위를 감시하는 사람이 없다는 것을 확인하자 덫에 다가갔다. 그것은 꼭대기에 작은 문이 달린 세면대 크기의 철사 바구니였다. 그는 허리를 숙이면서 그 문을 더듬기 시작했다. 다섯 마리의 새가 덫의 안쪽에 걸려 있었다. 그 중 한 마리는 수탉이었는데 우아한 깃털이 부리에까지 나 있었다.

얼은 그 새들을 한 마리씩 꺼내더니 목을 잡아 빼어 비튼 다음 마대 자루에다 던져 넣었다. 그리고 마대자루를 왼손에 들고 캠프 쪽으로 향했다. 그는 오른손으로 새를 한 마리씩 꺼내 깃털을 뽑았다. 새들의 깃털은 깃대 끝에 매달려 있는 핏방울 때문에 깃대의 끝 부분이 먼저 땅에 떨어졌다.

캠프에 돌아오니 해는 이미 떨어져 있었다. 날씨가 추워졌고 토드는 불 옆에 있는 것이 좋았다. 페이가 박스 위의 옆자리를 내주어 토드는 그녀와 나란히 앉아서 불을 쪼였다.

미그는 오두막에서 테킬라 술병을 내왔다. 그는 페이에게만 특별히 피넛버터 통에다 술을 부어주었고 토드에게는 술병째 내밀었다. 그 술에서는 썩은 과일 냄새가 났지만 맛은 좋았다. 그가 충분히 마신 뒤에는 얼이 술병을 받아들었고 다시 미겔에게 건네주었다. 그들은 술병을 계속 이 손에서 저 손으로 돌렸다.

얼은 페이에게 새들이 살집이 많다는 것을 보여주려 했지만 그녀는 보지 않으려 했다. 그는 새들의 내장을 꺼내고 무거운 가위로 네 조각을 내기 시작했다. 페이는 가위 날이 새의 살과 뼈를 부술 때 나는 부드러운 파괴음을 듣지 않기 위해 두 손으로 귀를 막았다. 얼은 천조각으로 그 살을 닦은 다음 커다란 돼지기름 덩어리가 지글지글 끓고 있는 프라이 팬에다 던져 넣었다.

페이는 아까 메스꺼워했던 것도 잊어버리고 남자들 못지않게 그 고기를 잘 먹었다. 후식은 커피가 없었기 때문에 테킬라로 대신했다. 그들은 담배를 피웠고 술병을 계속 돌렸다. 페이는 피넛버터 통을 옆으로 내던지고 남자들처럼 목을 뒤로 젖히면서 술을 마셨다.

토드는 그녀의 홍분이 서서히 강도를 높여간다는 것을 느졌다. 그들이 앉아 있는 박스는 비좁았기 때문에 그들의 등이 맞닿아 있었고 그는 그녀가 온몸이 뜨거운 채 어쩔 줄 몰라 한다는 것을 알 수 있었다. 그녀의 목과 얼굴은 상아색에서 장미색으로 변했다. 그녀는 계속 담배를 꺼내 피웠다.

얼의 얼굴은 커다란 모자의 그늘에 가려 잘 보이지 않았다. 하지만 멕시코인은 불빛에 얼굴을 완전히 노출한 채 앉아 있었다. 그의 피부는 달아올랐고 기름 먹인 검은 곱슬머리는 반짝거렸다. 토드가 볼 때 그는 아주 음흉한 눈빛으로 페이에게 계속 미소를 지었다. 술을 마시면 마실수록 테드에게는 그 눈빛이 마음에 들지 않았다.

페이가 자꾸 토드를 밀쳤기 때문에 그는 박스에서 내려와 그녀를 더 잘 볼 수 있는 땅바닥에 앉았다. 그녀는 멕시코인에게 화답하듯 미소를 지었다. 그녀는 그가 무엇을 생각하고 있는지 아는 것 같았고 또 그와 같은 생각을 하는 듯했다. 얼 또한 그들 사이에 오가는 눈빛을 의식하고 있었다. 토드는 그가 나지막하게 욕설을 뱉으며 불빛 속으로 몸을 숙여 두툼한 장작을 집어드는 것을 보았다.

미그는 멋쩍은 듯 웃으며 노래를 부르기 시작했다.

Las palmeras lloran por tu ausencia,

Las laguna se seco—ay!

La cerca de alambre que estaba en

El patio tambien se cayo!

(그대가 없어서 야자나무도 축 처졌구나,
연못도 메말라버렸구나—아이!
뒷마당에 설치해둔 가시철망
또한 쓰러져버렸구나!)

그의 목소리는 구슬픈 테너였고 그래서 혁명의 노래가 감상적이고 달콤하고 매혹적인 비가로 바뀌어버렸다. 그가 두 번째 스탠자(가사)를 시작하자 페이도 끼어들었다. 그녀는 가사는 잘 몰랐지만 멜로디를 맞추어가며 하모니를 이룰 수 있었다.

Pues mi madre las cuidaba, ay!
Toditito se acabo—ay!
(그러니 나의 어머니 그들을 돌봐줘요, 아이!
 모두가 죽어버렸으므로—아이!)

그들의 목소리는 조용하고 희박한 공기 중에 서로 섞여 하나의 화음을 이루었고 마치 그들의 육체가 서로 접촉하는 것 같았다. 노래가 다시 바뀌었다. 멜로디는 아까와 같았으나 리듬은 깨어져버렸고 박자는 들쭉날쭉했다. 그것은 이제 룸바가 되었다.

얼은 불안하게 몸을 뒤척거렸고 불 속에서 꺼내든 막대기를 만지작거렸다. 토드는 그녀가 얼을 쳐다보는 것을 보았다. 그녀가 두려워한다는 것을 알 수 있었다. 하지만 그녀는 위축되기는커녕 더욱 무모하게 나갔다. 그녀는 술병을 들어 한 모금 길게 마시더니 일어섰다. 그녀는 엉덩이에 양손을 올려놓고 춤을 추기 시작했다.

미그는 얼의 존재를 완전히 잊어버린 듯했다. 그는 양손을 부딪쳐서 속이 텅 빈 드럼 같은 소리를 내더니 목소리에 자신의 느낌을 모두 불어넣었다. 그는 분위기에 더 어울리는 노래로 레퍼토리를 바꾸었다.

토니의 아내,
아바나의 사내들은 토니의 아내를 사랑해······

페이는 두 손을 뒤통수에 집어넣어 머리카락을 들어올리면서 엉터리 박자에 맞추어 엉덩이를 흔들기 시작했다. 그녀는 '엉덩이춤'을 추고 있었다.

토니의 아내,
그들은 토니의 아내 때문에 결투를 해······

어쩌면 토드는 얼의 의중을 잘못 읽은 것인지도 몰랐다. 그는 막대기로 프라이팬의 등을 두드리면서 박자를 맞추고 있었다.

멕시코인은 여전히 노래를 부르면서 일어나 그녀의 춤에

가세했다. 그들은 짧게 걸음을 떼어놓으면서 서로에게 다가섰다. 그녀는 엄지와 검지를 사용해 자신의 스커트를 들었다 놓았다 했고 그도 자신의 바지를 가지고 똑같은 동작을 취했다. 그들은 정면으로 바라보았다. 암청색과 연황색의 격돌이었다. 그들은 머리를 중심으로 하여 몸을 한 바퀴 빙그르르 돌리더니 등과 등을 마주 대고 춤을 추었다. 그들의 엉덩이와 엉덩이가 강하게 부딪쳤고 그들은 기마(騎馬) 자세를 취하면서 무릎을 깊숙이 구부렸다. 페이가 하체를 안정시킨 채 유방과 머리를 요란하게 흔들어대자 그는 부드러운 흙을 강하게 차대면서 그녀의 주위를 빙빙 돌았다. 그들은 다시 얼굴을 마주보았고 서로의 엉덩이를 주무르는 시늉을 했다.

얼은 프라이팬을 점점 더 세게 두드렸고 마침내 망치로 모루를 두드리는 소리가 났다. 갑자기 그도 벌떡 일어나 춤을 추기 시작했다. 그는 조잡한 포크 댄스를 추었다. 그는 공중에 경중경중 뛰어오르며 양 발을 부딪치고 환호성을 내질렀다. 하지만 그는 그들 춤의 일부가 될 수는 없었다. 그 리듬은 그와 두 춤꾼을 갈라놓는 투명한 유리벽이었다. 그가 아무리 환호성을 지르고 공중에 뛰어올라도 두 남녀가 전진하고 후퇴하며 붙었다가 떨어지는 그 정밀한 패턴을 흐트러뜨릴 수가 없었다.

토드는 그 막대기가 어디로 떨어질 것인지를 미리 알고 있었다. 그는 얼이 막대기를 높이 쳐들더니 멕시코인의 머리를 내리치는 것을 보았다. 딱, 하는 소리가 났고 멕시코인은 춤추는 자세 그대로 주저앉았다. 그의 몸은 그런 방해를 인정하기도 싫고 인정할 수도 없다는 자세였다.

그가 쓰러질 때 페이는 미그에게 등을 돌리고 있었다. 하지만 그녀는 돌아다볼 수 없었다. 그녀는 순간적으로 달아났다. 그녀는 토드의 옆을 재빨리 스쳐지나갔다. 그는 그녀를 멈춰 세우기 위해 발목을 잡으려 했으나 잡지 못했다. 그는 벌떡 일어나 그녀를 쫓아갔다.

만약 지금 이 순간 그가 그녀를 잡는다면 그녀도 어쩌지 못하리라. 토드는 그녀가 저기 앞에서 언덕을 달려 내려가는 소리를 들었다. 그는 그녀를 향해 깊은 고뇌에 잠긴 고함 소리를 질러댔다. 그것은 여러 시간 허탕을 치다가 이제야 제대로 된 추격로를 발견한 사냥개가 내는 소리였다. 그는 그녀를 땅에다 패대기쳤을 때의 느낌을 손끝으로 생생하게 느낄 수 있었다.

하지만 그는 빨리 달릴 수가 없었다. 돌과 모래가 자꾸 신발 속으로 들어왔다. 그는 야생 겨자 더미에 얼굴을 처박으며 넘어졌다. 겨자에서는 깨끗하고 신선하고 그러면서도 맵싸한 비와 햇빛의 냄새가 났다. 그 격렬한 달리기는 그의 피에서 열기를 거의 다 빼앗아갔다. 하지만 아직도 약간의 흥분이 남아 있어서 온몸으로 유쾌한 따끔거림을 느낄 수 있었다. 그는 기분이 아주 느긋해졌고 심지어 행복하기까지 했다.

언덕 위쪽에서 새 한 마리가 노래 부르기 시작했다. 그는 귀 기울였다. 처음에 그 낮고 풍성한 노래는 속 빈 물건, 가령 은항아리의 바닥으로 떨어지는 물소리 같았다. 그러다가 하프 줄을 북북 긁는 막대기 같은 소리가 되었다. 그는 조용히 누워서 그 소리를 들었다.

새 소리가 잠잠해지자 그는 페이의 일은 잊어버리고 그가 그리고 있는 '불타는 로스앤젤레스'에 들어갈 일련의 밑그림 생각을 했다. 그는 대낮에 불타는 도시를 그릴 생각이었다. 불길은 사막의 태양과 경쟁하게 되어 덜 무섭게 보일 것이었다. 그 불길은 끔찍한 번제(燔祭)라기보다는 지붕과 창문에서 휘날리는 밝은 색깔의 깃발이 될 것이다. 그는 도시가 불타오르면서 화끈한 축제의 분위기, 아니 쾌활한 분위기를 갖기를 원했다. 그리고 도시에다 불을 놓은 사람들은 휴일의 군중이 되어야 마땅할 것이다.

새는 다시 울기 시작했다. 그 소리가 다시 멈추자 그는 이제 페이 생각은 잊어버렸다. 그 대신 죽기 위해 캘리포니아로 오는 사람들의 중요성을 그가 그동안 너무 과대평가했던 것이 아닌가, 하는 생각이 들었다. 어쩌면 그들은 미국 전역은 고사하고 단 하나의 도시에도 불을 지르지 못할 것이다. 그들은 어쩌면 그 정도로 절망적인 사람들은 아닐지도 몰랐다. 어쩌면 그들은 미국적 광인들의 집단일 뿐 미국인 전체를 대표하는 전형적인 사람들은 아닐지도 몰랐다.

하지만 그는 자신이 예언가가 아니라 예술가이기 때문에 그건 아무런 문제도 되지 않는다고 자기 자신에게 말했다. 그의 그림은 미래의 사건에 대한 정확한 예측으로 평가받는 것이 아니라 그림으로서의 가치로 평가받을 것이기 때문이다. 그럼에도 불구하고 그는 예레미아(예언자)의 역할을 포기하기를 거부했다. 그는 '미국적 광인들의 집단'을 '크림'(영어의 cream은 '먹는 크림' 이외에 '가장 핵심적인 집단'이라는 의미도 갖고 있다—옮긴이)으로 바꾸었고 그 크림을 떠낸 우유 속에도 폭력이 난무한다고 확신했다. 로스앤젤레스 사람들이 폭력의 선봉에 설 것이고 전국에 있는 그들의 동료들이 뒤따를 것이었다. 그러면 내전이 발생하게 되리라.

그는 이 끔찍한 결론이 그에게 가져다주는 강렬한 만족감을 재미있다고 생각했다. 액운과 파괴를 예언하는 예언자들은 이처럼 행복한 사람들인가?

그는 이 질문에 대답하지 않고 일어섰다. 그가 캐니언의 꼭대기에 있는 비포장도로에 도착했을 때 페이와 그녀의 차는 사라지고 없었다.

15

"그 애는 그 심프슨이라는 친구하고 영화를 보러 갔어." 다음 날 밤 토드가 방문하자 해리가 말했다.

토드는 그녀를 기다리기 위해 의자에 걸터앉았다. 노인은 매우 아팠고 마치 침대가 폭 좁은 판자여서 조금만 움직이면 바닥으로 떨어질 것처럼 꼼짝도 않고 누워 있었다.

"자네 촬영장에선 무슨 영화를 만들고 있나?" 노인이 고개는 돌리지 않고 눈만 토드 쪽으로 돌리면서 느릿느릿 말했다.

"〈나타난 운명〉, 〈스위트 앤 로우 다운〉, 〈워털루〉, 〈분수령〉, 〈당신의 사랑을……〉"

"〈분수령〉?" 해리가 그의 말을 가로막고 나섰다. "나 그 시나리오 알고 있는데."

토드는 애시당초 말을 꺼내지 말아야 한다는 것을 알고 있었지만 이제 어떻게 해볼 도리가 없었다. 그는 해리의 말이 끝날 때까지 들어줘야 했다.

"그게 개봉되었을 때 나는 〈두 신사가 들어오다〉라는 소품에서 어빙 역을 맡았어. 그건 정말 멋진 오락물이었지. 나는 유대인 희극배우 벤 웰치 효과를 내려고 했지. 더비 모자에 커다란 바지를 입고서 말이야. 그 대사 한번 들어보겠나? '패트, 이글 세탁소의 그 자들이 말이야, 식사를 한 끼 낸다고 하는군.' …… '그래, 아이크, 그걸 받아들였나' …… '아니, 누가 이글에다 세탁물을 맡기겠나?' 조 파르보스가 경찰관 복장을 하고 내 상대역이 되어주었지. 그런데 〈분수령〉이 개봉되던 날 밤, 조는 5번가에서 어떤 여자와 동침을 하고 있었지. 하지만 스토브가 폭발해버린 거야. 그게 어떻게 된 거냐면, 그 여자의 남편이 나발을 불어버린 거야. 그는……"

해리는 이야기를 끝까지 하지 못했다. 그는 말을 멈추더니 양손으로 왼쪽 옆구리를 꼬집었다.

토드는 걱정스레 그를 내려다보았다.

"물을 가져다 드릴까요?"

해리는 입술로 아니라는 표시를 해 보인 뒤 멋지게 신음 소리를 냈다. 그것은 무대에서 2막 커튼이 내려올 때의 신음 소리, 너무나 멋들어진 신음 소리여서 토드는 미소를 애써 감추어야 했다. 그러나 노인의 얼굴이 창백해진 것은 연기와는 상관없는 것이었다.

해리는 다시 신음 소리를 냈고 상태가 고통에서 탈진으로 진행되어가더니 눈을 감았다. 토드는 노인이 베개를 적절히 사용하여 자신의 고뇌하는 옆얼굴에서 최고의 연극적 효과를 내는 걸 보았다. 해리는 다른 많은 배우들이 그렇듯이 뒤통수나 머리 윗부분을 별로 내보이지 않았다. 그는 가면처럼 얼굴의 앞면만을 내보였다. 여러 해 동안 미소를 짓고 인상을 쓰다 보니 미간, 이마, 코, 입에 깊은 주름이 잡혀져 있었다. 그 주름 때문에 감정 표현을 미묘하고 정확하게 전달할 수가 없었다. 그래서 다양한 감정 표현보다는 아주 극단적인 표정을 더 잘 연기했다.

토드는 배우들이 보통 사람들보다 고통을 덜 받는다는 게 사실이 아닐까, 하고 생각했다. 그는 이 문제를 여러 날 생각하다가 자신의 생각이 틀렸다고 결론 내렸다. 인간의 감정은 심장과 신경에서 나오는 것일 뿐, 감정 표현의 투박성과 그 강도는 아무런 상관이 없는 것이다. 해리는 걸핏하면 자신의 신음 소리와 얼굴 찡그림을 연기로 만들어버렸지만 그 또한 누구 못지않게 아픈 감정으로 고통을 받았던 것이다.

그는 고통을 즐기는 것 같았다. 하지만 모든 종류의 고통을 즐기는 것은 아니었다. 특히 질병은 더더욱 아니었다. 다른 많은 사람들과 마찬가지로 그는 자신이 스스로 부과한 고통만을 즐겼다. 그가 즐겨 써먹는 방법은 바에서 만난 낯선 사람들에게 자신의 영혼을 솔직하게 내보이는 것이었다. 그는 술 취한 척하면서 낯선 사람들이 앉아 있는 곳으로 다가갔다. 보통 그는 시를 암송하면서 다가갔다.

잠시만 앉게 해줘요.
내 구두에 돌이 들어 있어요.

나도 한때는 유쾌하고 행복했어요.
나도 한때는 당신처럼 젊었어요.

만약 그들이 "시시해, 집어쳐!"라고 소리치면 그는 겸연쩍게 미소 지으며 연기를 계속했다.

여러분 자비심을 가지세요. 내 회색 머리는……

그럴 땐 바텐더나 다른 사람이 그를 강제로 중지시켜야 한다. 그렇지 않으면 그는 상대방이 뭐라고 하든 말든 계속 연기를 할 테니까. 왕년에는 그가 바에서 연기를 하면 모두 귀를 기울였다. 그의 연기가 멋졌기 때문이다. 그는 고함치고 속삭이고 명령하고 아첨했다. 사라진 엄마를 내놓으라고 앙앙 울어대는 어린 소녀의 흉내를 냈고 그가 알고 있는 잔인한 사장들의 사투리를 흉내냈다. 그는 사랑의 아침을 알리기 위해서는 새들의 지저귐 같은 소리를 냈고 사악한 운명이 그를 쫓아오고 있음을 표현하기 위해서는 사냥개 떼의 소리를 흉내냈다.

그는 자신의 청중들에게 그의 인생 편력을 살짝 보여주었다. 소년 시절 그는 케임브리지 라틴 학교의 강당에서 셰익스피어 드라마에 출연했다. 영광스러운 꿈과 무한한 야망을 갖고 있던 시절이었다. 그후 풋내기 연극배우 시절에 그는 브로드웨이 월세방에서 쫄쫄 굶는 신세였지만 이 세상 사람들과 자신의 이상을 나누고자 하는 욕망으로 불타는 이상주의자였다. 그리고 이제 성년이 된 그는 아름다운 댄서와 결혼해 《건 선*Gun Sun*》 신문의 톱뉴스 거리를 제공한다. 하지만 어느 날 밤 우연히 일찍 집에 돌아와 보니 아내는 극장 총무부장의 품에 안겨 있었다. 그는 마음의 선량함과 사랑의 위대함을 믿기 때문에 그녀를 용서했다. 그리고 그 다음 날 밤 그녀가 극장 매표 직원의 품에 안겨 있는 것을 보았을 때에는 씁쓸한 담즙을 핥는 것 같으면서도 역시 웃음을 터뜨렸다. 또다시 그는 그녀를 용서했고 그녀는 또다시 죄를 저질렀다. 그런데도 그는 그녀를 내치지 않았다. 비록 그녀가 그를 조롱하고 비웃고 우산으로 그를 계속 때리더라도. 하지만 그녀는 얼굴이 검은 마법사, 그 외국인과 달아나버린다. 사랑의 기억과 어린 딸을 뒤에 남긴 채. 그는 관중들에게 불운에 불운이 꼬리를 무는 자신의 인생을 보여준다. 이제 극장 매표소 앞을 어슬렁거리는 중년의 그는 예전의 자기 자신의 그림자 같은 몰골에 지나지 않는다. 햄릿, 리어, 오델로를 연기하고 싶었던 그는 한심하게도 재담과 희극적 대사를 보여주는 〈내트 프럼스턴과 그 일행〉 중 그 일행의 한 사람에 지나지 않는다. 그는 청중들에게 다리를 질질 끌고 손을 부르르 떠는 노인이 된 그를 보여준다. 그는 이제……

그때 페이가 조용히 방으로 들어왔다. 토드가 그녀에게 인사하려 하자 그녀는 손가락을 입에 갖다대며 침대 쪽으로 살며시 걸어왔다.

노인은 잠이 들어 있었다. 토드는 노인의 피폐해진 메마른 피부가 파헤쳐진 땅 같다고 생각했다. 그의 이마와 관자놀이에서 반짝거리는 몇 방울의 땀은 아무런 위안도 약속해주지 않았다. 그것은 들판에 너무 늦게 내려 아무런 신선함도 가져다주지 못하는 빗방울 같았다.

그들은 살금살금 밖으로 나왔다.

복도에서 그는 그녀에게 호머와 좋은 시간을 보냈느냐고 물었다.

"그 바보!" 그녀가 얼굴을 찡그리며 소리쳤다. "그 사람은 집에서 음식 해먹는 것밖에 몰라."

토드가 몇 가지 더 물어보려 했지만 그녀는 무뚝뚝하게 제지했다. "그만해요, 난 피곤해요."

16

 다음 날 오후 토드는 계단을 오르다 그리너 씨의 집 앞에 사람들이 모여 있는 것을 보았다. 그들은 흥분하고 있었지만 말은 나지막하게 하고 있었다.
 "무슨 일입니까?" 그가 물었다.
 "해리가 죽었어요."
 그는 문을 밀어보았다. 문은 열려 있었고 그는 안으로 들어갔다. 시체는 담요에 완전히 뒤덮인 채 침대 위에 놓여 있었다. 페이의 방에서 울음 소리가 흘러나왔다. 그는 그녀의 방문에 부드럽게 노크했다. 페이는 아무 말 없이 문을 열어주더니 다시 침대 위에 털버덕 쓰러졌다. 그녀는 수건에 얼굴을 파묻고 흐느껴 울었다.
 그는 어떻게 행동해야 할지 또 무엇을 말해야 할지 난감해져서 문턱에 서 있었다. 이윽고 그는 침대로 가서 그녀를 위로하려고 애썼다. 그는 그녀의 어깨를 부드럽게 두드렸다.
 "얼마나 가슴이 아프겠어요."
 그녀는 구멍난 낡은 검은색 레이스 네글리제를 입고 있었다. 그가 그녀의 몸 위로 허리를 숙이자 메밀꽃같이 따뜻하고 좋은 냄새가 풍겨져 나왔다.

그는 다시 일어서서 담배에 불을 붙였다. 그때 문에서 노크 소리가 났다. 그가 문을 열어주자 메리 도브가 그를 스쳐 지나가 페이를 양팔로 껴안았다.

메리 또한 페이에게 용기를 내라고 말했다. 하지만 그와는 다른 방식으로 말했고 그녀의 말은 한결 설득력이 있었다.

"애, 힘을 내. 자, 우리에게 너의 용기를 보여줘."

페이는 그녀를 밀쳐내며 일어섰다. 그녀는 정신없이 몇 발자국 떼다가 다시 침대에 주저앉았다.

"내가 아빠를 죽였어." 그녀가 신음했다. 메리와 토드는 절대로 그렇지 않다고 말했다.

"내가 죽였어. 내가, 내가, 내가 그랬단 말이야!"

그녀는 자기 자신을 저주하기 시작했다. 메리가 제지하려고 했으나 토드는 가만 내버려두라고 말했다. 페이는 연기를 시작했고 그들이 끼어들지만 않는다면 그녀가 알아서 멈추리라는 것을 그는 알고 있었다.

"저렇게 말하고 나면 좀 진정이 될 거예요." 그가 말했다.

그녀는 자기를 비난하는 무거운 어조로 사태의 경과를 말해주었다. 그녀가 스튜디오에서 집으로 돌아와 보니 해리는 침대에 누워 있었다. 그녀는 컨디션이 어떠냐고 물어보았지만 대답을 기다리지는 않았다. 그녀는 벽면 거울에 자신의 모습을 비춰 보느라고 해리에게 등을 돌리고 있었다. 얼굴 화장을 고치면서 낮에 벤 머피를 보았으며 만약 해리의 컨디션이 좋아지면 바우어리(싸구려 술집, 하숙, 떠돌이 등으로 유명한 뉴욕의 거리—옮긴이) 후속물에 그를 기용할 수 있을 거라는 벤의 말을 전했다. 벤의 이름이 나올 때마다 해리는 고함을 치는 버릇이 있었는데 그 날따라 아무 말도 없어 그녀는 이상하게 생각했다. 해리는 벤을 질투하고 있었기 때문에 벤 이름만 나오면 신경질부터 냈던 것이다.

"그 빌어먹을 개자식. 그 자가 흑인 바에서 타구(唾具)를 청소할 때부터 한심한 작자라는 걸 알고 있었어."

페이는 그가 아주 아픈가 보다, 하고 짐작했다. 그녀는 얼굴에 여드름 같은 것이 나 있는 걸 보고 그걸 지워내려고 거울을 자세히 들여다보았다. 하지만 그것은 티끌이었고 그녀는 그걸 닦아낸 후 얼굴 화장을 다시 해야겠다고 생각했다. 그녀는 화장을 하면서 새 이브닝 가운이 있으면 드레스를 입고 출연하는 엑스트라 일을 얻을 수 있을 것 같다고 말했다. 그를 골려주기 위해 그녀는 짐짓 세게 나가면서 이렇게 말했다. "새 이브닝 가운 안 사주면 딴 사람한테서 얻어 입을 거야."

그래도 그가 대답을 하지 않자 그녀는 뾰루퉁해지면서 '지퍼스 크리퍼스'를 부르기 시작했다. 그는 닥치라고 소리치지 않았다. 페이는 뭔가 크게 잘못되었다는 것을 느꼈다. 그녀는 소파에 달려갔다. 그는 죽어 있었다.

이렇게 경과 보고를 한 뒤 그녀는 다시 소리 죽여 울기 시작했다. 그녀의 몸은 좌우로 크게 흔들렸다.

"불쌍한 아빠…… 불쌍한 사람……."

그녀가 어렸을 때 부녀는 함께 재미있는 시간을 많이 가졌다. 해리는 아무리 형편이 어렵더라도 늘 그녀에게 인형과 과자를 사다 주었고 아무리 피곤하더라도 그녀와 같이 놀아 주었다. 그녀에게 목말을 태워주었고 함께 방바닥을 뒹굴면서 웃고 또 웃었다.

메리의 흐느낌은 페이의 흐느낌에 기름을 부었고 두 여자는 이제 걷잡을 수 없는 상태가 되어 목놓아 울었다.

그때 문에서 노크 소리가 났다. 토드가 문을 열어 보니 관리인인 존슨 부인이 서 있었다. 페이는 고개를 저으며 그녀를 들여놓지 말라는 표시를 했다.

"나중에 오세요."

그는 그녀를 문전 박대했다. 일 분 뒤 문이 다시 열렸고 존슨 부인이 과감하게 방 안으로 밀고 들어왔다. 그녀는 마스터키를 사용했던 것이다.

"나가요." 그가 말했다.

그녀는 그를 지나쳐 가려고 했다. 하지만 그가 붙잡으려 하자 페이가 놔두라고 말했다.

그는 존슨 부인을 아주 싫어했다. 삶은 사과처럼 물컹물컹하고 얼룩덜룩한 얼굴을 가진 그녀는 나서기 좋아하고 참견하기 좋아하는 여자였다. 나중에 그는 그녀의 취미가 '장례식'이라는 것을 알게 됐다. 그녀가 장례식에 끼어드는 것은 병적인 취미가 아니라 공식적인 일과였다. 그녀는 꽃의 배치, 의식의 순서, 조문객의 복장과 태도 등에 대해 관심이 많았다.

그녀는 페이에게 다가가더니 아주 확고한 목소리로 "자, 이제 그만하세요"라고 말하면서 페이의 울음을 중지시켰다.

그녀의 목소리와 태도에는 강한 위엄이 서려 있어서 메리와 토드가 하지 못한 일을 그녀는 해냈다.

페이는 공손한 표정으로 그녀를 쳐다보았다.

"첫째," 존슨 부인은 오른손 엄지로 왼손 검지를 가리키며 말했다. "내가 이 일에 끼어드는 것은 당신을 도와주기 위한 것임을 알아주기 바래요."

그녀는 이어 메리와 토드를 차례로 쳐다보았다.

"난 이 일을 해봐야 득 될 게 별로 없어요. 온통 골칫거리뿐이에요."

"그러시겠지요." 페이가 말했다.

"좋아요. 내가 당신을 도와주려면 몇 가지 알아봐야 할 것이 있어요. 고인은 돈이나 보험을 남긴 것이 있나요?"

"없어요."

"당신은 돈을 가지고 있나요?"

"없어요."

"빌릴 수는 있나요?"

"좀 어려울 것 같은데요."

존슨 부인은 한숨을 내쉬었다.

"그렇다면 시 당국에서 매장을 해주는 수밖에 없군요."

페이는 대꾸하지 않았다.

"그러니까, 시 당국이 극빈자 공동묘지에 매장하도록 내버려둘 건가요?"

그녀는 '시 당국'이라는 말에는 경멸감을, '극빈자'라는 말에는 공포심을 내비치며 말했다. 페이는 그 기색을 알아차리고 얼굴을 붉히며 다시 흐느껴 울었다.

존슨 부인은 이미 밖으로 나갈 태세였다. 아니, 몇 발자국 문 쪽으로 걸어가기까지 했다. 그러다가 마음을 바꾸어 되돌아왔다.

"장례식 비용이 얼마나 드는데요?" 페이가 물었다.

"2백 달러. 하지만 50달러를 선금으로 내고 월 25달러씩 할부로 할 수도 있어요."

"그 돈을 구해볼게요."

메리와 토드가 동시에 말했다.

"좋아요." 존슨 부인이 말했다. "그 외에 부대 비용으로 50달러쯤 더 들어요. 내가 이제 밖에 나가서 모든 절차를 알아볼게요. 장의사 홀세프 씨가 당신의 아버지를 고이 묻어드릴 거예요. 그는 일을 아주 잘해요."

그녀는 마치 축하한다는 듯한 자세로 페이와 악수를 했고 황급히 방 밖으로 나갔다.

존슨 부인의 사무적인 태도가 그녀를 조금은 안정시킨 것 같았다. 그녀의 입은 굳게 다물어져 있었고 눈에는 눈물이 말라 있었다.

"걱정하지 말아요." 토드가 말했다. "내가 돈을 만들어볼게."

"아니, 됐어요." 그녀가 말했다.

메리가 지갑을 열어서 자그마한 달러 다발을 꺼냈다.

"여기 약간 있어."

"아니, 됐어." 그녀가 그 돈을 밀치며 말했다.

페이는 잠시 앉아서 생각에 잠기더니 화장대로 가서 눈물 젖은 얼굴을 고치기 시작했다. 갑자기 그녀가 립스틱을 공중에 쳐든 채로 고개를 돌려 메리에게 말했다.

"나, 제닝스 부인 집에다 넣어줄 수 있지?"

"뭣 때문에?" 토드가 물었다. "내가 돈을 마련해 온다니까."

두 여자는 그를 무시했다.

"물론이지." 메리가 말했다. "진작 그렇게 했어야지. 아주 쉬운 일이야."

페이가 웃었다.

"난 아껴두고 있었어."

두 여자의 태도 변화는 토드를 깜짝 놀라게 했다. 그들은 갑자기 아주 강인해져 있었다.

"그 얼 슈프 같은 날파리 말이야. 그런 개털(싸구려들)과는 이제 그만 사귀어. 걔는 말이나 타게 내버려두라구. 걔는 카우보이지?"

그들은 한바탕 요란하게 웃어대며 함께 팔짱을 끼고 화장실로 들어갔다.

토드는 그들이 갑자기 은어를 사용하는 심정을 이해했다. 은어를 사용하면 현실적이고 세속적인 사람이 된 것 같은 느낌이 들고 또 심각한 사태에 보다 쉽게 대처할 수 있다는 용기가 생기는 것이다.

그는 화장실 문을 노크했다.

"용건이 뭐예요?" 페이가 소리쳤다.

"이봐, 깔치들." 그가 그들의 은어를 흉내내며 말했다. "제닝스 부인의 집에는 아무나 들어가는 게 아니야. 내가 쇳가루를 가져 온다니까."

"뭐라구요? 사양하겠어요." 페이가 말했다.

"이봐, 내 말을 들어. ……" 그가 다시 말하기 시작했다.

"그런 시시한 얘기는 딴 데 가서 알아봐요!" 메리가 소리쳤다.

17

 해리의 장례식 날 토드는 술에 취해 있었다. 그는 페이가 메리 도브와 함께 가버린 뒤부터 그녀를 보지 못했지만 장례식에 가면 그녀를 만날 수 있다는 것을 알고 있었다. 하지만 그녀와 언쟁을 벌이려면 없는 용기를 짜내야 했다. 그래서 점심 때부터 술을 마시기 시작했다. 늦은 오후에 장례식에 찾아간 그는 용기 있는 상태를 지나서 추잡한 상태로 접어들고 있었다.

 그는 관 속에 누워 있는 해리를 발견했다. 시신은 이제 곧 부속 예배당으로 실려나가 전시되기를 기다리고 있었다. 관 뚜껑은 열려 있었고 노인은 아주 느긋한 표정이었다. 어깨 바로 밑까지 상아색 공단이 덮여 있었고 공단의 끝부분을 밖으로 접어서 멋진 안감을 자랑하고 있었다. 그의 머리 밑에는 자그마한 레이스 쿠션이 놓여 있었다. 그는 검은 나비 넥타이, 뻣뻣한 셔츠, 윙 칼라에 턱시도를 입고 있었다. 얼굴은 깨끗하게 면도를 하고, 눈썹을 짙게 그리고, 뺨에는 루즈를 칠했다. 그는 민스트럴 쇼(흑인으로 분장한 백인 연예인에 의

한 버라이어티 쇼—옮긴이)의 주인공 같았다.

  토드가 허리를 숙여 묵도를 올리고 있을 때 누군가 들어오는 소리가 들렸다. 그는 존슨 부인의 목소리를 알아보고 고개를 돌려 그녀를 쳐다보았다. 그는 그녀와 시선이 마주치는 순간 목례를 했다. 하지만 그녀는 그를 무시했다. 그녀는 몸에 잘 맞지 않는 연미복을 입은 남자와 언쟁을 벌이느라 바빴다.

  "이건 원칙의 문제예요." 그녀가 비난했다. "당신의 견적서에는 청동으로 되어 있었어요. 그런데 저 손잡이는 청동이 아니잖아요. 이거 어떻게 된 거예요?"

  "제가 미스 그리너에게 물어봤습니다." 그 남자가 애처로운 목소리로 말했다. "그녀가 괜찮다고 했어요."

  "그러면 다예요? 난 정말 놀랐어요. 청동 대신 무쇠 손잡이를 달아서 그 불쌍한 아이한테서 몇 달러를 울궈먹으려 하다니. 정말 놀라워요."

  토드는 장의사의 대답을 기다리지 않았다. 페이가 리 시스터즈의 한 여자 팔에 안겨 지나가는 것을 보았던 것이다. 그녀를 쫓아가서 따라잡았을 때 그는 뭐라고 말해야 할지 난감했다. 그녀는 그의 동요를 오해하고 감동을 받았다. 그녀는 고맙다는 표시로 약간 흐느껴 울었다.

  그녀는 그렇게 아름다울 수가 없었다. 새로 맞춘 몸에 딱 맞는 검은 드레스를 입고 있었고 백금 머리카락은 뒤로 빗어서 검은 밀짚 세일러 모자 밑에 롤빵처럼 묶고 있었다. 가끔씩 그녀는 자그마한 레이스 손수건으로 살짝살짝 눈물을 찍어냈다. 하지만 그의 머릿속에는 그녀가 무슨 돈으로 저 드레스를 사 입었을까 하는 생각뿐이었다.

그가 계속 응시하자 그녀는 불안해하면서 다른 곳으로 가려고 했다. 그는 그녀의 팔을 잡았다.

"잠깐만 단 둘이서 얘기할 수 있을까?"

미스 리는 눈치를 채고 자리를 비켜주었다.

"뭔데요?" 페이가 물었다.

"여기 말고 다른 데로 가지." 그는 불확실하게 대답하여 더욱 신비스러운 분위기를 풍기면서 말했다.

토드는 그녀를 데리고 통로를 걸어 내려가 텅 빈 전시실을 발견했다. 그 방의 벽에는 중요 인물의 장례식 사진이 걸려 있었고 자그마한 스탠드와 테이블 위에는 관에 들어가는 재료와 묘석과 석곽의 견본이 놓여 있었다.

뭐라고 말해야 할지 몰라 그는 멍청한 바보 표정을 지으면서 어색한 분위기만 더욱 강조하고 있었다.

미소를 짓고 있는 그녀는 이제는 다정한 태도로 변해 있었다.

"어서 말해요. 우물쭈물하지 말고."

"키스를……."

"그러죠 뭐." 그녀가 웃음을 터트렸다. "얼굴 화장을 엉망으로 만들면 안 돼요." 그들은 가볍게 입을 맞췄다.

그녀가 되돌아가려 하자 그가 멈춰 세웠다. 그녀는 왜 그러느냐며 짜증을 냈다. 그는 그럴 듯한 대답을 찾기 위해 머리를 쥐어짰다.

그녀는 그에게 허리를 숙이면서 가볍게 쓰러지는 자세를 취했다. 하지만 피곤해서 그런 것은 아니었다. 그는 어린 자작나무가 정오에 햇빛을 너무 받아 그런 식으로 가볍게 쓰러지는 것을 본 적이 있었다.

"당신은 취했어요."

"제발."

"왜 이래요. 이거 놔요."

그에게 화를 내고 있는 그녀는 여전히 아름다웠다. 그녀의 아름다움이 나무의 그것과 마찬가지로 구조적인 것이기 때문에 더욱 그랬다. 그 아름다움은 그녀의 마음이나 머리에서 나오는 것이 아니었다. 그렇기 때문에 창녀 짓은 그 아름다움을 파괴하지 못할 것이다. 오로지 나이와 사고와 질병만이 그것을 파괴할 수 있다.

이제 곧 그녀는 소리를 칠지도 몰랐다. 그는 뭔가를 말해야 했다. 그녀는 창녀 짓을 오래 하다 보면 아름다움이 파괴될지도 모른다는 얘기를 못 알아들을 것이다. 또 윤리 운운해봐야 그녀에게 아무런 가치 있는 얘기도 되지 못했다. 경제적이지 못하다는 얘기도 말이 되지 않을 것이다. 창녀 짓은 돈 되는 장사였다. 고객이 내놓은 30달러의 절반을 차지할 수 있으니까. 일 주일에 열 명만 받아도 그게 얼만가.

그녀는 그의 정강이를 걷어찼고 그는 그대로 그녀를 붙잡고 있었다. 갑자기 그가 말하기 시작했다. 그는 어떻게 주장해야 한다는 것을 알고 있었다. 질병은 그녀의 아름다움을 파괴할 것이다. 그는 성교육을 하는 YMCA 강사처럼 그녀에게 소리쳤다.

그녀는 몸을 버둥거리는 것을 멈추고 고개를 숙인 채 발작적으로 흐느껴 울었다. 그는 말을 마치자 그녀의 팔을 놓아주었고 그녀는 전시실 밖으로 벼락같이 달려나갔다. 토드는 더듬더듬 길을 찾아, 조각된 대리석 관 옆에 가서 앉았다.

그가 거기에 앉아 있는데 검은 재킷에 회색 스트라이프 바지를 입은 젊은 남자가 들어왔다.

"그리너 씨 장례식에 참석하기 위해 오셨나요?"

토드가 일어서서 희미하게 머리를 끄덕였다.

"장례식이 곧 시작됩니다."

그 남자가 말했다. 그는 그로그레인(비단, 인견의 두꺼운 골진 천—옮긴이) 천으로 뒤덮인 작은 박스를 열어서 먼지막이 천을 꺼냈다. 토드는 그 남자가 전시실의 견본들을 청소하는 모습을 쳐다보았다.

"장례식이 벌써 시작되었을 겁니다."

그는 문 쪽을 가리키며 말했다.

그제서야 그의 말을 알아들은 토드는 전시실에서 나왔다. 그가 발견한 유일한 출구는 예배당으로 가는 길이었다. 문을 들어선 순간 존슨 부인이 그를 알아보고 의자로 안내했다. 그는 장례식장에서 한시 바삐 벗어나고 싶었으나 야단법석을 떨지 않는 한 그것은 불가능했다.

페이는 제단을 바라보는 신자석의 맨 앞줄에 앉아 있었다. 그녀의 오른쪽에는 리 시스터즈가, 그리고 왼쪽에는 메리 도브와 에이브 쿠직이 앉아 있었다. 그들 뒤에는 샌버두 다세대주택의 입주자들이 여섯 줄 정도를 차지하며 앉아 있었다. 토드는 일곱 번째 줄에 혼자 앉았다. 그의 뒤에는 빈 줄이 여러 줄 있었는데 거기에 앉아 있는 몇몇 남녀들은 장례식과는 영 어울리지 않는 사람들이었다.

그는 페이의 들먹거리는 어깨를 보지 않으려고 시선을 돌려 뒷줄에 앉아 있는 사람들을 살펴보았다. 그는 그런 부류의 사람들을 잘 알고 있었다. 그들은 횃불을 직접 들고 앞장서는 사람은 아니지만 횃불 뒤에서 달려가면서 고함을 쳐대는 그런 사람들이었다. 그들은 어떤 극적인 사건이 벌어지지 않을까, 기대하면서 해리의 장례식에 온 사람들이었다. 적어도 문상객들 중 한 사람이 히스테리컬한 울음을 터트려 예배당 밖으로 부축되어 나가지 않을까를 기대하는 사람들이었다. 토드는 그들이 폭력 일보 직전의, 사악하고 메마른 권태의 표정으로 그를 쳐다보고 있음을 느꼈다. 그들이 자기들끼리 중얼거리기 시작하자 그는 몸을 절반쯤 돌려서 곁눈질로 그들을 살폈다.

잇몸에 잘 들어맞지 않는 의치를 껴서 얼굴이 보기 흉하게 당겨진 어떤 늙은 여자가 실내로 들어와 집에서 만든 지팡이의 자루를 빨고 있던 남자에게 뭐라고 속삭였다. 그가 그녀의 메시지를 사람들에게 알렸고 그들은 모두 일어서 황급히 밖으로 나갔다. 토드는 어떤 유명 배우가 인근의 식당으로 들어가는 모습이 포착되었는가 보다, 하고 생각했다. 만약 그렇다면 그들은 그 식당 바깥에서 몇 시간씩 죽치고 앉아서 그 스타가 나오기를 기다리거나 아니면 경찰에 의해 강제 해산될 것이다.

그들이 떠난 뒤 깅고 가족이 도착했다. 깅고 가족은 에스키모인인데 북극 탐험 영화를 만들기 위해 특별히 초청된 사람들이었다. 그 영화는 오래전에 상영되었지만 그들은 알래스카로 돌아가기를 거부했다. 그들은 할리우드가 좋았다.

해리는 그들의 좋은 친구였고 그들과 정기적으로 식사를 같이 하면서 유대인 음식점에서 사온 훈제 연어, 하얀 물고기, 매리네이드에 담근 청어 등을 나누어 먹었다. 그들은 또 뜨거운 물과 소금 친 버터를 섞어서 만든 값싼 브랜디를 양철컵에 따라서 함께 나누어 마셨다.

마마 깅고와 파파 깅고는 아들의 손에 이끌려 중앙 통로를 걸어 내려오면서 모든 사람들에게 인사를 하며 첫째 줄까지 갔다. 거기서 그들은 페이를 둘러싸고 그녀와 일일이 악수를 했다. 존슨 부인은 그들을 뒷줄로 보내려고 했으나 그들은 그녀의 지시를 무시하고 앞줄에 앉았다.

예배당의 천장 조명이 갑자기 어두워졌다. 동시에 가짜 참나무 패널을 댄 벽에 걸린 모조 채색 유리창 뒤의 불이 켜졌다. 일순 장내가 침묵에 휩싸였고 페이의 흐느낌 소리가 터져나왔다. 전자 오르간은 녹음된 바흐의 합창곡 〈오소서 주님이여, 우리의 구세주여〉를 연주하기 시작했다.

토드는 그 음악을 알고 있었다. 그의 어머니가 일요일이면 가끔씩 집에서 그 합창곡의 일부를 피아노로 연주했었다. 그 음악은 아주 공손하게 그리스도의 재림을 간구했다. 적절한 탄원을 뒤섞으며 분명하고 정직한 어조로 그리스도를 부르는 것이었다. 그 음악이 부르는 신은 왕중왕이 아니라 처녀들에게 둘러싸인 처녀, 수줍고 온유한 그리스도였다. 그 초대는 피곤하고 고통받는 죄인의 집으로 부르는 것이 아니라 풀밭 위의 축제에 부르는 것이었다. 그 음악은 애원하지 않았다. 그것은 마치 초대해온 손님을 놀라게 하는 것을 두려워하는 것처럼 무한한 온유함과 부드러움으로 호소하고 있었다.

토드가 볼 때 그 음악을 귀 기울여 듣는 사람은 아무도 없었다. 페이는 흐느껴 울고 있었고 다른 사람들은 저마다 머릿속이 복잡했다. 그리스도를 공손하게 안내하는 바흐는 그들에겐 어울리지 않았다.

음악은 곧 음조를 바꾸어 흥분의 분위기로 접어들었다. 하지만 그는 그것이 무슨 변화를 가져오는 것은 아니라고 생각했다. 이미 베이스(저음부)는 떨리기 시작했다. 그는 그 음악이 에스키모를 불안하게 만드는 것을 보았다. 베이스가 힘을 내가며 고음부를 제압하자 파파 깅고는 만족스럽다는 듯이 툴툴거렸다. 마마 깅고는 존슨 부인이 그를 노려보는 것을 보고 남편의 등에 두툼한 손을 얹어 그에게 조용히 하라는 신호를 보냈다.

"이제 오소서, 오 우리의 구세주여"라고 음악은 호소했다. 그 음악은 이제 더 이상 수줍어하지도 공손하지도 않았다. 베이스와 씨름하면서 음악의 분위기가 바뀐 것이다. 위협과 초조함의 기미도 약간씩 내보이고 있었다. 하지만 의심하는 기미는 조금도 찾아볼 수가 없었다.

그는 위협이나 초조함의 기미라고 해봐야 아주 미미한 것이었으므로, 그것 때문에 바흐가 비난받아야 한다는 생각은 들지 않았다. 바흐가 이 곡을 썼을 때 세상은 이미 그 애인을 1700년 이상이나 기다려오지 않았던가. 그러나 음악은 다시 분위기가 바뀌었고 위협과 초조함은 완전히 사라졌다. 고음부는 자유롭게 그 성량을 뽐냈고 베이스는 더 이상 그것을 억제하려 하지 않았다. 베이스는 멋진 반주가 되어주었다. 음악은 마치 이렇게 말하는 듯했다. "오든 안 오든 나는 당신을 사랑하며 나의 이 사랑만으로 충분합니다." 그것은 외침도 세레나데도 아닌, 명백한 사실의 진술이었고 거기에는 오만함도 겸손함도 깃들어 있지 않았다.

어쩌면 그리스도는 들었을 것이다. 듣기는 들었는데 단지 계시를 하지 않는 것일 뿐이리라. 하지만 장례 수행원들은 들었다. 왜냐하면 곡의 끝부분은 해리의 관을 이동하라는 지시가 떨어지는 부분이기 때문이다. 존슨 부인은 관대 뒤에 바싹 붙어 서서 관이 제대로 놓여 있는지 살폈다. 그녀가 손을 쳐들자 바흐의 곡은 중간에서 끊어졌다.

"설교 전에 앞에 나와서 고인의 얼굴을 마지막으로 보고 싶은 분 안 계십니까?" 그녀가 소리쳤다.

오로지 깅고 가족만이 즉시 일어섰다. 그들은 단체로 관 있는 데까지 갔다. 존슨 부인은 그들을 제지하고 페이에게 제일 먼저 보라는 신호를 보냈다. 메리 도브와 리 시스터즈의 부축을 받은 그녀는 한번 재빨리 내려다보고서는 잠시 흐느껴 울더니 황급히 자리로 돌아갔다.

깅고 가족이 두 번째로 걸어나왔다. 그들은 관 위로 허리를 숙이면서 걸걸하고 탁한 목소리로 자기들끼리 뭐라고 말했다. 그들이 또다시 보려고 하자 존슨 부인이 단호한 자세로 그들을 의자로 안내했다.

난쟁이가 관대 옆으로 다가가서 손수건을 한번 흔들더니 뒤로 물러섰다. 그 다음에 아무도 나서지 않자 존슨 부인은 마치 그런 관심 부족이 그녀 개인에 대한 모욕이라도 되는 것처럼 화를 냈다.

"고(故) 그리너 씨의 얼굴을 마지막으로 보고 싶은 사람은 지금 즉시 나오세요." 그녀가 소리쳤다.

약간의 동요가 있었지만 일어서는 사람은 없었다.

"게일 부인." 그녀가 게일 부인을 노려보며 지명했다. "당신은 어때요? 마지막으로 한번 보지 않겠어요? 이제 곧 당신 이웃은 땅 속에 묻혀 영원히 볼 수 없게 됩니다."

그렇게 지명하는데 안 나갈 수가 없었다. 게일 부인은 통로를 걸어 내려갔고 그 뒤에 몇 명 더 따라갔다.

토드는 그 틈을 이용해 예배당에서 빠져나왔다.

18

페이는 장례식 다음 날 샌버두에서 이사해 나갔다. 토드는 그녀가 어디로 갔는지 알지 못했다. 제닝스 부인 집으로 전화해 알아봐야겠다고 용기를 짜내던 중에 그는 사무실 창문을 통해 스튜디오 안을 걸어가는 페이를 보았다. 그녀는 나폴레옹 시대의 종군 여상인(女商人) 복장을 하고 있었다. 그가 창문을 열었을 때 그녀는 이미 건물의 모퉁이를 돌아가고 있었다. 그는 그녀에게 기다려 달라고 소리쳤다. 그녀가 손을 흔들었다. 아래층으로 내려가 보니 그녀는 사라지고 없었다.

그녀의 복장을 보니 〈워털루〉라는 영화에 참여하고 있는 것이 틀림없었다. 그는 스튜디오의 청원경찰에게 〈워털루〉 촬영장이 어디냐고 물었고 뒷마당의 촬영장이라는 대답을 들었다. 그는 즉시 그곳으로 걸어가기 시작했다. 거대한 말에 올라탄 덩치 큰 사람들로 구성된 중기병 소대가 지나갔다. 그들도 같은 촬영장으로 가는 듯해 그는 그 뒤를 따라가기로 했다. 그들은 곧 구보로 달려갔고 그는 금세 뒤쳐져버렸다.

햇살이 매우 뜨거웠다. 말발굽이 일으킨 먼지 때문에 눈과 목구멍이 따가웠고 머리가 어질어질했다. 그가 발견할 수 있는 유일한 그늘은 채색된 즈크 천으로 만든 모형 원양 항해선의 그늘이었다. 그 모형 배의 선측에 있는 쇠기둥에는 진짜 보트가 걸려 있었다. 그는 그 그늘에 잠시 서 있다가 멀리 우뚝 서 있는 40피트 높이의 종이 모형 스핑크스 쪽으로 걸어갔다. 거기에 다다르기 위해서는 사막을 가로질러야 했다. 사막은 매일 하얀 모래를 들이붓는 여러 대의 트럭들 때문에 점점 더 커지고 있었다. 그가 몇 피트 걸어갔을 때 메가폰을 든 남자가 옆으로 비키라고 소리쳤다.

그는 오른쪽으로 크게 방향을 틀어 사막을 우회한 다음 널빤지 보도가 깔려 있는 웨스턴 스트리트로 나왔다. '라스트 찬스 살롱'의 앞 베란다에는 흔들의자가 하나 놓여 있었다. 그는 그 의자에 앉아 담배에 불을 붙였다.

토드는 그곳에서 물소가 원추형의 초당(草堂) 옆에 매어져 있는 정글 촬영장을 볼 수 있었다. 물소는 몇 초 간격으로 음매, 하고 울었다. 갑자기 한 아랍인이 하얀 말을 타고 그 초당을 지나쳤다. 그는 그 남자에게 소리쳤으나 대답을 듣지 못했다. 잠시 후 많은 양의 눈과 말라뮤트 썰매 개를 실은 트럭 한 대가 지나갔다. 그는 다시 소리쳤다. 트럭 운전사는 뭐라고 소리쳤지만 차를 세우지는 않았다.

그는 담배 꽁초를 버리고 살롱의 흔들문 안으로 들어갔다.

그 건물은 내부가 없었고 곧바로 파리의 거리가 나왔다. 그 거리를 따라서 끝까지 가니 로마네스크풍의 안뜰이 나왔다. 그는 약간 떨어진 곳에서 사람들의 웅성거리는 소리를 듣고 그쪽으로 걸어갔다. 인조 잔디밭에서 승마복을 입은 한 무리의 남녀들이 피크닉을 하고 있었다. 그들은 셀로판 폭포 앞에서 종이로 만든 음식을 먹고 있었다. 그가 길을 묻기 위해 그들 쪽으로 다가가니 한 남자가 인상을 쓰면서 표지판—"조용히 해주세요, 우리는 촬영중입니다"—을 쳐들어 보였다. 그래도 토드가 그들 쪽으로 다가가려 하자 그 남자는 위협적으로 주먹을 휘둘렀다.

그 다음에 그는 셀룰로이드 백조가 떠 있는 자그마한 연못으로 갔다. 연못 한쪽 끝에 '캄프 콤핏으로 가는 다리'라는 표지판이 있는 다리가 있었다. 그 다리를 건너서 작은 길을 타고 걸어가니 에로스에게 바쳐진 그리스 신전이 나왔다. 에로스는 낡은 신문지와 빈병 더미 앞에 비스듬히 누워 고개를 숙이고 있었다.

신전의 계단에서 그는 저 멀리 롬바르디 포플러가 양 옆에 서 있는 도로를 보았다. 그가 중기병 소대를 잃어버렸던 바로 그 길이었다. 그는 찔레 덤불, 낡은 타이어와 고철, 뼈대만 남은 체펠린 비행선, 대나무 울타리, 어도비 흙으로 만든 성채, 트로이의 목마, 잡초에서 시작해 참나무 나뭇가지에서 끝나는 바로크풍 궁정 계단, 14번가의 역(驛) 모형, 네덜란드의 풍차, 공룡의 뼈, 메리맥 증기선의 상체, 마야 신전의 귀

통이 등을 지나서 마침내 그 길에 도착했다.

그는 숨이 찼다. 포플러 나무 그늘 밑, 갈색 종이로 만든 바위 위에 앉아 재킷을 벗었다. 시원한 바람이 불어왔고 곧 온몸이 편안해졌다.

그는 최근에 고야와 도미에뿐만 아니라 17세기와 18세기의 이탈리아 화가들, 가령 살바토르 로사, 프란체스코 구아르디, 몬수 데시데리오 등 '부패와 신비의 화가들'을 깊이 생각했다. 이제 언덕 아래를 내려다보면서 그는 살바토르 로사의 칼라브리아풍의 작품을 그대로 닮은 구도를 볼 수 있었다. 절반쯤 파괴된 건물들과 부서진 기념비 등이 보였다. 그것들은 건조한 땅에서 뿌리가 뽑혀 죽어버린 거대한 나무에 의해 절반쯤 가려져 있었다. 또한 그 주변의 관목들은 꽃과 버찌를 가져오는 게 아니라 창, 갈고리, 칼 따위의 무기를 제공했다.

또한 구아르디와 데시데리오의 그림을 연상시키는, 아무것도 연결시켜주지 못하는 다리, 나무 속의 조각품, 미풍에 흔들리는 가짜 석조 현관 등이 있었다. 거기에는 몇 명의 사람들도 있었다. 토드에게서 100야드쯤 떨어진 곳에 더비 모자를 쓴 남자가 베네치아풍 배의 황금 선미에 기대어 사과 껍질을 벗기고 있었다. 그리고 그보다 좀 더 떨어진 곳에서는 청소부 아줌마가 사다리를 타고 올라가 물과 비누로 30피트 높이의 붓다 얼굴을 청소하고 있었다.

그는 그 길을 버리고 언덕을 타고 올라가 계곡의 다른 쪽을 살펴보았다. 거기서 그는 해바라기와 야생 고무나무가 군락을 이룬 10에이커 크기의 도꼬마리 들판을 보았다. 그 들판의 한복판에 세트, 타이어, 소도구 등을 갖다버린 거대한 쓰레기장이 있었다. 그가 보고 있는 동안에도 10톤 트럭이 그곳에 쓰레기를 부리고 있었다. 그것은 쓰레기 종합처리장이었다. 그는 장비에의 〈사르가소 바다〉라는 그림을 생각했다. 인간의 문화사에서 그 상상의 바다가 대양의 쓰레기장이었듯이, 스튜디오의 촬영장은 인간의 꿈을 내다버리는 하치장인 것이다. 상상의 사르가소 바다! 그리고 쓰레기 하치량은 점점 늘어난다. 떠도는 꿈들이 곧 그 하치장에 나타나기 때문이다. 석회, 즈크 천, 나뭇가지, 페인트 등으로 사진발 좋게 만들어졌다가 필요없게 된 꿈은 결국 거기에 내버려지는 것이다. 많은 배들이 사르가소에 가지 못하고 중간에 침몰했으나, 꿈은 배와는 달라 결코 침몰하지 않는다. 어디에선가 몇몇 불행한 사람들을 괴롭히다가 그 사람을 충분히 괴롭혔다고 생각되면 어느 날 갑자기 촬영장에서 재생산되는 것이다.

하늘에서 붉은 화염이 솟아오르고 대포 소리가 들릴 때 그는 그곳이 〈워털루〉 촬영장이라는 것을 알 수 있었다. 길모퉁이에서 몇몇 기병 연대가 빠르게 달려왔다. 그들은 검은 판지로 만든 투구와 가슴 갑옷을 입고 있었고 안장에는 기다란 소총을 매달고 있었다. 그들은 빅트로 위고의 군인들이었다. 토드는 『레 미제라블』 속에 묘사된 내용을 참고해가면서 그들의 군복 디자인을 직접 그려준 적이 있었다.

그는 기병 연대가 달려간 쪽으로 걸어갔다. 곧 르페브르-데누에트 장군의 부하들이 지나갔고, 정예 헌병 연대, 경보병 중대, 랭보 장군의 쾌속 창기병 부대가 지나갔다.

그들은 라에트상테 고지를 공격하기 위해 신속히 달려가는 중이었다. 그는 〈워털루〉의 시나리오는 읽지 않았지만 영화 속에서 어제 비가 내린 것이 아닐까, 하고 생각했다. 그렇다면 그루시 원수의 군대와 블뤼허 원수의 군대도 곧 도착할까? 어쩌면 제작자인 그로텐슈타인이 그 내용을 바꾸었을지도 모른다.

대포 소리는 더욱 요란해졌고 하늘의 붉은 부채꼴도 더욱 자주 펴졌다. 그는 검은 탄약의 달콤하면서도 얼얼한 냄새를 맡을 수 있었다. 그가 현장에 도착하기도 전에 촬영은 끝날지도 모른다. 그러면 페이를 못 만날지도 모른다. 그는 달리기 시작했다. 도로의 커브길을 지나 언덕 위로 올라가 보니 발 밑의 들판에는 산뜻하고 화려한 군복을 입은 19세기 초의 병사들이 우글거리고 있었다. 소년 시절 그는 낡은 역사사전에서 그 병사들의 모습을 찬찬히 살펴보며 얼마나 많은 시간을 보냈던가. 들판의 저쪽 끝 거대한 봉우리 주위에는 영국군과 그들의 동맹군이 집결해 있었다. 그것은 몽생장 고지였고 그들은 필사적으로 그 봉우리를 방어할 태세였다. 촬영은 아직 끝나지 않았다. 촬영조수, 소도구 담당, 세트 의상 담당, 목수, 화가 등이 정신없이 돌아다니고 있었다.

토드는 그 광경을 지켜보기 위해 유칼립투스 나무 근처에 서서 '워털루—찰스 H. 그로텐슈타인 프로덕션'이라는 간판 아래 몸을 숨겼다. 주위에서는 조심스럽게 찢어 놓은 근위 기마병 군복을 입은 청년이 조감독의 지시 아래 자기가 말할 대사를 연습하고 있었다.

"비브 렝프뢰르!(황제 폐하 만세!)"

젊은이는 그렇게 말하더니 가슴을 부여잡고 앞으로 고꾸라져 죽었다. 조감독은 아주 까다로운 사람이어서 그에게 같은 대사를 자꾸만 연습시켰다.

들판 한가운데에서는 전투가 빠른 속도로 전개되고 있었다. 사태는 영국군과 동맹군들에게 불리하게 돌아가고 있었다. 오렌지 공의 중군, 힐 장군의 우익, 픽턴 장군의 좌익은 노련한 프랑스 군대에게 강한 압박을 받고 있었다. 절망적인 상태에 빠진 용감한 오렌지 공은 아주 곤란한 지경에 놓였다. 토드는 오렌지 공이 네덜란드-벨기에 군대에게 소리치는 것을 들었다. "나소! 브런즈윅! 절대 후퇴하지 마라!" 그럼에도 불구하고 후퇴가 시작되었다. 힐 장군 또한 뒤로 물러섰다. 프랑스 군대의 대포알이 픽턴 장군에게 명중되어 그를 사망시키자 픽턴은 분장실로 되돌아왔다. 앨튼의 군대도 참패하여 퇴각하기 시작했다. 되퐁 가문의 왕자가 들고 있던 루넨베르그 대대의 깃발은 파리 출신 고수병(鼓手兵) 군복을 입은 아역 배우가 탈취했다. 스코틀랜드의 회색 군대는 참패했고 곧바로 다른 군복으로 바꿔 입기 위해 분장실로 들어갔다. 폰손비 장군의 용기병(龍騎兵) 또한 절단이 나버렸다. 그 로텐슈타인 씨는 웨스턴 의류 회사에 의상비깨나 물어야 할 것이다.

나폴레옹이나 웰링턴은 보이지 않았다. 웰링턴이 없었기 때문에 조감독 중 한 사람인 크레인 씨가 영국 동맹군을 지휘했다. 그는 샤세 장군의 여단과 빙케 장군의 군대에서 일부를 빼내어 중군을 강화했다. 그런 다음 브런즈윅의 보병, 웰시의 보병, 데번의 농민 의용대, 장방형의 가죽모자와 물 흐르는 듯한 말총깃을 휘날리는 하노버 경기병 등으로 그 두 부대를 지원토록 했다.

프랑스 군대에서는, 체크무늬 모자를 쓴 남자가 나폴레옹을 대신해 미요 장군의 중기병에게 몽생장 고지를 반드시 탈취하라고 지시했다. 그들은 군도를 입에 물고 손에 권총을 든 상태로 돌격했다. 그것은 무시무시한 광경이었다.

그러나 체크무늬 모자를 쓴 남자는 치명적인 실수를 저질렀다. 몽생장에는 아직 세트 설치가 완료되지 않았다. 페인트칠은 덜 말랐고 기타 소도구들이 제자리에 설치되지 않았다. 대포 연기가 너무 지독했기 때문에 그는 촬영 조수, 소도구 담당, 목수 등이 아직도 몽생장 세트를 작업중이라는 걸 알지 못했다.

그것은 촬영장에서 얼마든지 있을 수 있는 실수였는데, 토드는 나폴레옹도 그와 유사한 실수를 저질렀다고 생각했다. 단지 실수의 사유만이 달랐을 뿐이다. 황제는 영국군이 중기병을 함정에 빠트리기 위해 그 산의 기슭에 깊은 구덩이를 파놓았다는 사실을 모른 채 중기병에게 돌격을 명령했던 것이다. 그것은 프랑스 군대에게 참담한 결과를 가져왔다. 종말의 시작이었다.

촬영장에서 재현된 그 실수는 이번엔 다른 결과를 가져왔다. 워털루는 나폴레옹 대군에게 종말을 가져온 것이 아니라 무승부로 끝났다. 양측은 승부를 내지 못했으므로 내일 또다시 싸워야 할 터였다. 엄청난 예산 손실은 보험회사의 산재보험으로 벌충이 될 것이다. 전쟁 후 나폴레옹이 세인트 헬레나로 보내졌듯이 돌격을 지시한, 체크무늬 모자를 쓴 남자는 그로텐슈타인 씨에 의해 해고될 것이다.

미요 장군의 용기병 사단 전열이 몽생장의 등성이를 올라가는 순간, 언덕은 붕괴됐다. 그 소음은 대단했다. 이음새 부분에 박힌 못들이 빠져나가면서 요란한 비명 소리를 냈다. 즈크 천 찢어지는 소리는 어린아이가 빽빽 울어대는 소리처럼 귀를 찢었다. 버팀목과 각재는 구멍이 숭숭 뚫린 뼈처럼 부러졌다. 그 언덕은 마치 거대한 우산처럼 접혀버렸고 페인트칠한 천은 나폴레옹의 군대를 덮쳤다.

그것은 패주의 시작이었다. 베르시나, 라이프치히, 아우스터리츠 전투의 승리를 자랑하던 프랑스 군대가 유리창을 깨고 도망치는 학생들처럼 달아나고 있었다. "Sauve qui peut!(달아날 수 있는 자는 달아나라!)" 그들은 그렇게 외쳤다. 간단히 말하면 "도망쳐라!"였다.

영국군과 연합군은 세트의 한가운데 깊숙한 곳에 있었기 때문에 달아날 수가 없었다. 그들은 목수와 앰뷸런스가 나타나기를 기다려야 했다. 씩씩한 75산악사단의 장병들은 벽돌과 소도구의 잔해를 헤치고 구출되었다. 그들은 아직도 씩씩하게 쌍날의 큰 칼을 손에 잡은 채 들것에 실려 밖으로 나왔다.

19

 토드는 영화사 차를 얻어 타고 그의 사무실로 돌아왔다. 차의 좌석은 두 명의 왈론(벨기에) 근위 보병과 네 명의 슈바벤(독일) 보병이 차지했으므로 그는 트렁크에 타고 와야 했다. 보병 중 한 명은 다리가 부러졌고 다른 사람들은 찰과상과 타박상을 입었다. 그들은 그렇게 부상을 당해 아주 행복한 표정이었다. 며칠치의 급료를 위로금으로 받고, 다리가 부러진 사람은 적어도 5백 달러의 보상금을 받을 것이 분명했다.

 사무실에 돌아오니 페이가 토드를 기다리고 있었다. 그녀는 전투 장면 촬영에는 참가하지 않았다. 마지막 순간에 감독이 종군 여상인을 쓰지 않기로 결정했던 것이다.

 그녀가 다정하고 따뜻하게 맞아주어서 그는 깜짝 놀랐다. 그렇지만 그는 장례식장에서 했던 행동에 대해 사과하려 했다. 그가 말을 꺼내려는데 그녀가 가로막고 나섰다. 그녀는 화가 나지 않았으며 성병에 대한 경고도 고맙게 생각한다는 것이었다. 그런 얘기를 해주어서 정신이 번쩍 들었다는 말까지 덧붙였다.

그녀는 그것 말고도 놀라운 소식을 또 하나 가져왔다. 그녀가 호머 심프슨의 집에 살고 있다는 것이다. 그것은 사무적인 관계였다. 호머는 그녀가 스타가 될 때까지 침식과 의상을 제공하기로 했다. 그들은 모든 비용을 장부에 기재하기로 했으며 그녀가 영화배우로 뜨는 즉시 연간 6%의 이자를 붙여서 그 동안의 비용을 그에게 되돌려주기로 했다는 것이다. 그들은 그것을 합법적인 계약 관계로 만들기 위해 변호사를 찾아가서 계약서를 작성할 계획이었다.

그녀는 토드에게 소감을 말해보라고 졸랐고 그는 아주 멋진 아이디어라고 대꾸했다. 그녀는 고맙다고 말하며 다음 날 저녁식사에 그를 초대했다.

그녀가 가버린 뒤 토드는 그녀와의 생활이 호머에게 어떤 영향을 미칠지 생각해보았다. 그것이 그를 곧게 펴줄지도 모른다는 생각이 들었다. 토드는 그녀와의 생활이 호머를 좋은 쪽으로 인도할 것으로 믿었다. 마치 사람이 망치로 때려 가열하면 곧게 펴지는 쇠처럼. 하지만 그는 사람을 오판하는 실수를 저질렀다. 왜냐하면 호머처럼 신축성이 없는 사람도 없었기 때문이다.

그는 그들과 저녁식사를 하면서도 같은 실수를 계속했다. 페이는 아주 행복해 보였고 외상 구매 계좌와 멍청한 판매원에 대해 쉴 새 없이 지껄였다. 양복 깃 구멍에 꽃을 꽂고 카펫 슬리퍼를 신은 호머는 그녀에게 계속 환한 얼굴을 지어 보였다.

　식사를 마치고 호머가 주방에서 설거지하는 동안 토드는 그녀에게 하루를 어떻게 보내는지 물었다. 그녀는 두 사람이 조용히 살고 있으며 그녀도 사람을 흥분시키는 일이 지겨워졌기 때문에 그런 조용한 생활이 마음에 든다고 말했다. 그녀는 이제 영화배우로 출세하기만 하면 된다고 말했다. 집안일은 호머가 다 했고 그녀는 진정한 휴식을 취하고 있었다. 돌아가신 아버지의 오랜 투병 생활은 그녀를 완전히 지치게 만들었다. 호머는 집안일 하는 것을 좋아했고 또 그녀의 손이 망가진다면서 그녀가 주방에 들어가는 것도 허락하지 않았다.

　"자신의 투자 상품을 보호하는 거로군." 토드가 말했다.

　"그렇지요." 그녀가 진지하게 대답했다. "손은 늘 아름다운 상태를 유지해야 하거든요."

　두 사람은 10시쯤에 아침을 먹는다고 그녀가 계속해서 말했다. 호머가 침대에 누워 있는 그녀에게 아침식사를 가져왔다. 그는 가정 관리 잡지를 구독하고 있었고 식사 쟁반을 그 잡지 속의 사진처럼 만들어 가지고 왔다. 그녀가 목욕을 하고 옷을 입는 동안 그가 집 안 청소를 했다. 이어 그들은 시내로 쇼핑을 나가 각종 물건을 사들였는데 주로 그녀의 옷이었다. 그녀의 몸매 관리 때문에 그들은 점심을 먹지 않았다. 그리고 저녁은 주로 외식을 하고 그 다음에는 영화를 보러 갔다.

"그리고 그 다음에는 아이스크림 소다를 사먹지요." 주방에서 나오던 호머가 그녀 대신 말을 끝맺었다.

페이는 웃음을 터트리며 잠시 자리를 뜨겠다고 말했다. 그들은 영화를 보러 갈 계획이었고 그녀는 옷을 갈아입고 싶어했다. 그녀가 옷을 갈아입기 위해 자리를 뜨자 호머는 뒤뜰로 나가서 바람이나 쏘이자고 말했다. 그는 토드에게 접의자를 양보하고 자신은 뒤집어 놓은 오렌지 나무상자 위에 앉았다.

만약 그가 좀 더 주의를 기울이고 공손하게 행동했더라면 그녀와 함께 살았을지도 몰랐다. 토드는 이런 생각을 물리칠 수가 없었다. 그는 적어도 호머보다는 잘생겼으니까. 하지만 그녀에게는 또 다른 전제조건이 있었다. 호머는 수입이 있고 단독 주택에 살지만, 그는 주급 30달러에 임대 주택에 사는 형편이었다.

호머의 얼굴에 나타난 행복한 미소는 토드로 하여금 그 자신에 대해 부끄러움을 느끼게 했다. 그는 공연한 심술을 부리고 있는 것이었다. 호머는 고마워할 줄 알고 겸손할 줄 아는 사람이었다. 그는 페이는 물론이고 그 어떤 것에 대해서도 비웃을 줄을 모르는 사람이었다. 그 훌륭한 특성 때문에 그녀는 평소보다 높은 생활 수준에서 그와 함께 살 수 있는 것이다.

"무슨 일이에요?"

호머가 두툼한 손을 토드의 무릎 위에 올려놓으며 부드럽게 물었다.

"아무것도 아니에요. 왜 그러세요?"

토드가 몸을 움직이자 그 손은 떨어져 나갔다.

"당신은 얼굴을 찡그리고 있었어요."

"뭘 생각하고 있었습니다."

"오." 호머가 이해가 된다는 표정으로 말했다.

토드는 이제 야비한 질문을 던지지 않을 수 없었다.

"당신들은 언제 결혼할 겁니까?"

호머는 기분 나쁜 표정을 지었다.

"페이가 당신에게 말해주지 않았습니까?"

"네. 말해주긴 했지만."

"이건 사무적인 관계입니다."

"그래요?"

토드를 납득시키기 위해 그는 엉성한 해명을 장황하게 늘어놓았다. 아마 그는 자기 자신을 상대로 그런 해명을 여러 번 했으리라. 그는 사무적인 관계보다 한 발 더 나아가서 그들이 그런 계약을 맺은 것은 죽은 해리 때문이라고 말했다. 페이가 간절히 바라는 것은 영화계에서의 출세밖에 없는데 불쌍한 해리를 위해서라도 그녀가 반드시 성공해야 한다는 것이었다. 그녀가 지금껏 스타가 되지 못한 것은 변변한 옷이 없었기 때문이었다. 마침 그에게는 돈이 있고 또 그녀의 재능을 믿기 때문에 그런 사무적 관계를 맺게 된 것은 자연스러운 일이었다. 혹시 토드는 좋은 변호사를 알고 있었던가?

그것은 수사적인 질문이었지만 토드가 자꾸 미소를 지으니까 진지한 질문이 되고 말았다. 그는 얼굴을 찌푸렸다. 그것 또한 호머로서는 못마땅했다.

"우리는 이번 주에 변호사를 만나서 계약서를 작성하려고 해요."

호머의 열정적인 태도가 서글프게 다가왔다. 토드는 그를 도와주고 싶었으나 뭐라고 말해야 할지 몰랐다. 그가 대답을 하지 못해 우물쭈물하고 있는 동안 차고 뒤의 언덕에서 여자의 고함 소리가 들려왔다.

"어도어! 어도어!"

그녀의 목소리는 맑고 낭랑한 소프라노였다.

"정말 괴상한 이름인데." 토드는 화제를 바꾸게 되어 잘됐다, 싶은 심정으로 말했다.

"아마 외국인인가 보지요." 호머가 말했다.

그 여인은 차고의 코너를 돌아서 뒷마당으로 들어섰다. 그녀는 통통하고 열성적인 모습이 아주 미국인다웠다.

"혹시 우리 아이 못 보셨어요?" 그녀는 난처한 몸짓을 만들어 보이면서 물었다. "어도어는 이렇게 돌아다니기를 좋아해요."

호머는 벌떡 일어서서 그 여자에게 미소를 지어 토드를 놀라게 했다. 페이가 그의 수줍음을 극복하는 데 도움을 준 것 같았다.

"당신의 아들이 없어졌나요?" 호머가 말했다.

"오, 그런 건 아니에요. 나를 놀리려고 일부러 숨은 거예요."

"나는 이 근처에 삽니다. 나는 메이벨 루미스예요."

"부인 이렇게 만나게 되어 반갑습니다. 나는 호머 심프슨이고 여기는 해케트 씨입니다."

토드 또한 그녀와 악수를 했다.

"여기 오래 사셨나요?" 그녀가 물었다.

"아닙니다. 동부에서 온 지 얼마 안 됩니다." 호머가 말했다.

"아, 그러세요. 전 남편이 죽은 이래 여기서 산 지 6년이 되었어요. 꽤 오래 산 셈이지요."

"그럼 여길 좋아하시겠네요?" 토드가 물었다.

"캘리포니아를 좋아하느냐고요?" 그녀는 캘리포니아를 싫어하는 사람도 있느냐는 듯 그 질문에 웃음을 터트렸다. "여긴 지상의 천국이잖아요!"

"그렇습니다." 호머가 진지한 어조로 동의했다.

"아무튼," 그녀가 말했다. "나는 어도어 때문에라도 여기서 살아야 해요."

"그 애가 아픈가요?"

"오, 아니에요. 그 애의 출세 때문에요. 아이의 대리인은 그 애를 할리우드의 최대 아역 배우감이라고 말했어요."

그녀가 너무 열정적으로 말했기 때문에 호머는 약간 몸을 움츠렸다.

"그 애는 영화에 출연 중인가요?" 토드가 물었다.

"그래야 되는데……." 그녀가 아쉽다는 듯이 말했다.

호머가 그녀를 위로하려 했다.

"그렇게 된다면 정말 좋겠는데요."

"영화계의 정실주의만 아니었더라면," 그녀가 씁쓸하게 말했다. "그 애는 이미 스타가 되었을 거예요. 문제는 재능이 아니라 연줄이에요. 우리 애가 셜리 템플만 못한 줄 아세요?"

"물론 그렇지 않죠." 호머가 중얼거렸다.

그녀는 그 말을 무시하고 무지막지한 고함 소리를 질러댔다.

"어도어! 어도어!"

토드는 스튜디오 주변에서 그런 종류의 여자를 많이 보았다. 자기 자식을 이 영화사 저 영화사에 끌고 다니면서 자식의 재능을 보여주기 위해 몇 시간, 몇 주, 몇 달을 마다하지 않고 기다리는 그런 수많은 여자들. 그런 여자들 중 일부는 아주 가난한 사람들이었다. 하지만 아무리 가난하더라도 어떻게든 돈을 마련해(일부는 엄청난 희생을 해가며) 그들의 자녀를 배우학교(이런 학교들은 아주 많았다)에 보내고야 마는 것이다.

"어도어!" 그녀는 다시 한번 고함을 질렀다. 그리고 웃음을 터트리더니 다시 다정한 가정주부가 되었다. 그녀는 통통

한 뺨과 살찐 팔꿈치에 보조개가 나 있는 자그맣고 귀여운 여자였다.

"자녀가 있으세요, 심프슨 씨?" 그녀가 물었다.

"없습니다." 그가 얼굴을 붉히며 대답했다.

"다행이네요. 아이들은 정말 귀찮은 존재예요."

그녀는 웃음을 터트리며 농담이라는 표시를 했고 이어 아이를 다시 불렀다.

"어도어…… 오, 어도어……."

그녀의 다음 질문은 두 남자를 깜짝 놀라게 했다.

"누구를 따르세요?"

"뭐라고요?" 토드가 물었다.

"내 말은, 건강을 추구하고 인생의 길을 가는 데 있어서 누구를 따르느냐는 거예요."

두 남자는 그녀를 향해 입을 딱 벌렸다.

"나는 생식주의자예요." 그녀가 말했다. "닥터 피어스가 우리의 지도자예요. 그 분의 광고를 보셨을 텐데요. '모든 것을 알고 모든 것을 꿰뚫으라'라는 광고 말이에요('닥터 피어스'에서 'pierce'의 의미 중에는 '꿰뚫다'라는 뜻도 있다—옮긴이).

"아, 그래요." 토드가 말했다. "당신은 채식주의자로군요."

그녀는 그의 무식을 비웃었다.

"그런 게 아니에요. 우리는 그들보다 훨씬 더 엄격해요. 채식주의자들은 삶은 야채를 먹어요. 하지만 우리는 오로지 날

것만 먹는답니다. 죽은 것들을 먹는 데서 죽음이 오는 거예요."

토드와 호머는 할 말을 찾지 못했다.

"어도어." 그녀가 다시 소리쳤다. "어도어······."

이번에는 차고의 코너에서 응답이 왔다.

"나 여기 있어, 엄마."

잠시 후 뒷바퀴가 달린 소형 돛배를 끌면서 어린 소년이 나타났다. 그는 창백하고 뾰족한 얼굴, 커다랗게 벗겨진 이마를 가진 여덟살쯤 된 아이였다. 눈매는 남을 뚫어 보는 듯했고 눈썹은 잔털을 뽑아내어 잘 다듬어 놓은 상태였다. 버스터 브라운 옷깃을 빼고는 긴 바지, 조끼, 재킷 등이 성인 신사의 복장이었다.

어도어는 어머니에게 키스하려고 했지만, 그녀는 아이를 물리치면서 옷을 거칠게 잡아당겨 옷매무새를 바로잡아주었다.

"어도어." 그녀가 엄한 목소리로 말했다. "우리 이웃인 심프슨 씨에게 인사드려라."

훈련 조교의 명령에 몸을 돌리는 신병처럼 그는 호머에게 뚜벅뚜벅 다가와 악수를 했다.

"선생님, 만나서 반갑습니다." 아이는 양 발을 모으고 뻣뻣하게 고개를 숙이며 말했다.

"저게 유럽에서 인사하는 방식이래요." 루미스 부인이 환한 얼굴로 말했다. "아주 귀엽지요?"

"정말 멋진 범선이로구나!" 호머가 다정한 어조로 말했다.

어머니와 아들은 그의 말을 무시했다. 그녀는 토드를 가리켰고 그 아이는 다시 한번 양 발을 모으고 인사를 했다.

"자, 우린 그만 가봐야겠어요." 그녀가 말했다.

토드는 어머니 옆에 서서 호머에게 인상을 쓰고 있는 아이를 쳐다보았다. 그 아이는 눈알을 굴려서 흰자위만 드러내며 위협하듯 입술을 비틀었다.

루미스 부인은 토드의 시선을 의식하면서 재빨리 고개를 돌렸다. 어도어가 하는 짓을 목격하자 그녀는 아이의 팔을 확 낚아채면서 그의 몸을 땅에서 살짝 들어올렸다.

"어도어!" 그녀가 소리쳤다.

그녀는 토드에게 죄송하다는 듯이 말했다. "저 애는 자기가 프랑켄슈타인 괴물이라고 생각해요."

그녀는 소년을 들어올려 포옹하면서 열렬히 키스했다. 이어 아이를 다시 땅 위에 내려놓고 구겨진 옷매무새를 바로잡아주었다.

"어도어가 우리에게 노래를 한 곡 불러줄 수 있을까요?" 토드가 물었다.

"싫어요." 소년이 날카롭게 말했다.

"어도어." 그의 어머니가 질책했다. "지금 즉시 한 곡 불러."

"하기 싫다면 안 해도 돼." 호머가 말했다.

하지만 루미스 부인은 그에게 노래를 시키기로 마음을 먹은 상태였다. 관중의 요구를 거절한다는 것은 있을 수 없는 일이었다.

"노래 불러, 어도어." 그녀는 협박조로 조용히 되풀이해서 말했다. "〈엄마는 완두콩을 원하지 않아〉를 불러."

아이의 어깨는 이미 가죽 채찍을 한번 맞은 것처럼 부르르 떨렸다. 그는 밀짚 세일러 모자로 한 눈을 가리고 재킷의 단추를 잠그고 잠시 춤을 추더니 노래 부르기 시작했다.

엄마는 완두콩을 원하지 않아.
쌀도 코코넛 기름도 필요없어.
브랜디 한 병이면 하루 종일 문제없어.
엄마는 완두콩을 원하지 않아.
쌀도 코코넛 기름도 필요없어.

노래하는 아이의 목소리는 깊으면서 거칠었고 블루스 가수의 흥얼거림을 꽤 전문적으로 구사하고 있었다. 그는 음악의 박자를 따라가기보다는 약간 박자에서 벗어나면서 가볍게 춤을 추었다. 그가 양손으로 해 보이는 제스처는 아주 암시적이었다.

엄마는 진을 원하지 않아
진은 엄마를 죄짓게 하기 때문이지.
엄마는 진을 한 잔 마시는 걸 원하지 않아.

그건 엄마를 죄짓게 하기 때문이지.

게다가 하루 종일 몸이 뜨거워 곤란하기 때문이지.

소년은 가사의 뜻을 아는 것 같았다. 아니 적어도 그의 몸과 목소리는 아는 듯했다. 노래의 마지막 부분에 이르렀을 때 아이의 엉덩이가 꿈틀거렸고 목소리는 섹스의 고통을 가득 담고 있었다.

토드와 호머는 칭찬을 했다. 어도어는 범선의 줄을 잡고서 마당을 한 바퀴 돌았다. 아이는 예인선 흉내를 내고 있었다. 아이는 뚜우뚜우 나팔 소리를 여러 번 내면서 달려갔다.

"아직 아이일 뿐이에요." 루미스 부인이 자랑스럽다는 듯이 말했다. "하지만 재주가 아주 많아요."

토드와 호머는 동의했다.

그녀는 아들이 다시 사라진 것을 보고 황급히 자리를 떴다. 그들은 그녀가 차고 뒤의 덤불숲에서 아들 이름을 부르는 소리를 들었다.

"어도어! 어도어……."

"정말 재미있는 여자로군." 토드가 말했다.

호머가 한숨을 내쉬었다.

"영화계에서 출세한다는 게 어렵다는 걸 알고 있어요. 하지만 페이는 정말 예뻐요."

토드는 그 말에 동의했다. 그녀는 잠시 후 새로 산 꽃무늬 드레스와 그림이 그려진 모자를 쓰고 나타났다. 이번에는 그가 한숨을 쉴 차례였다. 그녀는 정말 보통 예쁜 것이 아니었다. 페이는 균형 잡힌 몸매를 뽐내며 문턱에 서서 뒷마당에 있는 두 남자를 내려다보았다. 그녀는 미소 짓고 있었다. 그것은 생각으로 오염되지 않은 순수한 미소였다. 그녀는 갓 태어난 듯했다. 그녀의 모든 것이 신선하고 촉촉했으며 곧 날아갈 듯 향기를 내뿜고 있었다. 토드는 갑자기 죽은 소가죽에 갇혀 있는 자신의 무감각한 발과, 무거운 펠트 모자를 든 채 끈쩍끈적하고 둔탁한 느낌을 주는 자신의 손을 생각했다.

그는 그들과 함께 영화 구경을 가고 싶은 생각이 없었지만 빠져나올 수가 없었다. 어둠 속에서 그의 옆에 앉아 있는 그녀는 그에게 말할 수 없는 시련을 안겨주었다. 그녀의 자기 충족성은 그를 불안하게 만들었고, 그 부드러운 표면을 주먹으로, 혹은 갑작스러운 몸짓으로 깨트리고 싶은 욕망은 억누르기 힘들 정도였다.

토드는 자기가 남들에게서 보았고 또 그림 속에서 묘사했던 저 고질적이고 병적인 냉담함이 자기 자신에게도 있는 것은 아닌지, 그렇기 때문에 어떤 자극을 받아야만 감수성이 눈을 뜨게 되고 그 때문에 페이를 쫓아다니는 게 아닌지, 하는 생각이 들었다.

그는 작별 인사도 하지 않고 황급히 떠났다. 그는 다시는 그녀를 뒤쫓지 않기로 결심했다. 그것은 마음 먹기는 쉽지만 막상 실천하기는 어려운 결심이었다. 그것을 실천하기 위해 그는 지식인들이 즐겨 써먹는 낡은 방법—잊어버리기—에 의존했다. 토드는 자기 자신에게 이렇게 말했다. '아무튼 그녀의 그림을 여러 번 그렸잖아. 그러니 이제 그만 그려도 돼.' 그는 그녀를 그린 그림이 든 그림가방을 닫고 끈으로 꽉 묶은 뒤 대형 가방 속에다 처박았다.

그것은 원시적인 주술사의 비법에도 못 미치는 유치한 방법이었지만 그런 대로 효력을 발휘했다. 몇 달 동안 그녀를 피해 다닐 수 있었던 것이다. 이 기간 동안 토드는 스케치북과 연필을 들고 다른 그림 모델들을 찾아다녔다. 그는 할리우드의 여러 교회를 찾아다니며 신도들을 스케치하면서 밤시간을 보냈다. 그는 '신체를 숭상하는 그리스도 교회'를 방문했다. 그곳에서는 역기와 아령을 꾸준히 사용하면 성스러움을 얻을 수 있다고 가르쳤다. '보이지 않는 교회'에서는 앞날의 점을 쳐주고 잃어버린 물건을 죽은 자들이 찾도록 해주었다. '제3 강림의 교회'에서는 여자가 남자 옷을 입고 '소금에 대한 십자군 운동'을 설교했다. 유리창과 크롬으로 단장한 '현대의 신전'에서는 '세뇌와 아스텍 문명의 신비'를 가르치고 있었다.

토드는 교회의 딱딱한 신도석에 앉아 몸부림치는 신도들을 보면서, 그들의 탈진하고 피곤한 육체와 야성적이고 무질서한 정신의 극명한 대조를 알레산드로 마냐스코(18세기의 이탈리아 화가—옮긴이)라면 기가 막히게 잘 그려낼 거라고 생각했다. 그는 호가스나 도미에 같은 화가들과는 다르게 그들을 풍자하지도 않을 것이고 또 그들을 불쌍하게 여기지도 않을 것이다. 그는 존경심을 가지고 그들의 분노를 그릴 것이고 그 분노의 끔찍한 힘이 문명을 파괴해버릴 수 있는 폭발력을 가지고 있음을 인정할 것이다.

어느 금요일 저녁 '제3 강림의 교회'에서 토드 옆에 앉아 있던 남자가 벌떡 일어서서 발언하기 시작했다. 그는 수시티 출신의 톰슨, 혹은 존슨이라는 이름의 남자로서, 마냐스코의 그림 속에 나오는 수도자의 푹 꺼진 눈과 대못처럼 반짝거리는 머리를 갖고 있었다. 그는 소보바 핫 스프링스 근처에 있는 기도원에서 막 돌아온 듯했다. 아마도 기도원에서 생야채와 견과의 소찬을 먹으면서 자신의 영혼을 무자비하게 학대했으리라. 그는 크게 분노하고 있었다. 그가 도시에 가져온 메시지는 사막의 무식한 수도자가 퇴폐적인 로마에 가져왔던 그것과 비슷했다. 그것은 생야채의 섭생, 경제 지식, 성서의 위협 등을 마구 한데 버무린 것이었다. 그는 분노의 호랑이가 성채의 벽을 어슬렁거리고 정욕의 재칼이 숲 속에서 매복하고 있는 것을 보았다고 주장했다. 그는 그런 징조가 '매주 목요일에 지급되는 30달러의 주급'과 육식의 결과라고 말했다.

토드는 그 남자의 말을 비웃지 않았다. 그는 메시지는 중요한 게 아니라는 것을 알고 있었다. 정작 중요한 것은 그의 메시아적 분노와 청중들의 엄청난 감정적 반응이었다. 그들은 벌떡 일어서서 주먹을 흔들며 소리쳤다. 제단에서는 누군가가 베이스 드럼을 치기 시작했고 모든 신도들은 〈기독교의 군인들이여 일제히 진군하자〉를 합창했다.

20

 시간이 흘러가면서 페이와 호머의 관계는 변질되기 시작했다. 페이는 그들의 생활에 권태를 느꼈다. 권태감이 심해지면서 그녀는 호머를 구박하기 시작했다. 처음에는 무의식적으로 그렇게 했지만 나중에는 의식적으로 학대했다.
 호머는 그녀보다 더 먼저 파국을 예감했다. 그것을 막기 위해 그가 할 수 있는 것이라곤 평소의 공손함과 관대함의 태도를 더욱 강화하는 것뿐이었다. 그는 입속의 혀처럼 그녀의 시중을 들었다. 그는 그녀에게 여름용 모피옷과 연푸른색 뷔크 소형 오픈카를 사주었다.
 그의 공손한 태도는 뒤로 움츠르드는 못난 강아지의 그것과 비슷했다. 주인에게 매맞기를 기다리다가 매가 떨어지면 오히려 그것을 환영하는 듯한 강아지. 하지만 강아지의 그런 태도는 때리고 싶은 주인의 욕망을 더욱 부추길 뿐이다. 그의 관대한 태도는 공손함보다 더 사람을 짜증나게 했다. 그의 관대함은 너무나 무기력하고 또 이타적이어서 그녀는 야비하고 잔인한 마음이 용수철처럼 튀어 오르는 것을 느꼈다.

그녀는 마음속으로 아무리 상냥하게 대하려고 애써도 잘 되지 않았다. 그것이 너무나 눈에 잘 띄기 때문에 그녀는 그것을 덮어둘 수도 없었다. 그녀는 그의 관대한 태도를 볼 때마다 울화가 치밀었다. 그는 그 자신을 파괴하고 있는 중이었다. 그의 본심은 그게 아니었지만 그의 공손함과 관대함은 맹렬한 비난이 되어 그녀를 매섭게 책망했다.

토드가 그들을 다시 만났을 때 그들의 관계는 거의 파국을 향해 달려가고 있었다. 어느 날 밤 그가 잠자리에 들 준비를 하고 있는데 호머가 문을 노크했다. 페이가 차에서 기다리고 있고 함께 나이트클럽에 가기를 바란다는 뜻을 전달했다.

호머가 입고 있는 옷은 아주 괴상했다. 바지는 푸른 색 린넨 바지를 입었고, 상의는 노란 폴로 셔츠 위에 초콜릿색 플란넬 재킷을 걸치고 있었다. 그런 복장을 하고 우스꽝스럽게 보이지 않는 사람은 흑인밖에 없었다. 그런데 호머처럼 흑인을 닮지 않은 사람도 없었다.

호머는 그들과 함께 '신데렐라 바'로 갔다. 바는 숙녀용 슬리퍼 모양의 자그마한 석회 건물이었고 웨스턴 애비뉴에 있었다. 무대에서는 여장 남자들이 쇼를 하고 있었다.

페이는 노골적으로 야비하게 나왔다. 웨이터가 주문을 받으러 왔을 때 그녀는 호머에게 샴페인 칵테일을 마시라고 고집했다. 하지만 그는 커피를 주문했다. 웨이터가 둘 다 가져왔을 때 그녀는 커피를 물리게 했다.

그는 전에도 여러 번 그렇게 했듯이 술을 마시면 몸에 탈이 나기 때문에 마시지 못한다고 고통스럽게 설명했다. 페이는 짐짓 참을성 있게 들어주는 척했다. 하지만 그가 말을 마치자 웃음을 터트리며 칵테일 잔을 들어 그의 입에 갖다댔다.

"마셔, 마시란 말이야. 빌어먹을."

그녀가 술잔을 기울였으나 그는 입을 벌리지 않았고 술은 그의 턱을 따라 흘러내렸다. 호머는 접힌 냅킨을 꺼내서 펴지 않은 상태로 턱을 닦았다.

페이는 웨이터를 다시 불렀다.

"샴페인 칵테일이 마음에 안 든대요." 그녀가 말했다. "그에게 브랜디를 가져다 주세요."

호머가 고개를 저었다.

"제발, 페이." 그가 구슬픈 목소리로 말했다.

그녀는 브랜디 잔을 그의 입술에 가져갔고 그가 고개를 돌리자 잔을 들고 따라갔다.

"자, 씩씩하게 좀 마셔봐요. 건배!"

"그를 좀 내버려둬요."

이윽고 토드가 말했다.

그녀는 그의 불평을 못 들은 체하며 무시했다. 그녀는 자기 자신에 대해 분노와 수치를 동시에 느끼고 있었다. 그녀의 수치는 분노를 강화했고 분노의 목표물을 더욱 분명하게 해주었다.

"자, 씩씩하게 마셔봐." 그녀가 야비하게 말했다. "안 그러면 엄마가 맴매할 거야."

그녀는 고개를 돌려 토드를 바라보았다.

"난 술 안 마시는 사람은 싫어해. 그건 사교적이지 않아. 그런 사람들은 자기가 잘났다고 생각하는데 나는 잘난 척하는 사람 싫어."

"난 잘난 척하지 않아." 호머가 말했다.

"오, 아니야. 당신은 잘난 척해. 난 술 취했고 당신은 안 취했기 때문에 나보다 잘났다고 생각하는 거야. 잘난 척하는 놈들은 다 꼴 보기 싫어."

그가 대답을 하기 위해 입을 벌린 순간을 이용해 그녀는 그의 입으로 브랜디를 부어넣고 뱉지 못하게 손으로 그의 입술을 막았다. 술의 일부는 그의 코로 흘러나왔다.

그는 여전히 펼치지 않은 냅킨으로 얼굴을 닦았다. 페이는 브랜디를 또 한 잔 시켰다. 술이 오자 그녀는 또다시 술잔을 그의 입에다 들이댔다. 이번에는 그가 술잔을 받아들고 스스로 마신 다음 억지로 삼켰다.

"잘한다." 페이가 웃음을 터트렸다. "잘했어. 진작 그랬어야지."

토드는 호머에게 혼자 있을 시간을 주기 위해 그녀에게 춤을 추자고 제안했다. 플로어에 나왔을 때 그녀는 자기 변명을 했다.

"저 사람 너무 잘난 척해서 미치겠어요."

"그는 당신을 사랑해요."

"알아요. 하지만 너무 멍청해요."

그녀는 그의 어깨에 기대어 울기 시작했고 그는 그녀를 꼭 붙잡았다. 그는 가능성이 별로 없다는 것을 알지만 한번 내질러보았다.

"나와 함께 자줘요."

"어머, 안 돼요." 그녀가 이해한다는 듯이 말했다.

"제발, 제발 딱 한 번만."

"난 그럴 수 없어요. 난 당신을 사랑하지 않아요."

"당신은 제닝스 부인 집에서 일한 적도 있어요. 그냥 제닝스 부인 집에서 한 건 부탁받았다고 생각하면 되잖아요."

그녀는 화를 내지 않았다.

"거기 나간 건 실수였어요. 아무튼 그건 다른 얘기예요. 나는 장례식 비용을 벌 때까지만 나가기로 했어요. 게다가 그 남자들은 완전히 낯선 사람들이었어요. 당신은 내 말을 이해하죠?"

"그래요. 하지만 제발, 달링. 더 이상 괴롭히지 않을게요. 딱 한 번 부탁을 들어주면 그 즉시 동부로 돌아갈게요. 제발."

"그렇게 해드릴 수 없어요."

"왜……?"

"그냥 해드릴 수 없어요. 달링, 미안해요. 난 사람을 애태우는 스타일은 아니에요. 하지만 그렇게 할 수는 없어요."

"나는 당신을 사랑해요."

"안 돼요, 당신, 정말 안 돼요."

그들은 곡이 끝날 때까지 아무 말도 하지 않고 춤을 추었다. 그는 자신이 바보 같다는 느낌을 갖지 않도록 처신을 잘 해준 그녀가 고마웠다.

그들이 테이블로 돌아왔을 때, 호머는 아까의 그 자세 그대로 앉아 있었다. 한 손에는 접은 냅킨을, 다른 손에는 빈 브랜디 잔을 들고 있었다. 그의 무기력함은 정말로 사람을 짜증나게 했다.

"페이, 브랜디를 마시면 기분이 좋아진다는 당신의 말이 맞았어." 그가 말했다. "정말 기분 좋아! 와우!"

그는 술잔을 든 손으로 자그마한 동그라미를 그려 보였다.

"난 스카치 한 잔을 마시고 싶은데." 토드가 말했다.

"나도." 페이가 말했다.

호머는 그 밤의 분위기를 띄우려고 또 다른 맹랑한 시도를 했다.

"가르소옹(웨이터를 프랑스어 garcon으로 장난스럽게 부르는 말―옮긴이)" 그가 웨이터에게 말했다. "술 좀 가져와."

호머는 약간 불안해하며 그들에게 슬쩍 웃어 보였다. 페이는 웃음을 터트렸고 호머는 그녀를 따라 웃으려고 최선을 다했다. 그녀가 갑자기 웃음을 멈추자 그는 혼자 웃고 있는 자신을 발견했다. 웃음은 기침으로 바뀌었고 그는 냅킨으로 그 기침을 감추었다.

그녀는 토드에게 고개를 돌렸다.

"저런 멍청이하고 도대체 뭘 할 수 있겠어요?"

오케스트라의 연주가 다시 시작되었다. 토드는 그녀의 질문을 무시했다. 세 사람은 딱 달라붙는 붉은 실크 가운을 입은 젊은 남자가 부르는 자장가를 들었다.

> 작은 남자, 당신은 울고 있군요.
> 난 당신이 왜 우울한지 알아요.
> 누군가가 당신의 장난감 차를 가져갔군요.
> 이제 잠을 자는 게 좋아요.
> 작은 남자, 당신은 바쁜 하루를 보냈어요……

그는 부드럽게 떨리는 목소리를 갖고 있었다. 그의 제스처는 중년 부인처럼 부드럽고 애처로운 일련의 무의식적 포옹이었다. 그의 노래와 몸짓은 결코 패러디가 아니었다. 그것은 너무 단순하고 또 너무 절제되어 있었다. 심지어 연극적인 분위기도 없었다. 노래를 부르면서 상상 속의 요람을 흔드는, 저 털 없는 가느다란 팔뚝과 부드럽고 둥근 어깨를 가진 검은 피부의 젊은 남자는 사실은 여자였다.

그가 노래를 끝마치자 많은 박수가 터져 나왔다. 그 남자는 몸을 한 번 흔들더니 다시 남자 배우가 되었다. 그는 가운에 익숙하지 않은 사람처럼 옷자락을 밟아서 넘어지는 시늉을 했고 스커트를 들어올려 프랑스 파리에서 수입해온 가터(양말 대님)를 입고 있음을 보여주었다. 이어 어깨를 거들먹거리며 남자처럼 걷는 모습을 보여주었다. 그의 남자 흉내는 어색하면서도 추잡했다.

호머와 토드는 그에게 박수를 보냈다.

"난 페어리 싫어." 페이가 말했다.

"여자는 다 그래."

토드는 농담으로 그렇게 말했지만 페이는 화를 냈다.

"그들은 지저분해." 그녀가 말했다.

그가 뭐라고 말을 하려는데 페이가 호머 쪽으로 시선을 돌렸다. 그녀는 그를 골려먹는 짓을 그만두지 못했다. 이번에 그녀는 그가 작은 비명을 내지를 때까지 그의 팔을 주먹으로 때렸다.

"페어리가 뭔지 알아요?" 그녀가 물었다.

"응." 호머가 머뭇거리며 말했다.

"좋아요, 말해봐요." 그녀가 소리쳤다. "페어리가 뭐예요?"

호머는 자신의 엉덩이에 이미 매가 떨어진 강아지처럼 불안하게 몸을 뒤척였다. 그는 애원하는 표정으로 토드를 쳐다보았고 토드는 '호모'라는 단어를 입술로 말해 보였다.

"모모."

호머가 말했다.

페이는 와락 웃음을 터트렸다. 하지만 그녀는 호머의 기분 나쁜 표정을 보고서 더 이상 웃고 있을 수만은 없었다. 그녀는 약간 누그러지면서 그의 어깨를 토닥였다.

"정말 순진한 사람이네." 그녀가 말했다.

그는 고맙다는 듯이 미소를 지으며 웨이터를 불러 또 한 잔을 더 가져오라고 지시했다.

오케스트라가 다시 연주를 시작했고 어떤 남자가 페이에게 다가와 춤을 추자고 제안했다. 그녀는 호머에게는 아무 말도 하지 않고 그 남자를 따라 플로어로 나갔다.

"저건 누구야?" 호머가 그들에게서 시선을 떼지 않으며 물었다.

토드는 일부러 아는 척하면서 그 남자를 샌버두 다세대 주택 근처에서 자주 보았다고 말했다. 그의 설명은 호머를 만족시켰지만 동시에 그에게 다른 어떤 것을 생각하게 했다. 토드는 그의 머릿속에서 어떤 질문이 생겨나고 있다는 것을 눈치챌 수 있었다.

"얼 슈프라는 친구를 알고 있나?" 호머가 마침내 물었다.

"예."

그러자 호머는 지저분한 검은 암탉에 대해 길고 헷갈리는 이야기를 해주었다. 그는 얼과 멕시코인을 참아줄 수 없는 것이 그 암탉 때문인 양 그 암탉 얘기를 자꾸만 했다. 남을 미워할 줄 모르는 그이지만 유독 그 암탉에 대해서만은 정말 싫다는 듯, 그 암탉의 지저분한 모습을 상세하게 얘기했다.

"그 쪼그리고 앉아서 고개를 돌리는 모습은 정말 구역질이나. 수탉들이 그 암탉의 목에서 깃털을 다 뽑아버렸고 벼슬은 언제나 피투성이야. 발에는 부스럼과 사마귀가 다닥다닥 붙어 있고, 닭장 속에 처넣으면 어찌나 지저분하게 울어대는지 정말 미칠 지경이야."

"누가 그 암탉을 닭장 속에 집어넣는데요?"

"그 멕시코인."

"미겔?"

"응. 그 자는 그 암탉만큼이나 못된 자야."

"캠프에 다녀오셨나요?"

"캠프?"

"산속에 있는 거 말이에요."

"아니. 그들은 우리 집의 차고에서 살아. 페이가 자기 친구 중에 돈이 떨어진 사람이 있는데 그를 차고에서 한동안 살게 하면 어떻겠느냐고 해서 허락했어. 하지만 그 닭들과 멕시코인에 대해서는 아무 얘기도 없었어……. 어쩌겠나, 요즈음은 실업자들이 많으니……."

"왜 그 자들을 내쫓지 않았어요?"

"그들은 돈이 없는 데다 갈 데도 없어. 게다가 차고가 그리 편안한 주거 공간도 아니잖아."

"하지만 그 자들의 태도가 공손하지 못하다면 어떻게 하죠?"

"그 암탉이 문제야. 난 수탉은 괜찮아. 수탉들은 예뻐. 하지만 그 지저분한 암탉. 지저분한 깃털을 사방에 뿌리고 다니며 어찌나 지저분하게 울어대는지……."

"그럼 안 쳐다보면 되잖아요."

"나는 페이와 쇼핑을 갔다 와서 저녁식사를 준비하기 전에 뒷마당에 나가 접의자에 앉아 있는데, 바로 그 시간에 그들이 닭을 집어넣는 거야. 그 멕시코인은 내가 그걸 싫어한다는 걸 알고 일부러 그 시간에 그러는 것 같아. 내가 집 안으로 들어가면 그 자는 창문을 두드리면서 나와서 보라고 해. 난 그게 재미있다고 생각하지 않아. 하지만 어떤 사람에게는 재미있는 게 따로 있나봐."

"페이는 뭐라고 해요?"

"그녀는 암탉에 대해 아무런 불만도 없어. 그건 자연스러운 거라는 거야."

토드가 자신의 말을 페이에 대한 비난으로 알아들었을까봐 호머는 그녀가 아주 멋지고 착한 여자라고 재빨리 덧붙여 말했다. 토드는 그 점에 대해서는 일단 동의를 해주고 다시 닭 얘기로 돌아갔다.

"만약 내가 당신이라면," 토드가 말했다. "나는 그 닭들을 경찰에 신고하겠어요. 도시에서 닭을 기르려면 허가가 있어야 해요. 나라면 재빨리 조치를 취하겠어요."

호머는 직접적인 대답을 피했다.

"난 이 세상의 돈을 다 준다고 해도 그 암탉을 만지지 않겠어. 부스럼 투성이에다 알몸이나 다름없어. 그 얼간이 같은 모습이라니. 그 암탉은 고기를 먹어. 난 그 멕시코인이 쓰레기통에서 꺼낸 고기를 암탉에게 먹이는 걸 보았어. 그 자는 수탉들에게는 모래알을 먹이지만 암탉에게는 쓰레기를 먹이고 지저분한 통 안에다 쳐박아둬."

"만약 내가 당신이라면 그 자들과 그 지저분한 닭들을 싹 청소해버리겠어요."

"아니야, 그들은 괜찮은 젊은이들이야. 단지 요즈음의 다른 사람들과 마찬가지로 어려운 때를 만났을 뿐이야. 문제는 그놈의 암탉이야……."

그는 그 암탉의 냄새와 소리가 지금 당장 코앞에서 나는 것처럼 피곤하게 고개를 저었다.

페이가 춤을 끝내고 돌아왔다. 호머는 토드가 그녀에게 얼과 멕시코인 얘기를 하려는 것을 보고 필사적으로 말하지 말라는 신호를 보냈다. 하지만 그녀는 그 손짓을 눈치채고 궁금해했다.

"무슨 얘기를 그렇게 했어요?"

"당신 얘기지." 토드가 말했다. "호머가 서로 교환하는 조건으로 당신에 대해서 할 말이 있대."

"말해봐요, 호머."

"아니, 당신이 먼저 말해줘."

"좋아요. 내가 방금 춤춘 남자가 당신이 영화계의 거물이냐고 물었어요." 토드는 호머가 딱히 대꾸할 말이 없는 것을 보고 대신 나서기로 했다.

"나는 당신이 이 술집 안에서 제일 예쁜 여자라고 말했어."

"맞아." 호머가 동의했다. "토드가 그렇게 말했어."

"믿을 수 없는데요. 토드는 나를 미워해요. 아무튼 나는 당신이 그에게 조용히 하라는 신호를 보내는 걸 봤어요. 그에게 뭔가 말하지 말라고 했지요?"

그녀는 웃음을 터트렸다.

"난 당신들이 뭘 말했는지 알아요." 그녀는 호머의 흥분하는 어조를 흉내내며 말했다. "그 빌어먹을 암탉 말이야. 부스럼 투성이에다 알몸이나 다름없어."

호머는 미안하다는 듯이 웃었지만 토드는 화가 났다.

"도대체 그 자들을 차고에서 살게 하는 이유가 뭐지?" 그가 물었다.

"그게 당신하고 무슨 상관이에요?" 그녀가 대꾸했다. 하지만 별로 화를 내는 기색은 아니었다. 오히려 그 대화를 즐기고 있었다.

"호머는 그들과 함께 사는 것을 좋아해요. 그렇죠, 순진한 사람?"

"나는 토드에게 그들이 좋은 사람인데 나쁜 시절을 만났을 뿐이라고 말했어. 요즈음 실업자들이 보통 많아야지."

"그래요." 그녀가 말했다. "그들이 나간다면 나도 따라 나가요."

토드도 그 정도는 이미 짐작하고 있었다. 그는 무슨 말을 해도 소용이 없다는 것을 알았다. 호머는 또다시 조용히 하라는 신호를 보냈다.

무슨 이유인지 모르지만 페이는 갑자기 자기 자신에 대해 수치심을 느꼈다. 그녀는 토드에게 다시 춤추자고 제안하면서 그에게 사과했다. 춤추자고 제안하는 그녀의 동작은 경박하기 짝이 없었다. 토드는 그 제안을 거절했다.

이어 침묵이 찾아들었다. 그녀는 미겔의 닭들을 칭찬하면서 그 침묵을 깨트렸다. 그 칭찬은 곧 그녀 자신에 대한 변명이나 마찬가지였다. 그녀는 그 닭들이 뛰어난 싸움닭이고 미겔이 그 닭들을 아주 사랑하며 또 정성스럽게 돌봐준다는 얘기를 했다.

호머도 열성적으로 맞장구쳤다. 토드는 아무 말 없이 앉아 있었다. 그녀는 그에게 닭싸움을 구경해본 적이 있느냐고 물으면서 다음 날 밤 차고에서 닭싸움이 있을 예정이니 와서 한번 보라고 말했다. 샌디에이고의 어떤 남자가 자신의 닭과 미겔의 닭을 싸움 붙이기 위해 오기로 했다는 것이었다.

그녀가 호머에게 다시 고개를 돌리자 그는 마치 그녀가 자기를 때리기라도 할 것처럼 얼른 몸을 피했다. 그녀는 그걸 보고 부끄러움에 얼굴을 붉혔고 토드가 눈치를 챘는지 재빨리 살펴보았다. 그 날 밤 내내 그녀는 호머에게 잘하려고 애썼다. 그녀는 심지어 그의 옷깃을 바로잡아주었고 그의 머리카락을 손으로 빗어서 부드럽게 매만져주었다. 그는 행복해서 얼굴이 환해졌다.

21

 토드가 클로드 에스티에게 닭싸움 얘기를 해주자 그는 한 번 보고 싶다고 했다. 그들은 함께 차를 타고 호머의 집으로 갔다.

 에어브러시로 빛나는 색깔을 뿌려놓은 듯, 자주색과 푸른색이 뒤섞인 밤이었다. 아주 어두운 그림자에도 약간의 보라색이 섞여 있었다.

 헤드라이트를 켜 놓은 차 한 대가 차고의 드라이브웨이(차고에서 도로까지의 개인 도로—옮긴이)앞에 세워져 있었다. 그들은 건물 구석에서 여러 명의 남자를 볼 수 있었고 또 그들의 목소리를 들을 수 있었다. 누군가가 웃음을 터뜨렸는데 '하-하'로 된 단조로운 두 음절을 자꾸만 되풀이했다.

 그들이 경찰의 순찰에 대비해서 망을 보고 있는지도 모른다고 생각한 토드는 차에서 먼저 내려 그들에게 자신의 신분을 밝혔다. 그가 헤드라이트 불빛 속으로 들어가자 에이브 쿠직과 미겔이 그를 알아보고 인사했지만 얼은 인사를 건네지 않았다.

"닭싸움은 물 건너갔어." 에이브가 말했다. "샌디에이고의 그 빌어먹을 녀석이 나타나지 않았어."

클로드가 다가오자 토드는 그를 세 명의 남자에게 소개했다. 난쟁이는 거만했고 미겔은 우아했으며 얼은 평소와 마찬가지로 뻣뻣하고 시무룩했다.

차고의 바닥은 오두막 비슷한 것으로 개조되어 있었다. 그것은 9피트 길이에 7~8피트 너비의 타원형 공간이었다. 바닥에는 낡은 카펫을 깔았고 나뭇가지와 철사로 엉성하게 울타리를 쳐 놓고 있었다. 드라이브웨이에 주차된 페이의 쿠페(소형 오픈카)가 차고를 헤드라이트의 불빛으로 환하게 비춰 주고 있었다.

클로드와 토드는 에이브를 따라가면서 그 불빛을 벗어났고 이어 차고 뒤쪽에 놓아둔 낡은 트렁크 위에 그와 함께 앉았다. 얼과 미겔이 따라와 그들 앞에 쪼그리고 앉았다. 그들은 둘 다 푸른 진 바지, 물방울 셔츠, 커다란 모자, 굽 높은 부츠를 착용하고 있었다. 그들은 아주 잘생겼고 또 개성적이었다.

그들은 아무 말 없이 담배를 피웠다. 오로지 난쟁이만이 불안한 듯 몸을 뒤척였다. 트렁크 위에 충분한 공간이 있었는데도 난쟁이가 갑자기 토드를 옆으로 밀어냈다.

"저리 비켜, 이 친구야." 그가 으르렁거렸다.

토드는 아무 말도 하지 않고 옆으로 비키며 클로드에게 밀착했다. 얼은 난쟁이보다는 토드에게 웃음을 터트렸지만 난쟁이는 그에게 달려들었다.

"이, 멍청아! 도대체 누굴 비웃는 거야?"

"너."

얼이 말했다.

"그래? 내 말 잘 들어, 이 멍청아. 내게 2센트만 주면 네 놈의 부츠를 홀랑 벗겨 놓을 테다."

얼은 셔츠 주머니에 손을 집어넣어 동전 한 잎을 꺼내 땅 위에 패대기쳤다.

"자, 25센트야." 그가 말했다.

난쟁이가 트렁크에서 일어나려 하자 토드가 그의 옷깃을 잡았다. 그는 토드의 손길을 뿌리치지는 않았지만 상체를 앞으로 쑥 내밀었다. 그 모습은 마치 줄에 매달린 테리어 개 같았다. 난쟁이는 이어 커다란 머리통을 좌우로 흔들었다.

"어디 한번 해보겠다 이거야?" 난쟁이가 소리쳤다. "웨스턴 의류 회사의 돈을 떼먹고 달아난 놈아…… 이 가발 쓴 기생충아, 어서 덤벼봐."

아마 얼이 멋진 반격의 말을 재빨리 생각해낼 수 있었더라면 덜 화가 났을 것이다. 그는 짜리몽땅한 바보 자식 어쩌고 하다가 침을 탁 뱉었다. 가래 섞인 그의 침은 난쟁이의 구두 코에 안착했다.

"나이스 샷!" 미겔이 소리쳤다.

얼은 그것으로 자신이 승자임을 증명했다고 생각하는 듯했다. 그는 쓱 미소를 지어 보이더니 잠잠해졌다. 난쟁이는 자신의 옷깃을 잡고 있는 토드의 손을 한번 찰싹 치더니 트렁크에 다시 주저앉았다.

"당신은 쇠발톱을 찼더라면 좋을 뻔했어." 미겔이 말했다.

"저런 멍청이와 싸우는 데 무슨 쇠발톱씩이나." 난쟁이가 대꾸했다.

그들은 모두 웃음을 터트렸고 모든 것이 제자리로 돌아왔다.

에이브는 토드 쪽으로 몸을 기울여 클로드에게 말을 걸었다.

"멋진 게임일 뻔했어요." 그가 말했다. "당신들이 여기 오기 전에 열 명 넘게 다녀갔어요. 그 중 어떤 사람은 내기에 걸 돈을 왕창 가지고 왔었어요. 난 거간꾼 노릇을 하려 했는데."

클로드는 지갑을 꺼내 그에게 명함을 한 장 건넸다.

"따 논 당상이었는데 말입니다." 미겔이 말했다. "난 쉽게 이기는 닭 다섯 마리와 질 게 확실한 닭 두 마리를 준비해두었어요. 큰돈을 벌 수 있었는데 아쉽습니다."

"난 닭싸움을 본 적이 없어요." 클로드가 말했다. "아니, 싸움닭을 본 적도 없어요."

미겔은 자기가 키우는 닭을 한 마리 보여주겠다며 그걸 가지러 갔다. 토드는 차의 문짝 포켓에 넣어둔 위스키 병을 가지러 차 있는 쪽으로 내려갔다. 그가 돌아와 보니 미겔이 후후틀라를 불빛에 비춰보이고 있었다. 모두들 그 닭을 쳐다보았다.

 미겔이 양손으로 그 닭을 꼭 붙잡고 있었는데, 언더토스를 하기 위해 농구공을 양손으로 들고 있는 자세와 비슷했다. 그 닭은 타원형의 짧은 날개와, 몸과는 직각을 이루는 심장 모양의 꼬리를 갖고 있었다. 대가리는 뱀의 머리처럼 삼각형이었고 약간 휘어진 부리의 밑부분은 뭉툭했지만 끝부분은 날카로웠다. 깃털은 아주 팽팽하고 단단해 마치 니스칠을 한 것 같았다. 깃털은 싸움을 위해 일부러 솎아낸 상태였고 몸의 윤곽은 끝을 잘라낸 쐐기처럼 뚜렷하게 도드라졌다. 미겔의 손가락 사이로 밝은 오렌지색의 닭다리와 발톱이 날카로운, 약간 검은 오렌지색의 발이 비어져 나왔다.

 "후후는 텍사스 주 린데일의 존 R. 보우스가 키운 닭입니다." 미겔이 자랑스러운 어조로 말했다. "여섯 번 우승을 한 닭입니다. 이 놈을 사들이기 위해 50달러와 권총 한 자루를 주었죠."

 "멋진 닭이군요." 난쟁이가 깎아내리듯이 말했다. "하지만 아주 완벽한 것 같지는 않군요."

 클로드가 지갑을 꺼냈다.

 "나는 저 놈이 싸움하는 것을 한번 보고 싶습니다." 그가 말했다. "당신의 닭 한 마리를 내게 팔고 저 놈과 한번 붙여 보면 어떨까요?"

 미겔은 잠시 생각에 잠기더니 얼을 쳐다보았고 얼은 진행하라고 말했다.

"15달러에 팔 수 있는 닭이 있습니다."

그때 난쟁이가 끼어들었다.

"내가 닭을 고르겠습니다."

"오, 난 상관없어요." 클로드가 말했다. "난 닭싸움을 한번 보고 싶을 뿐입니다. 여기 15달러가 있습니다."

얼이 그 돈을 받았고 미겔은 얼에게 커다랗고 빨간 닭 에르마노를 내오라고 말했다.

"저 빨간 닭은 몸무게가 8파운드가 넘게 나갑니다." 그가 말했다. "하지만 후후는 채 6파운드도 안 돼요.

얼이 어깨 부분이 은색인 커다란 수탉을 가져왔다. 그것은 평범한 닭처럼 보였다.

난쟁이는 그 닭을 보더니 화를 벌컥 냈다.

"저건 뭐라고 하는 닭이야, 거위인가?"

"힘깨나 쓰는 닭의 일종이죠." 미겔이 말했다.

"난 저 놈에게는 돈을 걸지 않겠어." 난쟁이가 말했다.

"돈 걸 필요없어."

얼이 우물우물 말했다.

난쟁이가 닭을 쳐다보았고 닭도 난쟁이를 쳐다보았다. 그는 클로드에게 고개를 돌렸다.

"선생님, 제가 당신 대신 저 닭을 싸움 붙여드리죠."

그러자 미겔이 재빨리 대꾸했다.

"얼이 할 거야. 그는 닭을 잘 알아."

난쟁이는 그 말에 화를 벌컥 냈다.

"이건 사기야!" 그가 소리쳤다.

난쟁이가 빨간 닭을 잡으려 했지만 얼이 그의 손이 닿지 못하게 닭을 하늘 높이 쳐들었다.

미겔은 트렁크를 열고 체스의 말을 넣어두는 것 같은 자그마한 나무통을 꺼냈다. 그 안에는 휘어진 쇠발톱, 중앙에 구멍이 뚫려 있는 네모난 샤무아 가죽, 구두 만드는 사람들이 사용하는 왁스 먹인 끈 등이 가득 들어 있었다.

그들은 그 주위에 모여 서서 그가 후후를 무장시키는 것을 지켜보았다. 먼저 그는 닭다리와 닭발을 깨끗이 닦아냈다. 이어 닭발 하나에 구멍 뚫린 네모난 가죽을 씌웠다. 그런 다음 발에다 쇠발톱을 끼우고 부드러운 끈으로 단단하게 잡아매어 고정시켰다. 그는 다른 발에도 똑같이 쇠발톱을 끼웠다.

그가 무장을 마치자 이번에는 얼이 빨간 닭을 무장시킬 준비를 했다.

"저 빨간 닭은 용기가 대단해요." 미겔이 말했다. "싸움에서 여러 번 승리했어요. 몸이 빠른 것처럼 보이지는 않지만 그런 대로 빠르고 펀치가 대단해요."

"내 의견을 물으신다면 삶아먹기 딱 좋은 닭이라고 말하겠어요." 난쟁이가 말했다.

얼은 가위를 꺼내어 빨간 닭의 깃털을 베어내기 시작했다. 그가 꼬리 부분을 대부분 잘라내고 가슴 부분을 잘라내려 하자 난쟁이가 제지하고 나섰다.

"거긴 내버려 둬!" 그가 소리쳤다. "닭을 빨리 죽이려고 그러는 거지? 보호를 받으려면 가슴털이 있어야 한단 말이야."

그는 다시 클로드에게 고개를 돌렸다.

"선생님, 내가 저 닭을 싸움 붙이게 해주십시오."

"저 친구에게 닭값을 일부 내라고 하세요." 미겔이 말했다.

난쟁이는 화가 나서 펄쩍펄쩍 뛰기 시작했다.

"당신은 우리에게 사기를 치려 하고 있어!" 그가 고함쳤다.

"좋아. 그 닭을 저 친구에게 넘겨줘." 미겔이 말했다.

난쟁이는 그 닭을 왼쪽 팔 아래에 끼우고 자유로운 두 손으로 나무통 안의 쇠발톱을 살펴보기 시작했다. 쇠발톱들은 똑같이 3인치였고 어떤 것은 다른 것보다 훨씬 휘어져 있었다. 그는 쇠발톱 두 개를 골라 들고 클로드에게 작전을 설명했다.

"이놈은 등을 대고 드러누워서 싸워야 할 거예요. 그러니 이 쇠발톱이 알맞아요. 만약 이 놈이 저 닭 위로 올라갈 수 있다면 이 발톱은 사용할 필요가 없는 거지요."

그는 무릎을 대고 꿇어앉아 쇠발톱이 바늘처럼 날카롭게 될 때까지 시멘트 바닥에 갈았다.

"이길 승산이 있을까?" 토드가 물었다.

"알 수 없어." 그가 커다란 머리통을 흔들며 말했다. "꼭 죽은 닭같이 느껴져."

조심스럽게 쇠발톱을 끼운 후 그는 닭의 날개를 펼치고 깃털을 후후 불면서 그 살갗을 살펴보았다.

"볏 색깔이 안 좋아. 싸울 수 있을 정도의 색깔이 아니야." 그가 벼슬을 살짝 꼬집으면서 말했다. "하지만 튼튼해 보여. 한때 싸움깨나 했을 것 같아."

그는 닭을 불빛에 비춰보면서 머리를 살펴보았다. 미겔은 난쟁이가 닭의 부리를 살펴보는 것을 보고서 짜증나는 목소리로 시간 끌지 말라고 소리쳤다. 그러나 난쟁이는 전혀 신경쓰지 않으며 뭐라고 혼잣말을 중얼거렸다. 그는 토드와 클로드에게 와서 좀 보라고 손짓했다.

"아까 말씀드렸지요!" 그가 화가 나서 거칠게 숨을 몰아쉬며 말했다. "우린 사기를 당한 거라고요."

그는 닭의 부리에 머리카락 같은 금이 가 있는 것을 가리켰다.

"그건 금 간 게 아닙니다." 미겔이 항의했다. "그건 표시를 해둔 거예요."

미겔은 그 표시를 닦아낼 것처럼 닭에게 손을 내밀었고 그러자 닭이 맹렬하게 그를 쪼아댔다. 그것이 난쟁이를 기쁘게 했다.

"우린 싸우겠소." 그가 말했다. "하지만 돈을 걸진 않을 거요."

얼이 심판을 맡았다. 그는 백묵을 가져다가 차고 안의 오두막 바닥에 세 줄을 그었다. 한 줄은 중앙에 길게 그었고 나머지 두 줄은 약 3피트 정도 떨어진 지점에 중앙선과 나란히 짧게 그렸다.

"자, 닭을 붙여요." 얼이 말했다.

"아니, 먼저 부리를 맞대게 하지." 난쟁이가 항의했다.

그와 미겔은 팔 하나 정도의 거리를 사이에 두고 마주보고 서서 각자의 닭을 내밀어 그들의 화를 돋구었다. 후후는 미겔이 뒤로 뺄 때까지 빨간 닭의 벼슬을 거세게 잡아채고 놓지를 않았다. 처음에는 무기력했던 빨간 닭이 생생하게 살아나자 난쟁이가 그 닭을 제대로 잡고 있기 힘들 지경이었다. 두 남자는 다시 닭의 부리를 맞대었고 이번에도 역시 후후가 빨간 닭의 벼슬을 잡아챘다. 덩치 큰 빨간 닭은 화가 머리끝까지 치밀어 버둥거리면서 작은 닭에게 덤벼들 태세를 취했다.

"자, 준비가 끝났어." 난쟁이가 말했다.

그와 미겔은 오두막 안으로 들어가 닭을 짧은 선 위에다 내려놓았다. 닭은 서로 마주보았다. 그들은 닭의 꼬리를 잡은 채 얼이 신호를 보내기를 기다렸다.

"자, 붙여요!"

얼이 소리쳤다.

난쟁이가 얼의 입술을 쳐다보면서 신호보다 먼저 닭을 놓았지만 후후가 수직으로 공중에 떠오르면서 빨간 닭의 가슴에 일격을 가했다. 그것은 깃털을 뚫고 살 속으로 파고들었다. 빨간 닭은 가슴에 쇠발톱이 박힌 채 몸을 돌려 부리로 후후의 머리를 두 번 쪼았다.

그들은 닭을 떼어내 다시 하얀 선 위에 정렬시켰다.

"자 붙여요!" 얼이 소리쳤다.

또다시 후후가 빨간 닭에게 달려들었으나 이번에는 제대로 타격을 입히지 못했다. 빨간 닭이 그 위에 올라타려고 했지만 성공하지 못했다. 그는 공중전을 벌이기에는 너무 굼떴다. 후후가 또다시 공중에 떠오르며 재빨리 잽을 날렸는데 그 발이 어찌나 빠른지 황금색의 흐릿한 얼룩처럼 보였다. 빨간 닭은 꼬리를 땅에 대고 넘어져 고양이처럼 양발을 위로 들어올리고 후후에게 대항했다. 후후는 계속하여 위에서 아래로 공격해왔다. 그는 빨간 닭의 날개를 하나 부숴버리고 그의 다리를 사실상 끊어 놓았다.

"위치로!" 얼이 소리쳤다.

난쟁이가 빨간 닭을 집어 들었을 때 그의 목은 축 처졌고 온몸이 피투성이인 데다 깃털은 떡이 된 상태였다. 난쟁이는 닭을 보더니 신음 소리를 내면서 작업에 착수했다. 그는 벌어진 부리에다 침을 뱉었고 닭벼슬을 양 입술로 물어서 그 피를 빨아주었다. 빨간 닭은 기력을 회복하지는 못했지만 분노의 느낌은 다시 회복했다. 부리는 꼭 닫혔고 목은 곧게 펴졌다. 난쟁이는 그 깃털을 부드럽게 쓰다듬어 모양을 내주었다. 하지만 부러진 날개와 꺾인 다리는 어떻게 해볼 수가 없었다.

"자, 붙여!" 얼이 소리쳤다.

난쟁이는 중앙선 위에서 닭들의 부리를 서로 맞대게 하자고 주장했다. 빨간 닭이 제 힘으로 앞에 나서면서 적수를 맞이할 수가 없기 때문이었다. 미겔이 동의했다.

빨간 닭은 아주 용감했다. 난쟁이가 꼬리를 놓아주자 닭은 날아올라 후후를 공중에서 맞이하려고 필사적인 힘을 다했다. 그러나 빨간 닭은 겨우 한 발을 앞으로 내밀 수 있을 뿐이었고 곧 옆으로 쓰러지고 말았다. 후후는 빨간 닭 위로 날아와 양 발톱으로 그의 등을 내리찍었다. 빨간 닭은 혼신의 힘을 다해 후후를 밀쳐냈고, 성한 다리로 후후에게 훅을 먹이려고 했지만 또다시 옆으로 쓰러졌다.

후후가 공중에 날아오르기 직전 빨간 닭은 부리로 후후의 머리에 강타를 먹였다. 후후는 타격을 받자 잠시 주춤거리며 지상에서 싸웠다. 지상에서 부리로 쪼는 싸움이 되자 빨간 닭의 월등한 덩치와 힘이 날개와 다리의 부상을 상쇄했다. 그는 맞는 만큼 때렸다. 그러나 갑자기 금 간 부리가 반으로 쪼개어지면서 아랫 부분만 남게 되었다. 부리가 떨어져나간 자리에서는 핏방울이 솟구쳐 올라왔다. 빨간 닭은 조금도 물러서지 않았다. 그는 한번 더 공중으로 날아오르려고 애를 썼다. 성한 다리를 날렵하게 사용하면서 지상에서 6~7인치 떠올랐으나 쇠발톱을 사용할 수 있을 정도의 높이는 못 되었다. 후후는 그보다 훨씬 높이 날아올라 양 발톱을 빨간 닭의 가슴에다 박아 넣었다. 또다시 쇠발톱 하나가 가슴 깊숙이 들어박혔다.

"위치로!" 얼이 소리쳤다.

미겔이 후후를 떼어내면서 빨간 닭을 난쟁이에게 건네주었다. 에이브는 한숨을 쉬며 닭의 깃털을 부드럽게 쓰다듬어주었고 눈알을 깨끗이 핥아준 다음 머리를 통째로 그의 입속에 집어넣어 빨았다. 하지만 그 닭은 끝난 거나 다름없었다. 닭은 목조차 제대로 가누지 못했다. 난쟁이는 닭 꼬리의 깃털을 후후 불더니 항문을 꼭 오무려주었다. 하지만 그것도 별로 도움이 안 되자 그는 항문 속으로 새끼 손가락을 집어넣어 닭의 고환을 자극했다. 닭은 몸을 부르르 떨더니 목을 치켜들었다.

"자, 붙여요."

다시 한번 빨간 닭은 성한 다리로 용을 쓰면서 후후와 같이 공중에 뜨려고 했지만 단지 몸을 빙그르르 돌리며 땅에 쓰러졌을 뿐이다. 후후가 날아올라 가격했지만 목표에서 벗어났다. 빨간 닭은 부러진 부리를 맥없이 내밀었다. 후후는 다시 공중으로 날아올랐고 이번에는 빨간 닭의 눈알 하나에 쇠발톱을 관통시켜 머리 뒷부분으로 튀어나오게 했다. 빨간 닭은 땅바닥에서 숨이 끊어진 채 꼼짝도 하지 않았다.

난쟁이는 괴로워하며 신음 소리를 내질렀고 다른 사람들은 아무 말도 하지 않았다. 후후는 죽은 닭의 나머지 눈알마저도 파냈다.

"저 빌어먹을 식인 닭을 치워버려!" 난쟁이가 소리쳤다.

미겔은 웃음을 터뜨렸고 이어 후후를 잡더니 쇠발톱을 제거했다. 얼 또한 빨간 닭의 쇠발톱을 제거했다. 그는 죽은 닭을 아주 공손하고 부드럽게 다루었다.
    토드가 그들에게 위스키를 돌렸다.

22

 호머가 차고에 왔을 때는 그들이 한창 취해가는 중이었다. 그는 양탄자 위에 나자빠져 죽은 닭을 보고 흠칫 놀랐다. 토드가 호머를 클로드에게 소개해주자 그는 클로드와 악수를 했고 또 에이브 쿠직과도 악수를 했다. 그런 다음 집으로 들어가서 술 한 잔 하자는 제안을 했다. 그들은 호머를 따라갔다.

 페이가 현관에서 그들을 맞이했다. 그녀는 거실용 초록색 실크 파자마를 입고 발에는 커다란 술이 달리고 굽이 높은 초록색 슬리퍼를 신고 있었다. 재킷의 윗 단추 세 개는 풀려 있었다. 가슴이 꽤 많이 노출되었지만 유방은 보이지 않았다. 그녀의 유방이 작아서가 아니라 옆으로 밀쳐내어 위로 올려주는 옷을 입고 있었기 때문이다.

 그녀는 토드와 악수를 했고 난쟁이의 머리를 가볍게 두드렸다. 난쟁이와 그녀는 오랜 친구였다. 호머가 어색하게 클로드를 소개하자 그녀는 아주 숙녀연하면서 그 인사말을 받아넘겼다. 그것은 그녀가 새로운 남자를 만날 때마다 즐겨 연기하는 역할이었다. 특히 돈이 많아 보이는 남자를 만날 때에는 더욱 자연스럽게 그런 연기가 나왔다.

"이렇게 만나 뵙게 되어 반가워요." 그녀가 약간 떠는 목소리로 말했다.

난쟁이는 그녀에게 웃음을 터트렸다.

그녀는 지독하게 거만을 떠는 목소리로 호머에게 주방으로 들어가 소다, 얼음, 술잔을 준비해오라고 지시했다.

"멋진 집이군요." 난쟁이가 현관에서 벗었던 모자 위에 풀썩 주저앉으며 말했다.

그는 손과 무릎을 사용해 스페인풍 의자에 올라가 끝부분에 걸터앉았다. 그의 다리는 공중에서 달랑거렸다. 그는 복화술사의 인형 같았다.

얼과 미겔은 손을 씻기 위해 뒤에 처졌다. 그들이 집 안으로 들어오자 페이는 마치 아랫사람을 대하는 태도로 그들을 맞이했다.

"어서들 들어와요. 곧 마실 게 나올 거예요. 미겔, 당신은 리큐어를 더 좋아하지 않나요?"

"아니요, 됐습니다." 그가 약간 놀라며 말했다. "나도 다른 사람들과 똑같은 걸로 하겠습니다."

그는 얼을 따라서 방을 가로질러 소파가 있는 곳으로 갔다. 두 사람은 집 안에 있는 게 익숙하지 않은 듯 뻣뻣한 자세로 걸어갔다. 그들은 등을 꼿꼿이 펴고 소파에 앉았고 무릎에 손을 올려 놓은 다음 그 위에 모자를 얹어 놓았다. 차고에서 나오기 전에 머리를 빗어 자그마하고 둥근 그들의 머리가 멋지게 반짝거렸다.

호머가 작은 쟁반에 음료수를 얹어 가져왔다.

그들은 모두 좋은 매너를 유지했다. 하지만 난쟁이는 여전히 거만을 떨었다. 그는 위스키의 질에 대해서 논평하기까지 했다. 호머는 사람들에게 술잔을 모두 돌린 뒤 의자에 앉았다.

이제 페이 혼자만 서 있었다. 그녀는 남자들의 시선에도 불구하고 자기 생각에만 골몰하고 있었다. 그녀는 한쪽 엉덩이를 옆으로 비죽 내민 채 한 손을 그 위에 올려놓았다. 클로드는 그가 앉은 자리에서 그녀의 매력적인 척추 라인이 엉덩이까지 이어지는 것을 볼 수 있었다. 그녀의 엉덩이는 심장을 거꾸로 세워놓은 것 같았다.

그는 감탄스럽다는 듯이 낮게 휘파람을 불었고 다른 남자들은 몸을 부자연스럽게 움직이거나 웃음을 터트리면서 동의했다.

"이 분들에게 시가를 하나씩 돌리는 게 어때요?" 그녀가 호머에게 말했다.

그는 깜짝 놀라면서 집에 시가가 없지만 필요하다면 가게에 가서 사오겠다고 중얼거렸다. 그렇게 말해야 하는 상황이 그는 불행하게 느껴졌다. 호머는 다시 위스키를 한 잔씩 돌렸다. 그는 아주 넉넉히 따랐다.

"아주 멋진 초록색 옷이군요." 토드가 말했다.

페이는 그들에게 자기 옷을 뽐내 보였다.

"너무 화려해서…… 야하게 보일지도 모르겠어요."

"아니요." 클로드가 열렬한 목소리로 말했다. "아주 멋집니다."

그녀는 아주 독특하고 은밀하게 미소를 지어 보이고 혀로 자신의 입술을 한번 핥아 보임으로써 그의 칭찬에 답례했다. 그것은 효과 만점인 그녀의 십팔번 제스처였다. 그것은 온갖 은밀한 친밀성을 모두 약속하는 듯하지만 실은 '생큐'라는 말처럼 간단하면서도 자동적인 언사에 지나지 않았다. 그녀는 아무리 사소한 일이라 할지라도 어떤 사람에게 고맙다는 표시를 하고 싶을 때에는 그 제스처를 사용했다.

클로드는 토드가 전에 여러 번 저질렀던 것과 동일한 판단 착오를 저질렀고 그리하여 벌떡 일어섰다.

"여기 좀 앉지 않으시겠어요?"

그가 우아하게 자신의 의자를 가리키며 말했다. 그녀는 그 은밀한 미소와 혀의 애무를 반복하며 그 제안을 받아들였다. 클로드는 고개를 숙였다. 하지만 다른 사람들이 그를 쳐다본다는 것을 의식하고서 자기 자신을 덜 우스꽝스럽게 만들기 위해 다른 사람들에게도 가까이 오라고 말했다. 토드가 먼저 다가갔고 얼과 미겔이 합세했다. 다른 사람들이 옆에 서서 그녀를 쳐다보는 동안 클로드가 계속 그녀에게 말을 걸었다.

"에스티 씨, 당신은 영화계에서 일하고 계십니까?" 그녀가 물었다.

"네. 당신도 물론 영화계에 계시죠?"

모두들 그의 목소리에 애원조가 깃들어 있음을 의식했지만 아무도 미소 짓지 않았다. 그들은 그를 비난하지 않았다. 그녀에게 말을 걸 때 그런 어조가 되지 않기란 거의 불가능했다. 남자들은 '굿 모닝'이라는 간단한 인사를 할 때에도 그런 어조가 되어버렸다.

"꼭 그런 건 아니에요. 하지만 그렇게 되기를 바라고 있어요." 그녀가 말했다. "난 엑스트라로 일해왔지만 지금까지 이렇다 할 기회가 없었어요. 하지만 곧 그런 기회를 잡을 거라고 생각해요. 내가 요구하는 건 찬스를 달라는 거예요. 연기는 내 피 속에 있어요. 우리 그리너 가족은 아주 오래전부터 연극을 해온 사람들이에요."

그녀는 클로드에게 말할 기회를 주지 않았다. 하지만 그는 개의치 않았다.

"뮤지컬 같은 게 아니라 진짜 연극 말이에요. 물론 처음에는 가벼운 코미디로 시작해야겠지요. 내가 요구하는 건 찬스를 달라는 거예요. 나는 그런 찬스를 잡기 위해 최근에 옷을 많이 구입했어요. 나는 행운을 믿지 않아요. 사람들은 열심히 일하는 게 곧 행운이라고 해요. 그렇다면 나도 남들 못지 않게 열심히 일할 각오예요."

"당신은 목소리가 참 좋군요. 당신은 기회가 오면 잘할 거예요."

클로드는 그녀에게 매혹되는 자기 자신을 어쩔 수가 없었다. 그녀의 은밀한 미소와 그 다음에 나오는 동작을 일단 보았기 때문에 자꾸만 그것을 되풀이하고 싶었다.

"나는 브로드웨이에서 연극을 하고 싶어요." 그녀가 말했다. "요즘은 연기로 뜨려면 거기서 시작해야 돼요. 무대 경험이 없으면 말도 못 꺼내게 하니까요."

그녀는 영화 업계에서 출세하는 방법, 그녀가 앞으로 출세할 방법, 그밖에 영화에 대한 얘기를 끊임없이 해댔다. 그것은 모두 헛소리였다. 그녀는 업계 신문에 난 정보, 기타 팬 잡지에 실린 정보, 영화배우와 제작자들에 관한 전설적 얘기들을 한데 뒤섞어서 마치 자기 의견인 양 말하고 있었다. 부지불식간에 그녀의 출세는 하나의 개연성에서 가능성으로, 그리고 마지막에는 필연성으로 옮겨갔다. 처음에 그녀는 말을 잠시 멈추면서 클로드가 맞장구쳐주기를 기다렸지만 일단 이야기에 발동이 걸리자 그녀의 질문은 형식적인 것이 되어버렸고 그녀의 말이 쉴 새 없이 흘러나왔다.

그녀의 얘기를 듣고 있는 남자는 아무도 없었다. 그들은 그녀의 미소, 웃음, 전율, 속삭임, 분노, 꼬았다가 다시 푸는 다리, 쏙 내밀었다가 들어가는 혀, 넓어졌다가 좁아지는 눈, 고개를 돌릴 때마다 의자의 붉은 천에 철썩 소리를 내며 부딪치는 그녀의 백금 머리카락을 쳐다보느라고 너무 바빴다. 그녀의 제스처와 표정은 아주 기이하게도 그녀의 말과는 따로 놀고 있었다. 그것은 하나의 순수 형상이었다. 그녀의 몸은 자신의 말이 얼마나 부질없는가를 알고 있는 것 같았다.

또한 그녀의 말을 듣는 사람들을 흥분시켜 무비판의 상태로 몰아가고 있었다. 그 날 밤 그것은 아주 잘 통했다. 아무도 그녀를 비웃을 생각을 하지 못했다. 그녀를 중심으로 원형으로 서 있던 그들은 그녀 옆에 가까이 다가가고 싶다는 생각뿐이었다.

 토드는 그 원형의 맨 가장자리에 서서 얼과 미겔 사이의 빈 틈으로 그녀를 쳐다보았다. 누가 그의 어깨를 가볍게 두드렸다. 그는 그 사람이 호머라는 것을 알고 있었지만 고개를 돌리지는 않았다. 두드림이 반복되자 그는 손을 내저으며 저리 가라는 신호를 보냈다. 몇 분 뒤 그는 등 뒤에서 신발 끄는 소리를 들었고 살금살금 걸어가는 호머를 보았다. 호머는 거실 구석에 있는 의자까지 무사히 걸어가 한숨을 내쉬며 걸터앉았다. 그는 무릎 위에 두툼한 손을 내려놓고 손등을 무심히 내려다보았다. 그는 토드의 시선을 느끼고 고개를 쳐들며 미소 지었다.

 그의 미소는 토드를 심란하게 했다. 그것은 "친구여, 당신이 고통에 대해서 무엇을 아는가?" 하고 말하는 듯한 짜증나는 미소였다. 거기에는 남을 봐주는 듯한 거만함과 참을 수 없는 속물 근성이 내재되어 있었다.

 토드는 온몸이 더워지며 약간 구역질이 나려고 했다. 그는 호머에게 등을 돌리면서 현관으로 나갔다. 그의 분노에 찬 퇴장은 그리 성공적이지 못했다. 그는 심하게 어그적거렸다. 보도에까지 왔을 때 그는 대추야자나무에 등을 기대고 커브길에 주저앉았다.

그가 앉아 있는 곳에서는 캐니언 아래 계곡 속의 도시 풍경이 보이지 않았다. 하지만 그 하늘 위에 바틱 파라솔처럼 반영되어 있는 도시의 불빛은 볼 수 있었다. 파라솔 외곽의, 불빛이 반영되지 않은 하늘은 푸른 기운이 하나도 없는 검정색이었다.

호머는 그를 따라 집 밖으로 나와서 그의 뒤에 주춤거리며 섰지만 감히 다가오지는 못했다. 그때 토드가 갑자기 고개를 떨구면서 그의 그림자를 보았다. 만약 그렇지 않았더라면 그는 토드 몰래 그곳을 빠져나갔을지도 몰랐다.

"헬로." 토드가 말했다.

그는 호머에게 커브길에 같이 앉자는 표시를 했다.

"감기 들겠어요."

호머가 말했다.

토드는 그가 왜 그런 말을 하는지 이해했다. 그는 정말 자기가 옆에 앉는 것을 좋아하는지 확인하고 싶은 것이었다. 그렇지만 토드는 앉으라는 얘기를 반복하지 않았다. 토드는 그를 쳐다보고 싶지도 않았다. 그는 호머가 오랜 고통을 호소하는 미소를 짓고 있다는 것을 알고 있었고 그 미소를 다시 보는 게 지겨웠다.

토드는 왜 자신의 동정이 이처럼 악의로 변질되어버리는지 의아해졌다. 페이 때문에? 그건 결코 아니었다. 호머를 도와줄 수 없기 때문에? 그건 좀 그럴 듯했지만 그것도 결코 아니었다. 그는 자기 자신을 치료사라고 생각해본 적이 한번도 없었다.

호머는 고개를 돌려 거실의 창문을 바라보고 있었다. 누군가가 웃음을 터트리자 그는 고개를 한쪽으로 갸우뚱했다. '하-하'의 2음절이 계속되는 그 웃음은 분명 난쟁이가 내는 소리였다.

"당신은 저 난쟁이로부터 좀 배워야 해요." 토드가 말했다.

"뭐라고요?" 호머가 그에게로 고개를 돌리며 말했다.

"아니, 관둡시다."

그의 조급함은 호머를 가슴 아프게 했고 또 난처하게 했다. 그는 그 표정을 보고는 옆에 와서 앉으라는 표시를 했다. 이번에는 아까와는 다르게 진심이었다.

호머가 옆에 와 앉았다. 그는 잘못 쪼그려 앉아서 무릎을 찧었다. 무릎을 손으로 털면서 그가 다시 앉았다.

"도대체 무슨 일이에요?" 토드가 자상하게 대하려고 애쓰면서 말했다.

"아무것도 아니에요, 토드. 아무것도 아니에요."

그는 고마워하며 미소를 지었다. 토드는 그 미소 속에 들어 있는, 사람을 짜증나게 하는 체념, 친절, 겸손을 눈치채지 않을 수가 없었다.

그들은 아무 말 없이 앉아 있었다. 호머는 묵직한 어깨를 웅크린 채 얼굴에 상냥한 미소를 짓고 있었고 토드는 야자나무에 뻣뻣이 등을 기댄 채 얼굴을 찌푸리고 있었다. 집 안에서 틀어놓은 라디오 소리가 길 아래쪽까지 흘러나왔다.

두 사람은 아무 말 없이 오랫동안 앉아 있었다. 호머는 여러 번 토드에게 뭔가 말을 하려고 했지만 말을 입 밖에 내지 못하는 것 같았다. 질문을 해서 말을 유도할 수도 있었지만 그는 그다지 내키지 않았다.

호머의 큰 손은 '여기에 교회, 저기에 첨탑' 게임을 하던 무릎 위를 떠나 겨드랑이 속으로 들어갔다. 두 손은 잠시 거기에 머물렀다가 그의 허벅지 쪽으로 내려왔다. 잠시 후 두 손이 무릎 위로 올라왔다. 오른손이 왼손의 관절을 딱딱 눌러 소리를 냈고 이어 왼손으로 오른손에 같은 서비스를 해주었다. 그 동작은 잠시 동안만 하면 쉬운 것처럼 보이지만 계속해서 하면 그리 쉬운 일이 아니었다. 두 손은 '여기에 교회' 게임을 다시 시작했고 이어 겨드랑이와 허벅지를 경유해 관절을 눌러주는 게임을 반복했다. 세 번째로 그 동작을 반복하려는 순간 그는 토드의 시선을 의식하면서 재빨리 동작을 멈추고 무릎 사이에 양손을 처박았다.

그것은 토드가 본 것 중에서 가장 복잡하고 정교한 틱(안면 근육 경련) 현상이었다. 그것이 더욱 황당무계한 것은 그 절차가 너무나 정밀하다는 것이었다. 처음에 토드는 그것을 팬터마임이라고 생각했으나 그게 아니었다. 그것은 손으로 하는 발레였다.

토드는 그 손이 무릎에서 다시 빠져나오는 것을 보고 소리를 버럭 질렀다.

"제발 그만둬요!"

손은 빠져나오려고 몸부림을 치고 있었으나 호머는 무릎을 꽉 죄어서 못 나오게 했다.

"미안해요." 그가 말했다.

"오, 괜찮아요."

"토드, 난 어쩔 수가 없어요. 이 동작을 반드시 세 번 반복해야 돼요."

"좋도록 하세요."

그는 토드에게서 등을 돌렸다.

페이가 노래를 부르기 시작했고 그녀의 목소리는 거리까지 흘러나왔다.

5피트 길이의 대마초를 꿈꿔요,
너무 약하지도 않고 너무 강하지도 않은,
당신은 하늘로 붕 뜨게 되지요. 하지만 오래가지 않아요,
만약 당신이 마초꾼이라면—마아초꾸운.

평소의 쾌활한 스윙 곡조 대신에 그녀는 비가처럼 슬픈 곡조로 노래 부르고 있었다. 노래의 끝부분에서 그녀는 단음조로 목소리를 확 떨어트렸다.

난 모든 것의 여왕이에요,
춤을 추기 전에 하늘 높이 붕 떠야 해요,

마초에 불을 붙이고 그대로 내버려둬요,
만약 당신이 마초꾼이라면—마아초꾸운.

"아주 예쁘게 노래를 부르는군."
호머가 말했다.
"그녀는 취했어요."
"토드, 난 어떻게 해야 할지 모르겠어요." 호머가 불평했다. "그녀는 요즘 술을 너무 많이 마셔요. 저 얼이라는 친구 때문이에요. 그가 오기 전에는 재미있게 지냈는데 저 자가 집 주위에 어슬렁거리고부터는 더 이상 재미가 없어졌어요."
"왜 그를 나가라고 하지 않습니까?"
"닭을 키우기 위해서는 허가가 있어야 한다는 당신의 말을 죽 생각했어요."
토드는 그의 용건이 무엇인지 알아차렸다.
"내가 내일 보건소에 대신 신고해드리죠."
호머는 고맙다고 말한 다음 자신이 직접 신고하지 못하는 이유를 자세히 설명하려 했다.
"하지만 그건 멕시코인을 제거할 수 있을 뿐이에요." 토드가 말했다. "얼은 당신이 직접 내쫓아야 해요."
"혹시 친구하고 같이 가주지 않을까요?"
호머는 토드의 동의를 간절히 바라고 있었다. 그렇게 하면 그는 계속 희망을 가질 수 있을 것이다. 하지만 그것을 잘 알기에 토드는 일부러 동의해주지 않았다.

"그럴 리가 없어요. 당신이 직접 내쫓아야 해요."

호머는 씩씩하면서도 다정한 미소로 그것을 받아들였다.

"어쩌면······"

"페이에게 내쫓으라고 말해요." 토드가 말했다.

"오, 난 그렇게 할 수 없어요."

"왜 못 한다는 거예요? 여긴 당신 집이에요."

"내게 화를 내지 말아요, 토디."

"좋아요, 호미, 난 당신에게 화나지 않았어요."

페이의 목소리가 열린 창문으로 흘러나왔다.

그리고 우리의 목이 칼칼할 때,
당신은 하늘에 붕 뜬 것을 알게 돼요,
만약 당신이 마초꾼이라면.

남자들이 그 후렴구를 따라 불렀다.

"마아초꾸운······."

"토디," 호머가 다시 말을 꺼냈다. "만약······"

"나를 토디라고 부르지 말아요, 제발."

호머는 이해하지 못했다. 그는 토드의 손을 잡았다.

"무슨 뜻이 있는 게 아니에요. ······ 우리 고향에선 그렇게 부르는 게······"

토드는 그렇게 몸을 떨며 친밀감을 표시하는 것을 참을 수가 없었다. 그는 손을 홱 뿌리쳤다.

"오, 그러나, 토디, 나는……"

"저 여자는 창녀예요!"

호머가 화를 내는 소리를 듣고 겨우 일어섰을 때 토드는 무릎이 삐걱거리는 소리를 들었다.

페이의 목소리가 열린 창으로 흘러나왔다. 그 새된 목소리는 구성지게 흘러가다가 중간중간에 허스키한 목소리로 꺾였다.

공중에 붕, 붕, 붕 뜰 때면
모든 것이 멋져요,
길 아래 캔디 가게에까지 달려가서,
페퍼민트 캔디에다 머리를 확 박아보세요!
그러면 당신 몸이 붕 뜬 것을 알게 돼요,
집세를 못 내도 걱정이 안 돼요,
하늘은 높고 나도 높아요,
만약 당신이 마초꾼이라면—마아초꾸운.

23

 토드가 집으로 다시 들어갔을 때, 얼, 에이브 쿠직, 클로드가 함께 붙어 서서 페이와 미겔이 춤추는 것을 지켜보고 있었다. 그녀와 멕시코인은 축음기에서 흘러나오는 음악에 맞추어 느린 탱고를 추고 있었다. 그는 한 다리를 그녀의 다리 사이에 밀어 넣은 채 그녀를 꼭 껴안고 있었다. 그들은 함께 기다란 나선형으로 움직이다가 리드미컬하게 그 커브를 깨트리면서 추락하듯 몸을 낮추었다. 실내용 파자마의 단추는 모두 열어젖힌 채였고 그녀의 허리를 두른 그의 팔은 옷 속에 들어가 있었다.

 토드는 문턱에 멈춰 서서 잠시 춤추는 남녀를 지켜보다가 위스키 병이 있는 자그마한 테이블로 걸어갔다. 그는 와인잔에 위스키를 4분의 1쯤 채운 다음 벌컥 들이키고 나서 다시 한 잔을 따랐다. 그는 술잔을 든 채 사람들이 있는 곳으로 걸어갔다. 그들은 그에게 고개조차 돌리지 않았다. 그들은 테니스 경기를 구경하는 관중들처럼 남녀의 움직임을 열심히 뒤쫓고 있었다.

"호머를 보았나?" 토드가 클로드의 팔을 툭, 건드리며 물었다.

클로드는 고개를 돌리지 않았지만 난쟁이가 고개를 돌렸다. 그는 최면에 걸린 사람처럼 말했다.

"정말 죽여주는 년이로군! 죽여줘!"

토드는 그 자리를 벗어나 호머를 찾으러 갔다. 호머는 주방에 없었다. 그래서 침실을 찾아봤다. 침실 중 하나는 문이 잠겨 있었다. 그는 가볍게 노크를 하고 기다렸다가 다시 노크했다. 아무런 응답도 없었지만 사람의 기척이 있는 것 같았다. 그는 문구멍으로 안을 들여다보았다. 방 안은 칠흑같이 어두웠다.

"호머."

그가 부드럽게 불렀다.

침대가 삐걱거리는 소리가 난 뒤 호머가 대답했다.

"누구요?"

"나야, 토디."

그는 아주 진지한 어조로 자신의 애칭을 말했다.

"가요, 제발." 호머가 말했다.

"일 분만 만나줘요. 난 해명할 게 있어요."

"필요없어요." 호머가 말했다. "가줘요, 제발."

토드는 다시 거실로 돌아왔다. 축음기 판은 폭스-트로트로 바뀌어 있었고 이제는 얼이 페이와 춤을 추고 있었다. 그는 양손으로 그녀를 꼭 끌어안고 있었다. 그들은 벽이며 가구며

닥치는 대로 부딪치며 돌아가고 있었다. 페이는 고개를 뒤로 젖힌 채 미친 듯이 웃고 있었다. 얼은 두 눈을 꼭 감고 있었다.

미젤과 클로드도 웃고 있었다. 하지만 난쟁이는 아니었다. 그는 양손을 불끈 쥐고 턱을 앞으로 내민 채 서 있었다. 난쟁이는 더 이상 참을 수 없다고 판단하고 춤추는 두 남녀 사이에 끼어들었다. 그는 얼의 바지 허리춤을 잡아당겼다.

"나도 춤 좀 추자구." 그가 소리쳤다.

얼은 고개를 돌리면서 어깨 너머로 난쟁이를 내려다보았다.

"이봐, 좀 끼워 달라니까!"

페이와 얼은 양팔로 서로를 부둥켜안은 채 동작을 멈추었다. 난쟁이가 염소처럼 머리를 낮추면서 그들 사이에 끼어들려고 하자 그녀는 손을 뻗어 그의 코를 비틀었다.

"나도 춤추고 싶단 말이야." 그가 소리쳤다.

그들은 다시 춤을 추려고 했지만 에이브가 그들을 놔주지 않으려 했다. 그는 그들 사이에 양손을 집어넣어 그들을 떼놓으려 했다. 그게 통하지 않자 그는 얼의 정강이를 세게 걷어찼다. 얼이 난쟁이의 배를 걷어차자 그는 바닥에 벌렁 나자빠졌다. 모두들 웃음을 터트렸다.

난쟁이는 겨우 일어나 자그마한 숫양처럼 고개를 숙인 채 서 있었다. 페이와 얼이 다시 춤을 추려고 하는데 난쟁이가 얼의 다리 사이로 맹렬하게 달려가 양손으로 사타구니를 세게 올려쳤다. 얼은 아파서 비명을 지르며 그를 붙잡으려고 했다. 얼은 다시 비명을 지르고 신음 소리를 내더니 바닥에 주저앉았다. 그 바람에 그가 쥐고 있던 페이의 실크 파자마가 찢어졌다.

미겔이 에이브의 목을 부여잡았다. 난쟁이는 손을 놓았고 얼은 바닥에 쓰러졌다. 미겔은 난쟁이를 번쩍 들어올려 그의 손목을 잡더니 나무에다 토끼를 패대기치듯 그를 벽에다 패대기쳤다. 그리고 다시 난쟁이를 잡아당겨 또 패대기치려 했다. 그러나 이번엔 토드가 미겔의 팔을 잡았다. 이어 클로드가 난쟁이의 팔을 잡아 멕시코인에게서 그를 떼어 놓았다.

난쟁이는 기절했다. 그들은 난쟁이를 주방으로 데려가 찬물에 머리를 담궜다. 그는 곧 정신을 차리고 욕설을 해대기 시작했다. 그들은 그가 괜찮다는 것을 확인하고 다시 거실로 돌아갔다.

미겔은 페이를 도와 소파에 데려가는 중이었다. 그의 얼굴은 볕에 탄 색깔이 없어졌고 땀으로 번들거렸다. 미겔은 바지를 느슨하게 풀었고 클로드는 넥타이를 풀어서 목 칼라를 열어 놓았다.

페이와 토드는 곁에서 지켜보았다.

"이봐요." 그녀가 말했다. "새로 산 파자마가 엉망이 되었어요."

소매 하나가 거의 떨어져 나가 구멍이 났고 그녀의 어깨가 그 구멍을 통해 훤히 보였다. 바지도 찢어져 있었다. 토드가 보는 데서 그녀는 바지 윗단을 뜯어내더니 바지를 벗었다. 그녀는 몸에 꽉 끼는 검은 레이스 속옷을 입고 있었다. 토드는 그녀 쪽으로 한 걸음 내딛고는 망설였다. 그녀는 파자마 바지를 팔에 걸고서 천천히 몸을 돌리더니 문 쪽으로 걸어갔다.

"페이." 토드가 숨찬 목소리로 말했다.

그녀는 걸음을 멈추고 그에게 미소 지었다.

"난 잠자러 갈 거예요." 그녀가 말했다. "저 난쟁이를 여기서 데려가줘요."

클로드가 다가와 토드의 팔을 잡았다.

"자, 그만 갑시다."

토드는 고개를 끄덕였다.

"우리가 저 난쟁이를 데리고 가는 게 좋겠어요. 안 그러면 이 집 사람들을 모두 죽여버릴 거요."

토드는 다시 고개를 끄덕이고 그를 따라 주방으로 들어갔다. 그들은 머리에 커다란 얼음을 대고 있는 난쟁이를 발견했다.

"저 개 같은 놈이 나를 패대기쳐서 머리에 혹이 생겼어."

그는 그들에게 그 혹을 만져보게 했고 그들은 탄성을 내질렀다.

"이제 그만 집으로 갑시다."

클로드가 말했다

"아니에요." 난쟁이가 말했다. "여자애들 있는 데로 놀러

갑시다. 난 이제 슬슬 발동이 걸려요."

"헛소리 그만해요." 토드가 날카롭게 말했다. "자, 어서 걸어요."

그는 난쟁이를 문 쪽으로 밀어냈다.

"이 손 치워, 이 친구야."

난쟁이가 고함을 질렀다.

클로드가 그들 사이에 끼어들었다.

"자, 천천히 걸어가세요."

"좋아요. 하지만 미는 건 안 돼요."

난쟁이가 앞장서서 걸었고 그들은 뒤를 따라갔다.

얼은 아직도 소파 위에 누워 있었다. 그는 눈을 감은 채 양손으로 배를 부여잡고 있었다. 미겔은 거기 없었다.

에이브는 잘 됐다는 듯이 거대한 머리를 흔들며 껄껄 웃었다.

"내가 저 자식 한번 손봐줬지."

보도에 나오자 난쟁이는 다시 한번 그들에게 이차를 가자고 했다.

"이봐, 같이 가자고. 좀 재미있게 지내자고."

"난 집으로 갈 겁니다."

클로드가 말했다.

그들은 난쟁이의 차가 있는 데까지 따라가서 그가 운전대 앞에 앉는 것을 지켜보았다. 그 차에는 특별 클러치와 브레이크가 달려 있어서 그의 짧은 다리로도 조종할 수가 있었다.

"시내로 나가지 않을래요?"

"아뇨, 됐어요."

클로드가 점잖게 대답했다.

"그럼 둘 다 지옥에나 가라구!"

이것이 그의 작별 인사였다. 그가 브레이크를 풀었고 차는 달려나갔다.

24

 다음 날 아침 잠에서 깨어날 때 토드는 머리가 쪼개지는 것처럼 아팠다. 그는 스튜디오에 전화를 걸어 아파서 출근하지 못하겠다고 연락하고 정오까지 침대에 누워 있었다. 그런 다음 시내로 점심을 먹으러 나갔다. 뜨거운 차를 여러 잔 마시고 난 다음에야 그는 약간 기분이 좋아져서 호머를 방문하기로 했다. 그는 어젯밤의 일을 사과하고 싶었다.
 피니언 캐니언으로 가는 언덕을 올라가면서 그는 머리가 지끈거려오는 것을 느꼈다. 거듭 노크를 했는데도 아무런 응답이 없자 오히려 마음이 홀가분해졌다. 그는 떠나려고 하다가 커튼이 가볍게 흔들리는 것을 보고 다시 문 앞으로 가서 노크를 했다. 그러나 여전히 응답이 없었다.
 그는 차고가 있는 쪽으로 돌아가 보았다. 페이의 차는 보이지 않았고 싸움닭 역시 사라지고 없었다. 그는 집 뒤로 돌아가 주방의 문을 노크했다. 하지만 집 안의 정적은 너무나 완벽했다. 그가 문의 손잡이를 돌려보니 문은 스르르 열렸다. 잠겨 있지 않았던 것이다. 그는 경고 표시로 여보세요,

하며 몇 번 사람을 불러보았다. 그런 다음 주방을 통과해 거실로 들어갔다.

붉은 벨벳 커튼이 모두 꼭꼭 쳐져 있었지만 호머는 소파에 앉아 무릎 위에 올려놓은 손등을 멍하니 내려다보고 있었다. 그는 낡은 목면 잠옷을 입고 있었고 맨발이었다.

"금방 일어났어요?"

호머는 움직이지도 대답하지도 않았다.

토드가 다시 말을 걸었다.

"지난밤은 굉장한 파티였어요!"

그는 그렇게 일부러 명랑한 척하는 것이 어색하다는 것을 알고 있었지만 달리 어떻게 해야 할지 막막했다.

"아, 오늘 아침에 숙취 때문에 고생깨나 했어요." 토드는 그렇게 말하면서 껄껄, 웃어 보일 생각까지 했다.

호머는 그에게 전혀 신경쓰지 않았다.

거실은 지난밤의 풍경 그대로였다. 테이블과 의자는 뒤집혀져 있었고 박살난 그림은 바닥에 떨어진 채 그대로 방치되어 있었다. 계속 거실에 있을 구실을 잡기 위해 토드는 청소를 하기 시작했다. 그는 의자를 바로 세웠고 카펫을 똑바로 폈고 바닥에 널려 있는 담배 꽁초를 주웠다. 또한 커튼을 옆으로 젖히고 창문을 열었다.

"이렇게 하니까 한결 낫지요?"

그가 쾌활하게 물었다.

호머는 잠시 고개를 쳐들었다가 다시 손등 위로 시선을 떨구었다. 토드는 그가 무기력 상태에서 서서히 벗어나고 있다고 생각했다.

"커피 한 잔 하실래요?"

그는 무릎에서 손을 들어 겨드랑이에 꽉 끼웠을 뿐 대답을 하지 않았다.

"뜨거운 커피 어때요? 뭐라고 말 좀 해봐요."

호머는 겨드랑이에서 손을 꺼내어 엉덩이 밑으로 집어넣었다. 잠시 뜸을 들이더니 그는 천천히 머리를 무겁게 저으며 싫다고 했다. 그 모습은 마치 귀에 강아지풀이 들어간 강아지 같았다.

"아무튼 만들어 올게요."

토드는 주방으로 가서 주전자를 스토브 위에 올려놓았다. 주전자 물이 끓는 동안 그는 페이의 방을 들여다보았다. 방은 텅 비어 있었다. 옷장 서랍은 모두 빠져 있었고 바닥은 빈 박스들로 어지러웠다. 양탄자 한가운데에는 깨진 향수병이 나뒹굴었고 거기서는 치자꽃 냄새가 났다.

커피가 준비되자 그는 두 잔을 쟁반 위에 올려놓고 거실로 가져갔다. 호머는 여전히 양손을 엉덩이 밑에 밀어넣고 있었다. 그는 자그마한 테이블을 호머 가까이 끌어다 놓고 그 위에 쟁반을 놓았다.

"나도 한 잔 마실 거예요." 그가 말했다. "자, 뜨거울 때 들어요."

토드는 커피잔을 들어 그에게 내밀었지만 호머가 뭐라고

말하려는 것을 보고 잔을 도로 내려놓으면서 기다렸다.

"나는 웨인빌로 돌아갈 거야."

호머가 말했다.

"그거 좋은 아이디어네요. 정말 멋져요."

토드가 다시 커피잔을 내밀었다. 호머는 거들떠보지도 않았다. 그는 목구멍에 걸린 무엇인가를 삼키려고 몇 번 껄떡거리더니 흐느껴 울기 시작했다. 그는 얼굴을 가리거나 고개를 돌리지도 않고 그냥 울었다. 그 울음 소리는 소나무 장작을 내리찍어 쪼개는 둔탁한 도끼 소리와 비슷했다. 그 소리는 리드미컬하게 반복되었지만 억양이 없었다. 클라이맥스를 향해 달리지도 않았다. 여전히 장작 쪼개는 소리일 뿐이었다. 그 소리는 결코 클라이맥스에 도달하지 못할 것이다.

토드는 그를 제지하려 해봤자 소용없다는 것을 알고 있었다. 아주 멍청한 사람이라면 몰라도 그 누구도 그런 울음을 제지하려고 시도하지는 않을 것이다. 그는 거실의 한쪽 구석으로 물러나서 기다렸다.

"토드!"

"예, 여기 갑니다, 호머."

그는 황급히 소파 있는 곳으로 달려갔다.

호머는 아직도 울고 있었으나 갑자기 울기 시작한 것보다 더 갑작스럽게 울음을 멈추었다.

"예, 호머?" 토드는 어서 말하라는 듯이 말했다.

"그녀가 떠났어."

"예, 압니다. 커피를 좀 드세요."

"그녀가 떠났어."

토드는 그가 격언을 상당히 좋아한다는 것을 알고 있었기 때문에 이럴 때 어울리는 격언을 하나 써먹었다.

"냄새 나는 쓰레기는 빨리 치워버리는 게 좋아요."

"내가 일어나기도 전에 그녀가 가버렸어." 그가 말했다.

"씨발, 그게 어떻다는 겁니까? 당신은 웨인빌로 돌아가기로 했잖아요."

"욕하지 마." 호머는 광인 같은 침착함을 유지하면서 말했다.

"미안합니다."

토드가 중얼거렸다.

그 '미안'이라는 단어는 댐을 폭파시킨 다이너마이트 같은 것이었다. 호머의 입에서 댐의 물을 방류하듯 진흙탕 같은 말의 격류가 흘러나왔다. 처음에 토드는 그런 식으로 말을 쏟아내는 것이 그에게 아주 좋을 거라고 생각했다. 하지만 그것은 잘못된 생각이었다. 댐이 가둔 물은 아주 재빠르게 다시 보충되는 것이었다. 호머가 말을 하면 할수록 그 격류는 더욱 거세어졌다. 왜냐하면 그 말의 격류가 뒤로 흘러들어 다시 댐을 채웠기 때문이다.

그런 식으로 이십여 분을 쉴 새 없이 말하더니 그는 갑자기 말을 멈추었다. 그리고 소파에 등을 기대고 눈을 감더니 잠에 빠져드는 것 같았다. 토드는 그의 머리 밑에다 베개를 넣고 잠시 지켜보다가 다시 주방으로 갔다.

　그는 의자에 앉아 호머한테 들은 말을 정리해보았다. 그 말 중 상당수는 뜻 모를 말이었다. 그러나 어떤 것은 그렇지 않았다. 하지만 그는 호머의 말에 어떤 핵심 사항이 있다는 것을 알았다. 그 말들은 뒤죽박죽이라기보다는 오히려 시간의 선후가 뒤엉킨 것들이었다. 단어들은 시간 순서대로 등장하는 것이 아니라 앞뒤에 제멋대로 포진했다. 토드가 상당히 긴 말이라고 생각한 것이 실은 하나의 단어에 지나지 않았다. 마찬가지로 여러 문장이 동시다발적으로 튀어나와 하나의 정연한 문단을 이루지 못했다. 그 핵심 사항을 기준으로 그는 자신이 들은 말을 다음과 같이 시간 순서대로 정리했다.

　토드가 페이를 창녀라고 욕하는 것에 마음이 상한 호머는 집 뒤로 달려가서 주방 문을 통해 안으로 들어가 거실 쪽을 살펴보았다. 그는 토드에게 화가 난 것은 아니었다. 토드가 좋은 친구이기 때문에 단지 놀라고 당황했을 뿐이었다. 거실로 들어가는 통로에서 그는 사람들이 재미있는 시간을 보내고 있는 것을 보았다. 그는 기분이 좋았다. 왜냐하면 페이가 자기처럼 나이 든 사람하고 함께 사는 것을 따분하고 갑갑하게 여긴다는 것을 알고 있었기 때문이다. 아무도 거기 서서 엿보는 그를 거들떠보지 않았다. 그는 남들이 즐겁게 노는 것을 보는 걸 좋아하지만 자신이 그런 놀이에 끼는 것은 좋아하지 않았기 때문에 차라리 잘 되었다고 생각했다. 페이는 에스티 씨와 춤을 추고 있었다. 그들은 어울리는 한 쌍이었다. 그녀는 행복한 것 같았다. 행복할 때면 늘 그렇듯이, 그녀의 얼굴이 환히 빛나고 있었다.

다음에 그녀는 얼과 춤을 추었다. 얼이 아주 음란하게 그녀를 안고 있었기 때문에 그는 그 광경이 마음에 들지 않았다. 그는 도대체 페이가 왜 그런 남자를 좋아하는지 이해할 수가 없었다. 그 자는 좋은 남자가 아니었다. 야비하게 번들거리는 눈을 가진 자였다. 호텔 업계에서는 그런 자들을 늘 경계했고 숙박료를 떼먹기가 일쑤이기 때문에 절대 외상을 주지 않는다. 아마도 아무도 믿어주지 않기 때문에 저 자는 취직을 못 했을 것이다. 하지만 페이가 말한 대로 요즘은 실업자가 많아서 정말 그런 것인지 어떤지는 알 수 없었다. 그가 거기 서서 사람들이 웃고 노래 부르는 것을 지켜보고 있는데, 그 얼이라는 자가 페이의 상체를 뒤로 젖히면서 그녀에게 키스를 했다. 모두들 웃음을 터트렸다. 하지만 그는 페이가 그걸 좋아하지 않는다는 것을 알 수 있었다. 그녀가 얼의 얼굴을 찰싹 때렸기 때문이다. 얼은 신경쓰지 않았고 이번에는 아주 길게 키스를 했다. 그녀는 그에게서 달아나 그가 서 있는 문 쪽으로 달려왔다. 그는 얼른 숨으려고 했지만 그녀에게 들키고 말았다. 그는 아무 말도 하지 않았고 그녀는 야비하게 엿본다고 말했다. 그가 해명을 하려 했지만 그녀는 듣지 않았다. 페이는 자기 방으로 들어갔다. 일부러 엿본 게 아님을 해명하기 위해 호머가 그녀의 방으로 따라 들어가자 입술에 루즈를 칠하던 그녀는 신경질을 벌컥 내며 그에게 욕설을 퍼부었다. 이어 그녀는 실수로 향수병을 떨어뜨려 깨뜨렸다. 그래서 그녀는 더욱 화가 났다. 그가 해명을 하려 했지만 그녀는 듣지 않고 더욱 거칠게 욕설을 퍼부었다. 그는 어쩔 수 없이 그의 방으로 돌아와 옷을 벗고 잠잘 준비를 했다.

그때 토드가 그의 방문을 노크했고 방으로 들어와 뭔가를 얘기하려 했다. 그는 화가 난 것은 아니었지만 얘기하고 싶은 기분도 아니었다. 그저 빨리 잠들고 싶었다. 토드가 가버린 뒤 그가 침대에 들어가는 순간 끔찍한 비명 소리와 함께 뭔가 부서지는 소리가 났다. 그는 너무 무서워 밖에 나가 살펴봐야겠다는 엄두가 나지 않았다. 경찰을 부를까 생각도 했지만 전화기가 있는 홀까지 나가기도 두려웠다. 그래서 얼른 옷을 입고 창문으로 나가서 도움을 요청해야겠다고 생각했다. 아무리 봐도 살인 사건이 터진 것 같았다. 그가 구두를 신는 순간 토드와 페이가 말하는 소리가 들려왔다. 그는 페이의 웃음 소리를 듣고서 아무 일도 아닐 거라고 생각했다. 그래서 옷을 벗고 다시 침대로 들어갔다.

무슨 일이었을까, 궁금한 생각에 그는 잠을 이룰 수 없었다. 그래서 집 안이 잠잠해졌을 때 모험을 하기로 하고 페이의 방문을 두드리면서 상황을 알아보기로 했다. 페이는 그를 들어오게 했다. 그녀는 어린 소녀처럼 침대 위에서 몸을 웅크리고 앉아 있었다. 그녀는 그를 아빠라고 불렀고 키스를 하며 그에게 전혀 화가 나지 않았다고 말했다. 싸움이 벌어지긴 했지만 많이 다친 사람은 없으니 안심하고 침대에 돌아가 자라고 했다. 그리고 내일 아침 다시 얘기하자고 했다. 그는 그녀의 말대로 침실로 되돌아와 잠이 들었다.

호머는 동틀 무렵 잠에서 깼다. 처음에 그는 의아한 생각이 들었다. 그는 일단 잠이 들면 자명종이 울릴 때까지 깨지 않는 습관이 있었기 때문이다. 그는 뭔가 상황이 발생했다는 것을 알게 됐다. 하지만 그게 뭘까, 의아해하고 있는데 페이의 방에서 무슨 소리가 흘러나왔다. 그것은 신음 소리였는데 그는 자신이 꿈을 꾸고 있다고 생각했다. 하지만 그 소리는 또다시 들려왔다. 확실히 페이가 신음을 내지르는 소리였다. 그는 그녀가 아프다고 생각했다. 그녀는 또다시 아픈 사람처럼 신음 소리를 냈다. 그는 침대에서 내려와 그녀의 방에 노크하면서 어디가 아프냐고 물었다. 그녀가 대답하지 않았고 신음 소리는 멈추었으므로 그는 다시 방으로 돌아왔다. 잠시 후 그녀가 또다시 신음 소리를 내자 그는 다시 침대에서 내려오면서 그녀가 뜨거운 물이나 아스피린을 필요로 할지도 모른다고 생각했다. 그는 다시 그녀의 방문을 노크했다. 오로지 그녀를 도와주어야겠다는 생각뿐이었다. 그녀는 그의 말을 듣고 뭐라고 대답했다. 그는 그게 무슨 말인지 알아듣지 못했지만 들어오라는 소리일 거라고 생각했다. 그녀가 머리가 아프다고 할 때마다 한밤중에 아스피린이나 물을 가져다준 것이 한두 번이 아니었던 것이다. 문은 잠겨 있지 않았다. 그녀는 멕시코인과 함께 침대에 있었는데 방문을 잠그지 않은 것이 이상했다. 그들은 알몸이었고 그녀는 그의 목에 양팔을 두르고 있었다. 페이는 그를 보자 아무 말 없이 시트를 머리끝까지 뒤집어썼다. 그는 어떻게 해야 할지 몰라 얼른 방에서 나와 문을 닫았다. 그는 너무 창피했고 또 어떻게 해야 할지 몰라 통로에 멍하니 서 있었다.

그때 얼이 양손에 부츠를 든 채 나타났다. 그는 거실에서 잠을 잔 것 같았다. 그는 호머에게 무슨 일이냐고 물었다.

"페이가 아파요." 호머가 말했다. "그녀에게 물을 한 잔 가져다주어야겠어요."

그때 페이가 신음 소리를 냈고 얼이 그 소리를 들었다. 얼이 문을 확 열었다. 페이는 비명을 질렀다. 곧이어 얼과 미겔이 서로에게 욕설을 하며 싸움을 했다. 그는 페이 때문에 경찰을 부르기가 두려웠고 어떻게 해야 할지를 몰랐다. 페이는 계속 비명을 질렀다. 그가 다시 방문을 열자 얼이 미겔의 몸 위에 올라탄 채로 방 밖으로 굴렀다. 둘은 계속 싸웠다. 그는 얼른 방으로 들어가 문을 잠궜다. 그녀는 시트로 얼굴을 가린 채 계속 소리를 질러댔다. 그가 그녀에게 얘기하려 해도 그녀는 대꾸하지 않았다. 그는 얼과 미겔이 되돌아올 것을 대비해 의자에 앉아 그녀를 보호하기로 했다. 그러나 그들은 되돌아오지 않았고 잠시 후 그녀는 시트를 머리끝까지 뒤집어쓰더니 그에게 나가라고 말했다. 그가 대꾸하자 그녀는 다시 시트를 얼굴에 뒤집어썼다. 그가 잠시 머뭇거리자 그녀는 그에게 얼굴을 보여주지 않은 채 방에서 나가라고 말했다.

미겔이나 얼의 기척이 들리지 않았다. 문을 열고 밖을 내다보았지만 그들은 사라지고 없었다. 호머는 문을 잠그고 그의 방으로 돌아가 침대에 드러누웠다. 다시 잠이 들었고 깨어나보니 그녀는 사라지고 없었다. 눈에 보이는 것은 통로에 있는 얼의 부츠뿐이었다. 그는 부츠를 뒤뜰에다 내던졌고 오전에 나가보니 그 부츠마저도 사라지고 없었다.

25

 토드는 호머가 어떻게 하고 있나 살피기 위해 거실로 되돌아갔다. 호머는 여전히 소파에 앉아 있었으나 자세가 바뀌어 있었다. 그는 자신의 커다란 몸을 웅크려서 공처럼 만들었다. 무릎을 턱까지 바싹 치켜올렸고 두 손은 가슴에 꼭 모아 쥐고 있었다. 그는 전혀 긴장을 풀지 않고 있었다. 신경과 근육의 내면적 힘이 그에게 압박을 가해 그 공을 점점 단단하게 말아버리는 것 같았다. 그는 커다란 기계에서 따로 떨어져 나와 스프링의 힘을 구심적으로 사용하게 된 쇠스프링 같았다. 기계의 한 부분으로 있었을 때 그 스프링의 장력은 다른 더 큰 힘에 대항하는 힘으로 사용되었으나, 이제 마침내 그 기계로부터 떨어져 나왔으므로 감겨 있던 원래의 코일 형태를 되찾으려는 것 같았다.
 원래의 코일……. 도서관에서 빌려온 이상심리학 책에서 그는 그물 해먹에서 잠자는 여자의 모습을 본 적이 있는데 지금 호머의 모습이 바로 그것이었다. 그 사진의 제목은 '자궁으로의 도피', 뭐 그런 것이었다. 그 여자는 자궁 속의 태아 모습을 하고 몇 해 동안 해먹에서 잠을 자왔다는 것이었다. 정신과 의사들은 몇 달에 한 번 정도 그녀를 잠시 동안 그런 자세에서 깨울 수 있을 뿐이었다.

그는 의자에 앉아 담배를 피우면서 어떻게 할까, 생각해보았다. 의사를 부를까? 하지만 호머는 지난밤에 거의 잠을 자지 못했기 때문에 아주 피곤한 상태였다. 만약 의사가 왕진을 와서 그를 흔들어 깨운다면 그는 하품을 하면서 무슨 일이냐고 멀뚱멀뚱 대답할지도 모를 일이었다. 그렇다면 그가 직접 호머를 깨울 수도 있었다. 하지만 그는 이미 상당히 호머를 괴롭힌 상태였다. 그게 설혹 '자궁으로의 도피'라고 할지라도 그를 좀 더 자게 내버려두는 것이 좋을 듯했다.

자궁으로의 도피는 아주 완벽한 도피책이었다. 종교, 예술, 남태평양 여행보다 훨씬 좋은 것이었다. 그곳은 너무 편안하고 따뜻할 뿐만 아니라 음식 섭취도 자동적으로 이루어졌다. 그 호텔에서는 모든 것이 완벽했다. 그러니 사람들의 피와 신경 속에 이 호텔의 기억이 언제까지나 남아 있는 것은 그리 놀라운 일도 아니다. 그곳은 어두웠지만 그래도 따뜻하고 풍성한 어둠이었다. 그 안에 무덤은 없었다. 아홉 달의 예약 기간이 끝나서 이제 그만 호텔에서 나가 달라고 할 때 사람들이 필사적으로 안 나가겠다고 저항하는 것은 이해할 만한 일이다.

토드는 담배를 비벼 껐다. 그는 배가 고팠고 더블 스카치소다를 곁들여 저녁을 먹어야겠다고 생각했다. 식사를 마친

후 다시 돌아와 호머의 상태를 살펴봐도 늦지 않으리라. 만약 그때까지 자고 있다면 직접 깨워보리라. 깨어나지 않는다면 그때는 의사를 불러야 할 것이다.

그는 호머를 다시 한번 쳐다보고 발끝으로 살금살금 걸어 그 집에서 나온 뒤 조심스럽게 문을 닫았다.

26

 토드는 그 길로 바로 저녁을 먹으러 가지는 않았다. 그는 얼을 만나볼 생각으로 하지스 말안장 가게로 갔다. 얼을 만나면 그를 통해 페이의 소식도 들을 수 있을 것 같았다. 캘빈이 거기 서서 긴 머리를 이마의 구슬띠로 묶은 인디언과 얘기를 나누고 있었다. 인디언의 가슴에는 이런 글씨가 새겨진 샌드위치 판이 걸려 있었다.

터틀 물물교환소
옛 서부의 유물을 교환함.
구슬, 은, 보석, 모카신, 인형, 장난감, 희귀한 책, 엽서,
이런 것을 가져오면
터틀 물물교환소의 물품과 바꿀 수 있음.

캘빈은 늘 다정했다.
"여, 잘 있었는감." 토드가 다가가자 그가 소리쳤다.
"인디언 추장을 한번 만나보게." 그가 빙긋이 웃으며 말했다. "키스-마이-토쿠스 추장이야."('키스-마이-토쿠스'는 'kiss my ass'의 변형으로 '죽어버려!'라는 뜻—옮긴이)

인디언은 그 농담에 소리 높여 웃었다.

"죽긴 왜 죽나. 살아야지." 그가 말했다.

"오늘 얼이 여기 왔었나요?" 토드가 물었다.

"응. 한 시간 전에 왔다 갔는데."

"우린 지난밤에 파티를 함께 벌였는데 난……"

캘빈은 손바닥으로 자신의 넓적다리를 세게 치면서 말을 끊어먹었다.

"얼 얘기를 들으니 상당히 뻑적지근한 파티였던가본데. 정말 멋졌어?"

"정말 그랬다더군." 인디언이 입을 크게 벌리며 맞장구쳤다. 그의 검은 입 안, 자주색 혀, 깨어진 오렌지색 이빨이 보였다.

"내가 떠난 뒤에 싸움이 벌어졌다던데."

캘빈은 자신의 넓적다리를 또 한번 세게 쳤다.

"응 그랬던가봐. 얼이 눈탱이가 밤탱이가 되었더구만."

"그 지저분한 녀석하고 손 털면서 그렇게 되었나봐." 인디언이 흥분된 어조로 말했다.

그와 캘빈은 멕시코 사람들에 대해 한참 동안 논쟁을 벌였다. 인디언은 그 자들이 모두 못돼처먹었다고 말했다. 캘빈은 그들 중에 괜찮은 친구 몇 명을 사귄 적이 있노라고 주장했다. 인디언이 1달러도 안 되는 돈 때문에 혼자서 일하는 금

광 탐사자를 죽인 에르마노스 형제 얘기를 꺼내자, 캘빈은 사막에서 조난을 당하자 마지막 남은 물병을 낯선 사람과 함께 나누어 마신 토마스 로페스라는 남자의 얘기로 맞받아쳤다.

토드는 그들의 대화를 자신의 용건 쪽으로 돌리려고 애를 썼다.

"멕시코인들은 여자한테 잘해줘요." 토드가 말했다.

"아니 말한테 더 잘해줘." 인디언이 말했다. "그게 언제였더라, 브라조스 강가를 거닐다가 나는……"

토드는 다시 용건을 꺼냈다.

"그들이 얼의 여자를 놓고 싸웠다는데요. 안 그래요?"

"그런 얘기는 안 하던데." 캘빈이 말했다. "돈 문제 때문이었대. 얼이 자고 있는 동안에 그 멕시코 놈이 그의 돈을 빼앗아갔대."

"도둑질이나 하는 그 지저분한 놈들." 인디언이 침을 탁 뱉으며 말했다.

"얼은 그 쌍년하고는 완전히 손 씻었대." 캘빈이 말했다. "그가 그렇게 말했어."

토드는 정보를 충분히 파악했다.

"자, 잘 있어요." 그가 말했다.

"만나서 반가웠어." 인디언이 말했다.

"조심해서 가." 캘빈이 그의 등 뒤에다 소리쳤다.

토드는 그녀가 미겔과 함께 갔을까, 하고 생각해 보았다. 그보다는 제닝스 부인의 집에 들어갔을 가능성이 더 높았다.

어느 쪽이든 그녀에게는 별 문제가 없을 것이다. 그 어떤 것도 그녀에게 상처를 입히지는 못한다. 그녀는 코르크 판자와 비슷했다. 아무리 바다가 거칠어도, 무쇠로 된 배를 삼키고 부두의 강화 콘크리트를 파괴하는 파도 위에서 그녀는 가볍게 춤추듯 돌아다닐 것이다. 그는 거대한 바다의 파도를 타고 넘는 그녀를 상상해보았다. 수 톤 무게의 물이 그녀 위를 덮쳐와도 그녀는 명랑하게 그 물 사이를 회전하면서 피해나간다.

그는 무소 프랭크의 레스토랑에 들어가 스테이크와 더블 스카치를 주문했다. 술이 먼저 나왔다. 그는 술을 홀짝거리며 마음의 눈으로 파도 위를 빙빙 도는 코르크를 상상했다.

그것은 표면에 반짝이는 거울 조각이 박힌 아주 예쁜 코르크였다. 그 코르크가 춤추는 파도의 고랑은 초록이었고 은색 물마루는 아주 아름다웠다. 그러나 달이 떠밀어주는 조류(潮流)의 힘에도 불구하고 파도는 아주 잠시 동안만 그 아름다운 레이스 같은 거품 위에다 그 코르크를 보관할 수 있을 뿐이다. 마침내 코르크는 낯선 해변으로 표류해온다. 거기에서 돼지고기 소시지 같은 손가락과 여드름이 드륵드륵 난 엉덩이를 가진 야만인이 그 코르크 판자를 집어들어 자신의 거대한 배에다 거세게 밀착시킨다. 토드는 그 재수 좋은 야만인이 누구인지 알았다. 그는 제닝스 부인의 단골 고객이었다.

웨이터가 스테이크를 가져왔고 약간 뒤로 물러서서 그가 논평을 해주길 기다렸다. 그러나 그건 헛수고였다. 토드는 너무 생각에 빠져들어 스테이크를 점검하지 못했다.

"만족스럽습니까, 선생님?" 웨이터가 물었다.

토드는 파리를 쫓는 시늉으로 웨이터에게 가라고 했다. 웨이터가 사라졌다. 그는 자신의 머릿속을 어지럽게 흘러다니는 생각에도 똑같이 쫓아버리는 시늉을 하려고 애썼다. 하지만 그 간지러운 느낌은 사라지지 않았다. 어느 날 밤 그녀의 집 앞에서 기다렸다가 술병 같은 걸로 그녀의 머리를 내리치고 그녀를 강간할 수 있는 용기가 그에게 있다면 얼마나 좋을까.

그는 어둠 속의 공터에 매복해서 누구를 기다린다는 것이 어떤 느낌인지 잘 알았다. 캘리포니아에서 밤에 노래를 부르는 새는 연극적인 비상(飛翔)과 떨림 속에서 그 가슴을 터트릴 것이고 차가운 밤 공기는 분홍색 향료의 냄새를 풍길 것이다. 그녀는 차를 몰고 와 시동을 끄고 밤하늘의 별을 쳐다볼 것이고 그러면 그녀의 유방도 따라서 치켜 올라갈 것이다. 그녀는 머리를 좌우로 흔들면서 한숨을 내쉴 것이다. 그리고는 자동차 키를 지갑에다 넣고 딱 소리를 내며 지갑을 닫은 후 차에서 내릴 것이다. 긴 계단을 걸어 올라가면서 몸에 꽉 끼는 드레스가 약간 위로 말려 올라갈 것이고 그러면 검은 스타킹 위로 빛나는 하얀 살이 1인치쯤 드러날 것이다. 그가 조심스럽게 뒤에서 다가가면 그녀는 드레스를 밑으로 내려 엉덩이 위로 부드럽게 펼 것이다.

"페이, 페이, 잠깐만." 그는 소리칠 것이다.

"어머, 토드, 헬로."

그녀는 긴 팔을 내뻗어 악수를 청할 것이다. 맵시 있는 어깨에까지 날렵하게 이어진 그 긴 팔.

"깜짝 놀랐잖아요!"

그녀는 트럭이 갑자기 커브를 돌아 나와 길가에 우뚝 멈춰 선 사슴 같은 모습이다.

그는 등 뒤에 쥐고 있는 술병의 차가움을 느낄 수 있다. 한 발자국 걸음을 떼어놓고 병을 들어올려…….

"선생님, 뭐가 잘못 되었습니까?"

'파리' 같은 웨이터가 다시 돌아왔다. 토드는 다시 그를 쫓았으나 이번에는 가지 않고 테이블 주위를 맴돌았다.

"도로 가져갈까요?"

"아니, 아닙니다."

"감사합니다, 선생님."

하지만 웨이터는 가주지 않았다. 그는 고객이 정말로 그 음식을 먹는지 확인하고 싶어했다. 토드는 나이프를 집어들고 스테이크 한 조각을 잘랐다. 그가 삶은 감자를 입 안에 집어넣자 그제서야 웨이터는 사라졌다.

토드는 그 강간 장면을 다시 상상하려고 했다. 하지만 아까 병을 들어올릴 때의 실감이 나질 않았다. 그는 그 장면을 포기해야 했다.

웨이터가 다시 돌아왔다. 토드는 스테이크를 내려다보았다. 그것은 아주 좋은 스테이크였지만 더 이상 배가 고프지 않았다.

"계산서 좀 갖다 주십시오."

"디저트는 안 드시고요, 선생님?"

"아니, 됐습니다. 계산서 주세요.

"예, 계산서 올리겠습니다." 웨이터가 연필과 패드를 만지 작거리며 밝은 목소리로 말했다.

27

 거리로 나온 토드는 여남은 개의 커다란 보라색 서치라이트가 밤하늘을 미친 듯이 가로지르고 있는 것을 보았다. 그 불빛의 기둥이 아크형의 맨 밑부분을 비추자 '칸의 페르시아 왕궁 극장'의 장밋빛 돔과 첨탑이 살짝 모습을 드러냈다. 그 서치라이트 불빛 전시의 목적은 새 영화를 세계 최초로 개봉한다는 것을 알리려는 것이었다.

 그는 서치라이트에 등을 돌리면서 그 반대쪽에 있는 호머의 집으로 걸어가기 시작했다. 얼마 걸어가지 않았을 때, 그는 오후 6시 15분을 알리는 시계를 보고 호머의 집에 가는 것에 대해 마음을 바꾸었다. 호머에게 좀 더 잠잘 시간을 주기 위해 그는 약 한 시간쯤 극장에 몰려드는 사람 구경을 하면서 시간을 죽이기로 했다.

 극장에서 한 블록 떨어진 지점에 이르렀을 때 그는 거리 한복판에 설치된 거대한 네온사인을 보았다. 그것은 10피트 높이의 글자로 이렇게 광고하고 있었다.

칸 씨는 쾌락의 돔을 선언했다.

유명 영화배우들이 그날의 시사회에 참석하기 위해 극장에 도착하려면 아직 몇 시간 더 있어야 하는데도 불구하고 수천 명의 사람들이 이미 극장 앞에 운집해 있었다. 그들은 배수로에 등을 돌리고 극장을 마주본 채 수백 피트 길이의 장사진을 치고 있었다. 경찰 1개 중대가 군중들과 극장 정면 사이의 통로를 소통시키기 위해 교통 정리를 하고 있었다.

토드가 그 통로에 들어가 보니 단속 경찰이 한 여인을 호위하고 있었다. 그 여인이 가지고 있던 보따리가 풀어져서 그 안에 든 오렌지가 땅바닥에 쏟아졌는데 그것을 주워 담느라고 정신이 없었다. 또 다른 경찰이 토드에게 통로를 건너오지 말고 군중 쪽으로 되돌아가라고 소리쳤지만 그는 무시하고 계속 걸어갔다. 경찰들은 그를 뒤쫓는 일 말고도 할 일이 너무 많았다. 그들은 피곤한 기색이 역력했지만 아주 조심스럽게 움직이고 있었다. 경찰은 평상시 누군가가 범인이라는 게 확실하면 그 범죄자에게 웃는 낯으로 다가가 아무것도 아닌 척하면서 연행하여 구석으로 데리고 가서 곤봉으로 사정없이 내리쳤다. 하지만 그런 범죄자도 군중의 일원으로 끼어 있으면 그때는 조심스럽게 대해야 하는 것이다.

토드는 그 비좁은 길을 잠시 걸어 내려가다가 갑자기 겁이 났다. 사람들이 그의 모자, 걸음걸이, 복장에 대해 커다란 목소리로 논평하기 시작했던 것이다. 야유, 고함, 비웃음 소리가 쉴 새 없이 터져 나왔고 때때로 비명 소리까지 섞여 들었다. 그 비명 소리 다음에는 군중의 파도가 앞으로 밀려 나왔고 그 파도는 경찰 저지선이 가장 취약한 곳을 파고들었다. 그것은 경찰의 제지를 받으면 잠시 잠잠했다가 다른 어떤 곳에서 불쑥 튀어나왔다.

스타들이 도착하면 경찰 병력은 두 배로 증강될 것이다. 여자 주인공과 남자 주인공을 보면 군중은 악마 떼로 돌변할 것이다. 배우들의 매력적인, 혹은 인상 쓰는 제스처는 그 군중들을 움직이게 만들 것이고 그때는 기관총을 들이대지 않는 한 그 움직임을 막아내지 못할 것이다. 그 군중 떼는 개인적으로는 기념품을 하나 얻자는 것이지만 집단적으로는 아무나 붙잡아서 뜯어발기자는 것이었다.

소형 마이크를 든 젊은이가 그 광경을 묘사하고 있었다. 그의 재빠르고 히스테리컬한 목소리는 신도들을 발작의 황홀 속으로 몰아가는 부흥회 목사의 그것이었다.

"굉장한 인파입니다! 정말 엄청난 사람들입니다! 오늘 밤 칸의 페르시아 왕궁 극장 앞에는 1만 명의 흥분한 팬들이 모여서 열광하고 있습니다. 경찰도 제지가 불가능합니다. 이 고함 소리를 들어보십시오."

그가 마이크를 옆으로 대자 가까이 있던 사람들이 일제히 고함을 질렀다.

"이 소리가 들리십니까? 여긴 대혼란입니다. 아수라장입니다! 정말 대단한 열기입니다! 저도 영화 시사회에 많이 참석했지만 이런 행사는 처음입니다. 정말 대단합니다. 경찰이 과연 이들을 제지할 수 있을까요? 제지하지 못할 것 같습니다. ……"

또 다른 경찰 소대가 가까이 다가왔다. 경찰 반장은 그 아나운서에게 뒤로 물러서서 사람들이 자신의 말을 듣지 못하는 일이 없게 해 달라고 간청했다. 경찰 소대가 군중들에게 달려들었다. 군중은 아무런 목표가 없기 때문에 경찰이 뒤로 밀면 그냥 뒤로 밀렸다. 가벼운 막대기를 든 어린 소년이 커다란 코끼리를 조종하는 것과 비슷한 형국이었다.

토드는 군중들 중에서 강인해 보이는 사람은 별로 보지 못했고 또 노동자 같은 사람도 발견할 수가 없었다. 그 군중은 서로 비슷한 중하위 계층의 사람들로 구성되어 있었다.

그가 통로의 끝부분에 이르자 군중의 흐름이 그의 앞을 막았다. 그는 그 사람들을 뚫고 앞으로 나아가야 했다. 누군가가 그의 모자를 쳐서 떨어트렸고 그가 허리를 숙여 모자를 집어 들려고 하자 누군가가 그를 걷어찼다. 그는 화를 벌컥 내며 돌아섰으나 그를 향해 웃고 있는 사람들에게 둘러싸여 있는 자신을 발견했다. 그는 어쩔 수 없이 같이 웃어주었다. 군중은 갑자기 동정적으로 변했다. 뚱뚱한 여인이 그의 등을 두드려주었고 어떤 남자는 자신의 소매로 잘 턴 다음 그의 모자를 내밀었다. 또 다른 남자는 길을 터주라고 소리쳤다.

밀고 당기면서, 또한 그것을 즐기고 있다는 표정을 지으려고 애쓰면서 토드는 군중들 사이를 비집고 나아가 공터로 나오게 되었다. 그는 옷매무새를 가다듬은 다음 주차장으로 가서 주차장의 낮은 담 위에 걸터앉았다.

이제는 가족 단위의 새로운 사람들이 몰려오고 있었다. 그는 그들이 군중의 일부가 되면서 사람이 달라지는 것을 보았다. 군중들 사이에 들어가기 전까지 그들은 수줍고 겁먹은 표정이었지만 일단 군중 속에 들어가면 거만하고 사나운 사람으로 돌변했다. 그들을 별탈 없는 호사가라고 생각하는 것은 잘못된 판단이었다. 그들은 야만적이었고 또 사나웠다. 중년이거나 노인인 사람들이 특히 더 했는데 그것은 권태와 실망감 때문이었다.

그들은 책상, 카운터, 들판, 따분한 기계 등에서 평생 힘들고 고통스러운 일을 해왔다. 그리하여 푼푼이 돈을 모아 충분히 저축했을 때 그들이 누릴 수 있는 여가를 꿈꾸어왔다. 마침내 그 날이 왔다. 그들은 10달러 혹은 15달러의 주급을 꺼내어 쓸 수 있다. 이럴 때 햇빛과 오렌지의 땅인 캘리포니아 말고 어디로 가겠는가?

그러나 일단 그곳에 도착해 보니 햇빛만으로는 충분하지 않았다. 그들은 오렌지도 지겨워졌고 아보카도 배나 다른 과일도 역시 지겨웠다. 재미있는 일이 없었다. 그들은 남아 돌아가는 시간을 어떻게 해야 할지 알지 못했다. 그들은 여가를 즐길 수 있는 마음가짐도 없었고 돈도 없었고 쾌락을 즐길 수 있는 신체 여건도 되지 못했다. 가끔 아이오와 피크닉이나 가기 위해 그토록 오래 노동을 했단 말인가? 그밖에 신

나는 일은 어디 없을까? 그들은 베니스에서 파도가 밀려들어오는 광경을 구경했다. 그들이 자란 곳에는 대부분 바다가 없었다. 하지만 파도라는 것은 한번 보면 그걸로 끝인 그런 물건이었다. 글렌데일의 비행기도 마찬가지였다. 비행기가 가끔 추락해 승객들이 '화염의 번제'(언론이 즐겨 사용하는 표현)로 바쳐지는 것을 볼 수 있다면 신날 것이다. 하지만 비행기는 결코 추락하지 않았다.

그들은 권태를 점점 더 견딜 수 없었다. 그들은 사기당했다는 것을 알고 분기탱천했고 매일 신문을 읽고 영화를 보러 갔다. 두 매체는 그들에게 린치, 살인, 성범죄, 폭파, 파편, 사랑의 둥우리, 화재, 기적, 혁명, 전쟁 등을 제공했다. 이런 정보를 날마다 제공받은 나머지 그들은 세련된 사람이 되었다. 캘리포니아의 태양은 농담에 지나지 않았다. 오렌지는 그들의 피곤한 혓바닥에 자극을 주지 못했다. 그들의 느슨한 몸과 마음을 팽팽하게 조여줄 수 있는 화끈한 것은 그 어디에도 없었다. 그들은 사기를 당했고 배신을 당했다. 그들은 말짱 헛것을 위해 노예처럼 일하고 뼈 빠지게 저축을 했던 것이다.

토드는 주차장의 낮은 담벼락에서 일어섰다. 그가 10분 정도 생각에 빠져 있는 동안 군중의 길이는 30피트나 더 늘어났다. 더 이상 지체하다가는 군중에 휩쓸려 옴쭉달싹하지 못하겠다는 생각이 들었다. 그는 길을 건너 되돌아가기 시작했다.

그는 호머를 깨울 수 없다면 어떻게 해야 할까, 생각했다. 그때 그는 군중들 위로 흔들거리는 호머의 머리를 보았다. 그는 황급히 그에게 달려갔다. 그의 행색으로 보아 뭔가 일이 단단히 잘못되어 있었다.

  호머는 엉성하게 만든 자동인형처럼 걸어가고 있었고 얼굴에는 경직된 기계적 미소가 감돌았다. 그는 잠옷 위에 바지를 입고 있었고 그나마 잠옷이 열린 바지 앞섶에 비어져 나와 있었다. 그의 양손에는 여행가방이 들려 있었다. 걸음을 한 걸음 내디딜 때마다 몸이 비칠거렸는데 양손의 가방이 간신히 무게중심을 잡아주었다.

  토드는 앞을 가로막으며 그를 멈춰 세웠다.

  "어디로 가는 겁니까?"

  "웨인빌." 그가 대답했다. 그 한 마디 말을 꺼내기 위해 그는 아주 크게 턱을 움직였다.

  "잘됐군요. 하지만 여기서 역까지 걸어갈 수는 없어요. 역은 로스앤젤레스에 있어요."

  호머는 그를 피해 가려고 했으나 그가 손목을 잡았다.

  "택시를 탑시다. 당신과 함께 가겠습니다."

  그러나 시사회 때문에 택시는 그곳을 피해서 우회하고 있었다. 그는 호머에게 그 사실을 말해주면서 그에게 코너까지 걸어가자고 말했다.

  "자, 어서 걸어요. 다음 블록에서는 택시를 잡을 수 있을 겁니다."

토드는 일단 그를 택시에 밀어 넣으면 그 다음에는 가까운 병원에 데려갈 생각이었다. 그러나 그가 아무리 사정을 하고 위협을 해도 호머는 꼼짝도 하지 않으려 했다. 사람들이 그들을 지켜보기 위해 걸음을 멈추었고 어떤 사람들은 이상하다는 듯이 고개를 돌려 쳐다보았다. 그는 호머를 그곳에 내버려두고 택시를 잡으러 가기로 했다.

"금방 돌아올게요."

토드는 호머의 눈빛이나 표정으로는 그가 자기 말을 알아들었는지 확신할 수 없었다. 눈빛이나 표정에는 고통이나 그 밖의 다른 어떤 기미도 전혀 보이지 않았다. 코너에 도착한 토드는 몸을 돌려 그를 쳐다보았다. 호머는 맹인처럼 움직이면서 길을 건너려 했다. 차들이 브레이크를 급히 밟는 소리가 났고 그는 두 번이나 차에 치일 뻔했다. 하지만 그는 비키거나 서두르지도 않았다. 그는 사선을 그리며 일직선으로 걸어갔다. 건너편 커브길에 도착한 호머는 군중들이 밀집되어 있는 보도 위에 올라서려다가 뒤로 홱 밀려났다. 그가 또다시 올라서려고 하자 이번에는 경찰이 그의 목을 거머쥐더니 줄의 맨 뒤쪽으로 보냈다. 경찰이 그를 놓아주자 그는 아무 일도 없었다는 듯이 다시 걸어가기 시작했다.

토드가 그에게 다가가려 했지만 신호등이 바뀔 때까지는 길을 건널 수가 없었다. 그가 길 건너로 달려가니 군중의 가장자리에서 50~60피트 떨어진 곳의 벤치에 호머가 앉아 있는 것이 보였다.

그는 호머의 어깨에 팔을 두르면서 몇 블록 더 걸어내려 가자고 제안했다. 호머가 대답을 하지 않자 그는 손을 내뻗어 여행가방 하나를 집어들려고 했다. 호머가 그 가방을 붙들었다.

"내가 들어줄게요." 그가 부드럽게 잡아당기며 말했다.

"도둑이야!"

호머가 다시 소리지르기 전에 그는 얼른 뒤로 물러섰다. 호머가 경찰 앞에서 도둑이라고 소리지르면 아주 난처한 상황이 벌어질 것이다. 토드는 앰뷸런스를 부를까, 하는 생각도 해보았다. 하지만 호머가 미쳤다는 증거가 어디에 있는가? 호머는 벤치에 조용히 앉아서 자기 일에 신경쓰고 있지 않은가.

토드는 일단 기다리면서 형편을 보아가며 다시 그를 택시에 태울 생각을 했다. 군중은 점점 수가 불어나고 있었지만 군중의 물결이 호머가 앉아 있는 벤치에까지 다다르려면 적어도 30분은 있어야 할 것 같았다. 그 전에 뭔가 방법을 마련해야 했다. 그는 약간 떨어진 곳으로 가서 가게 진열장에 등을 댄 채 섰다. 그렇게 하면 사람들의 이목을 끌지 않고서도 호머를 감시할 수 있었다.

호머가 앉아 있는 곳에서 약 10피트 떨어진 지점에 커다란 유칼립투스 나무가 있었고 그 나무 뒤에는 어린 소년이 서 있었다. 토드는 그 소년이 아주 조심스럽게 주위를 살피다가 갑자기 고개를 뒤로 홱 젖히는 것을 보았다. 잠시 후 소년은 그 동작을 되풀이했다. 처음에 토드는 소년이 술래잡기를 한다고 생각했다. 그러다가 소년이 손에 줄을 쥐고 있고 그 줄은 다시 호머가 앉아 있는 벤치 앞에 놓여진 낡은 지갑에 연결되어 있다는 것을 발견했다. 소년은 가끔씩 그 줄을 잡아당겨 그 지갑을 게으른 개구리처럼 튀어오르게 했다. 지갑의 틀어진 라이닝은 솜털 달린 혀처럼 지갑의 쇠고리 부분으로 비어져 나왔고 파리 몇 마리가 그 위를 날아다녔다.

토드는 그 소년이 벌이고 있는 게임을 잘 알고 있었다. 그도 어린아이였을 때 그 놀이를 자주 했다. 만약 호머가 그 안에 돈이 들어 있다고 생각해 그 지갑을 집어들려고 하면 그것을 홱 낚아채면서 까르르 웃어제치는 그런 게임이었다.

그 나무에 가까이 다가가 그 소년이 호머의 집 건너편에 사는 어도어 루미스라는 것을 발견하고 토드는 약간 놀랐다. 아이를 쫓아버리려 했지만 그 아이는 나무 옆으로 살짝 달아나면서 손감자를 먹였다. 그는 아이를 쫓는 것을 포기하고 원래의 자리로 되돌아왔다. 그가 방해하지 않자 어도어는 또다시 지갑을 호머 앞으로 던져 놓았다. 호머가 아이에게 전혀 신경을 쓰지 않았기 때문에 토드도 그 애를 그냥 내버려두기로 했다.

루미스 부인은 군중들 틈 속 어딘가에 있는가 보다, 하고 그는 생각했다. 오늘 밤 어도어를 발견하면 그녀는 아마 아이를 크게 혼내줄 것이다. 소년은 재킷의 호주머니를 찢어먹었을 뿐만 아니라 버스터 브라운 칼라에는 뭔가 지저분한 것을 묻히고 있었다.

어도어는 성질이 못된 아이였다. 호머가 그와 그 지갑 놀이를 완전히 무시해버리자 화가 난 그는 지갑 놀이를 그만두고 발끝으로 살금살금 호머의 벤치 쪽으로 걸어가 한번 인상을 써 보인 다음 호머가 움직이는 기색만 보이면 재빨리 달아날 생각이었다. 소년은 벤치에서 4피트쯤 떨어진 곳까지 왔을 때 걸음을 멈추고 혀를 쏙 내밀어 보였다. 호머는 그 아이를 무시했다. 아이는 한 발자국 더 내디디면서 온갖 상스러운 동작을 다 해 보였다.

만약 토드가 소년이 손에 돌을 들고 있다는 것을 알고 있었다면 아이를 쫓아버렸을 것이다. 하지만 호머가 소년을 때리지 않을 것이라고 확신한 그는 소년의 지분거리는 행동 때문에 혹시 호머가 무기력에서 깨어나지 않을까, 희망 섞인 기대를 하면서 벤치를 주시했다. 하지만 어도어가 팔을 쳐들었을 때에는 이미 너무 늦었다. 돌은 호머의 얼굴을 정통으로 맞췄다. 소년은 몸을 돌려 달아나려 했으나 뭔가에 걸려 넘어졌다. 아이가 다시 일어나 도망치기도 전에 호머가 뛰어오르며 떨어지는 힘을 이용하여 두 발로 아이의 등을 세게 짓밟았다. 그리고 다시 점프했다.

토드는 그에게 멈추라고 소리지르면서 그를 아이에게서 떼어내려 했다. 그는 토드를 옆으로 밀어내면서 다시 아이를 짓밟았다. 토드는 먼저 호머의 배를, 그리고 이어 얼굴을 세게 때리며 저지했다. 하지만 그는 그런 타격을 완전히 무시한 채 계속 아이를 짓밟았다. 토드는 계속 그를 때렸고 이어 양팔로 그의 어깨를 감싸안으며 그를 떼어내려 했다. 토드는 그를 떼어낼 수가 없었다. 그는 마치 거대한 석상 같았다.

그 다음 순간 그는 뒤통수에 강한 충격을 받고 옆으로 빙그르르 돌면서 호머로부터 떨어져나갔다. 극장 앞에 있던 군중이 달려든 것이었다. 그는 재빨리 움직이는 다리와 발에 의해 둘러싸였다. 그는 어떤 남자의 상의를 붙잡고 간신히 일어섰지만 긴 커브를 그리며 뒤로 떠밀려갔다. 토드는 호머가 하늘로 던져진 것처럼 군중들 위로 잠시 떠오르는 것을 보았다. 호머의 턱은 고함을 지를 듯이 떡 벌어져 있었지만 고함은 나오지 않았다. 어떤 사람의 손이 위로 올라와 호머의 벌어진 입을 꽉 움켜쥐더니 아래쪽으로 잡아당겼다.

또다시 눈앞이 어찔할 정도로 사람들의 물결이 밀려왔다. 토드는 눈을 감으면서 그 흐름 중에 똑바로 서려고 애썼다. 그는 사람들의 어깨와 등에 떠밀려 때로는 이 방향으로 때로는 저 방향으로 흘러가고 있었다. 그는 사람들을 밀고 때리면서 그 물결이 흘러가는 쪽으로 시선을 두려고 애를 썼다. 뒤로 떠밀려 가는 것은 그를 겁먹게 했다.

그는 유칼립투스 나무를 목표물로 정하고 그것을 꼭 붙들어야겠다고 생각했다. 그는 사람들의 흐름에서 가능한 한 옆으로 비어져 나가려고 몸부림을 쳤고 그 나무로부터 멀어지는 것 같으면 몸싸움을 하면서 그쪽으로 다가서려고 했다. 그러나 그 나무 전방 3~4피트 지점에 이르렀을 때 갑작스러운 강력한 흐름이 몰려와 그를 나무에서 멀어지게 했다. 그는 잠시 필사적으로 저항했지만 곧 포기하고 그 흐름에 몸을 내맡겼다. 그는 V자 형 흐름의 맨 앞부분에 있었는데, 그 흐름이 정반대 방향에서 오는 군중의 흐름과 충돌했던 것이다. 그 충격으로 그의 몸이 빙그르르 돌았다. 두 개의 흐름이 서로 맞부딪치자 그는 맷돌에 들어간 곡식처럼 빙글빙글 돌았다. 그가 상대방 흐름의 한 부분이 될 때까지 그 회전은 멈추지 않았다. 그 흐름의 압력이 점점 증가하여 그는 자신이 쓰러질지도 모르겠다고 생각했다. 그의 몸은 서서히 공중으로 들어올려졌다. 그렇게 올라감으로써 금이 간 듯한 갈비뼈의 고통은 잠시 완화되었지만 그래도 그는 땅 위에 발을 내려놓으려고 애를 썼다. 발을 땅에 딛지 못한다는 느낌은 뒤로 밀려가는 느낌보다 더 무서웠다.

또다시 흐름이 밀려왔으나 이번에는 아까보다 짧았다. 그는 압력이 줄어드는 막다른 곳으로 밀려갔다. 발목 바로 윗부분이 너무나 아파왔다. 그는 발목을 좀 더 편안하게 하려고 발목을 이리저리 돌려보았다. 몸을 돌리지는 못했지만 고개를 돌릴 수는 있었다. 웨스턴 유니온 전기회사의 모자를 쓴 바싹 마른 소년이 그의 어깨에 등을 대고 다리를 누르고 있었다. 고통은 점점 심해졌고 이제 사타구니에 이르기까지 다리 전체가 아파왔다. 그는 마침내 자유롭게 된 왼쪽 팔을 내밀어 그 소년의 뒷덜미를 꽉 잡았다. 그는 손아귀에 힘을 넣어 그 목을 세게 비틀었다. 소년은 팔짝팔짝 뛰기 시작했다. 그는 팔꿈치를 쫙 뻗어서 소년의 뒤통수를 밀어냈다. 그러면서 몸을 반쯤 돌려 눌린 다리를 자유롭게 풀어낼 수 있었다. 하지만 고통은 줄어들지 않았다.

또 다른 흐름이 밀려왔다가 또 다른 막다른 곳에서 멈추었다. 그는 이제 줄기차게 흐느껴 우는 어린 소녀와 마주보게 되었다. 그녀의 실크 프린트 드레스는 앞부분이 찢겨져 나갔고 자그마한 브래지어는 어깨 끈이 달랑 하나만 남아 있었다. 그는 자신의 몸을 뒤로 밀어 그 소녀에게 여유 공간을 주려 했지만 소녀는 그가 움직일 때마다 따라서 움직였다. 가끔씩 그녀가 몸을 부르르 떨었고 그는 혹시 소녀가 발작을 일으키는 것이 아닐까 생각했다. 그녀의 허벅지가 그의 다리 사이에 박혀 있었다. 그는 그녀를 떼내려고 애썼지만 그녀는 오히려 그에게 더욱 달라붙었고 그가 움직일 때마다 강하게 밀착해왔다.

그녀는 뒤에 있는 사람에게 고개를 돌리면서 말했다. "이러지 말아요, 이러지 말아요."

그는 그제서야 무엇이 문제인지 알 수 있었다. 파나마 모자를 쓰고 뿔테 안경을 쓴 늙은이가 그녀를 뒤에서 포옹하고 있었던 것이다. 그는 소녀의 드레스 속에 한 손을 넣었고 그녀의 목에 입술을 파묻고 있었다.

토드는 힘겹게 오른팔을 들어올려 그 늙은이의 머리에다 주먹을 날렸다. 세게 때릴 수는 없었지만 늙인이의 모자와 안경은 날려버릴 수 있었다. 늙은이는 소녀의 어깨에다 얼굴을 파묻으려고 했다. 토드는 그의 귀를 잡고서 세게 잡아당겼다. 그들이 들어 있는 군중의 흐름이 다시 움직이기 시작했다. 토드는 그 귀를 될 수 있는 대로 오래 잡고 있으면서 그 귀가 그의 손에 떨어지기를 바랐다. 소녀는 그의 팔 아래에서 제대로 움직일 수가 있었다. 드레스가 일부 떨어져 나가기는 했지만 그녀는 이제 파렴치한에게서는 벗어났다.

군중들 사이에 또 다른 경련이 지나갔고 그는 커브길로 밀려갔다. 그는 가로등을 목표로 하고 그것을 잡으려 했지만 이번에도 잡기 바로 전에 군중의 흐름에 밀려 스쳐지나가고 말았다. 그는 또 다른 남자가 찢어진 드레스의 소녀를 잡는 것을 보았다. 그녀는 도와 달라며 비명을 질렀다. 그는 그녀에게 다가가려 했지만 그가 들어 있는 군중의 흐름은 정반대 방향으로 밀려갔다. 그 흐름도 역시 막다른 곳에서 끝났다. 이곳까지 떠밀려온 그의 이웃들은 다들 그보다 키가 작았다. 그는 고개를 하늘 쪽으로 돌리면서 뻐근한 허파 속으로 신선한 공기를 집어넣으려고 애썼다. 하지만 허파는 온통 땀으로 얼룩져 있을 뿐이었다.

이 막다른 곳으로 밀려온 사람들 중에는 히스테리컬한 사람이 하나도 없었다. 사실 그들은 대부분 그 상황을 즐기는 듯했다. 가까운 곳에 뚱뚱한 여자가 있었는데 어떤 남자가 그녀의 정면에서 강하게 밀착하고 있었다. 남자의 턱은 그녀의 어깨 위에 있었고, 양팔은 그녀의 어깨를 감싸고 있었다. 그녀는 그에게 별로 신경을 쓰지 않고 옆에 있는 여자에게 말을 걸었다.

"순식간에." 토드는 그녀가 그렇게 말하는 것을 들었다. "사람들의 흐름이 밀려와 한가운데에 빠져들었어요."

"그래요. 누군가가 '여기 게리 쿠퍼가 온다'라고 말하자 이런 거센 흐름이 형성되었어요."

"그게 아니에요." 천조각 모자에 풀오버 스웨터를 입은 키 작은 남자가 말했다. "이건 폭동이에요."

"네." 뱀 같은 회색 머리카락이 얼굴과 어깨에 내려온 세 번째 여자가 말했다. "어떤 변태가 어린애를 공격했대요."

"그런 자는 죽도록 맞아도 싸요."

모두들 열렬히 공감했다.

"나는 세인트 루이스에서 왔어요." 그 뚱뚱한 여자가 말했다. "우리 동네에도 옛날에 그런 변태가 있었어요. 그 변태는 가위로 여자애의 몸을 마구 잘라버렸어요."

"그 자는 미친 놈이었겠군요." 모자 쓴 남자가 말했다. "그게 도대체 무슨 재미란 말입니까?"

모두가 웃음을 터트렸다. 뚱뚱한 여자는 그녀를 포옹하고 있는 남자에게 말했다.

"이봐요." 그녀가 말했다. "난 베개가 아니에요."

그 남자는 천진하게 미소를 지었을 뿐 움직이지는 않았다. 그녀는 남자의 포옹에서 벗어나려는 노력은 조금도 하지 않고 웃음을 터트렸다.

"신선한 친구야." 그녀가 말했다.

다른 여자가 웃음을 터트렸다.

"그래요." 그녀가 말했다. "지금 이 상황은 누구나 잡는 놈이 임자예요."

모자 쓴 남자는 변태에 관해 재미있는 논평을 해야겠다고 생각했다.

"여자애를 가위로 잘라버린다. 그건 연장을 좀 엉뚱하게 사용한 경우가 아닐까요?"

그의 말이 옳았다. 그들은 아까보다 더 요란하게 웃음을 터트렸다.

"당신은 좀 다르게 할 건가요?" 콩팥 모양의 머리와 왁스 먹인 콧수염의 젊은 남자가 말했다.

두 여인은 웃음을 터트렸다. 그들의 웃음은 모자 쓴 남자에게 용기를 주었고 그는 손을 뻗어 뚱뚱한 여자의 친구를 살짝 꼬집었다. 그녀는 비명을 질렀다.

"그만두지 못해요." 그녀가 별 악의 없이 말했다.

"난 떠밀렸습니다." 그가 말했다.

거리에서 앰뷸런스 사이렌 소리가 요란스럽게 울려퍼졌다. 그 구슬픈 소리에 사람들이 다시 움직이기 시작했고 토드는 천천히 떠밀려갔다. 그는 눈을 감으며 자신의 아픈 다리를 보호하려고 애썼다. 그 흐름이 다시 멎었을 때 그는 극장 벽에 등을 기대고 선 자기 자신을 발견했다. 그는 눈을 감고 성한 다리로 섰다. 몇 시간이 흘러간 듯 느껴질 즈음 사람들의 밀집 대형이 약간 느슨해지더니 다시 빙빙 돌면서 움직이기 시작했다. 사람들의 흐름은 곧 가속도를 얻어서 달려갔다. 그는 그 흐름에 떠밀려 가다가 극장 건너편 주차장의 쇠난간 기둥에 부딪쳤다. 그는 충격 때문에 숨이 막혀왔지만 그 난간에 꼭 매달려 사람들의 흐름 속으로 빨려 들어가지 않도록 필사적으로 발버둥쳤다. 어떤 여자가 그의 허리를 부여잡으면서 그에게 매달리려 했다. 그녀는 리드미컬하게 흐느껴 울고 있었다. 토드는 손가락이 난간에서 미끄러지는 것을 느끼고 거세게 뒷발질을 했다. 그 여자는 떨어져 나갔다.

다리의 통증에도 불구하고 그는 자신의 그림 '불타는 로스앤젤레스'에 대해 또렷하게 생각할 수가 있었다. 페이와 싸우고 난 후, 그는 자기 자신을 학대하는 것을 피하기 위해 그 그림을 꾸준히 그렸다. 그래서 그 그림에 대한 생각은 그의 머릿속에서 거의 자동적으로 진행되었다.

성한 다리로 서 있으면서 쇠난간에 꼭 매달려 있는 동안, 그는 그 거대한 캔버스를 채운 거친 목탄 스케치를 분명히 볼 수 있었다. 그림의 틀과 평행을 이루는 맨 위쪽에 그는 불타는 도시를 그렸다. 이집트에서 케이프 코드 식민지의 스타일에 이르기까지 다양한 건축적 스타일을 자랑하는 화염이었다. 그림 한가운데에는 왼쪽에서 오른쪽으로 감겨드는 기다란 언덕의 거리가 있고 전경 중앙에는 야구 방망이와 횃불을 든 군중들이 몰려갔다. 그 군중들의 얼굴로는 그가 무수하게 스케치한, 죽기 위해 캘리포니아에 온 사람들의 얼굴이 사용될 것이다. 가령, 각종(경제적, 종교적 등등) 컬트주의자들, 파도, 비행기, 장례식, 시사회 구경꾼 등이었다. 그 불쌍한 사람들은 기적의 약속을 믿고 움직였으나 결국엔 폭력으로 밀려갈 뿐이었다. 탁월한 닥터 피어스, '모든 것을 알고 모든 것을 꿰뚫어라'가 그럴 듯한 약속을 했으므로 그들은 이 땅을 정화하기 위한 남녀의 대연합전선 속에서 그의 기치를 내걸고 행진하면 되는 것이었다. 그들은 이제 더 이상 따분하지 않으므로 붉은 화염 속에서 즐겁게 노래를 부르고 춤을 추고 있는 것이다.

전경 맨 밑에는 씩씩하게 행진하는 군중의 첨병들 앞에서 남자와 여자들이 맹렬하게 도망치고 있다. 그 도망치는 남녀 중에는 페이, 해리, 호머, 클로드 그리고 토드 그 자신이 있다. 페이는 무릎을 높게 치켜들고 씩씩하게 달린다. 해리는 페이 옆에서 두 손으로 소중한 더비 모자를 꼭 부여잡고서 비틀거리며 따라간다. 호머는 캔버스에서 거의 사라질 듯한 모습이다. 그의 얼굴은 반쯤 잠들어 있고 그의 커다란 손은 고통스러운 팬터마임을 벌이면서 허공을 부여잡고 있다. 클로드는 달리면서도 고개를 돌려 그를 쫓아오는 자들에게 손감자를 먹이고 있다. 토드는 그들에게 던질 돌멩이를 집어들고 있다.

그는 그림 생각을 하느라고 자신의 아픈 다리와 곤란한 처지를 거의 잊어버렸다. 그의 도피를 더욱 완벽한 것으로 만들기 위해 그는 의자 위에 올라서서 캔버스 맨 위의 구석에 있는 화염을 작업했다. 불의 혓바닥을 더욱 선명하게 하면서 그 불의 혀가 너트버거 가게의 야자수 잎새 지붕을 떠받치는 코린트식 기둥을 더욱 거세게 핥게 했다.

불길 하나를 끝내고 다른 불길을 시작하려는데 갑자기 어떤 사람이 그의 귀에다 고함을 치는 바람에 그는 정신이 번쩍 들었다. 눈을 떠 보니 그가 붙잡고 있는 쇠난간 뒤편에서 경찰이 그에게 손을 내밀고 있었다. 그는 왼손을 놓으며 팔을 들어올렸다. 경찰은 그의 손목을 잡았지만 그를 들어올리지는 못했다. 토드는 난간을 잡은 오른손을 놓기가 두려웠다. 그때 어떤 사람이 다가와 토드의 상의 뒷부분을 잡으면서 경찰을 도와주었다. 그리하여 토드가 난간을 잡은 손을 놓자 두 사람은 그를 난간 위로 들어올렸다.

그들은 그가 일어서지 못한다는 것을 알고 땅 위에 주저앉게 해주었다. 그가 있는 곳은 극장의 드라이브웨이였다. 그 옆의 커브길에서는 어떤 여자가 스커트에 고개를 묻고 울고 있었다. 드라이브웨이의 벽을 따라 얼빠진 사람들 여러 명이 주저앉아 있었다. 드라이브웨이 끝에는 앰뷸런스가 서 있었다. 경찰이 그에게 병원에 가겠느냐고 물었다. 그는 머리를 저어 싫다고 하고, 다만 집까지 태워 달라고 부탁했다. 토드는 그 와중에도 침착성을 발휘해 클로드의 집 주소를 말해주었다.

그는 출구를 지나 뒷골목으로 나갔고 경찰차에 태워졌다. 사이렌이 크게 울리기 시작했다. 처음에 그는 자신이 그 소리를 내는 것이라고 생각했다. 그는 양손으로 자신의 입술을 만져보았다. 입술은 굳게 다물어져 있었다. 그제서야 소리를 내는 것은 자신이 아니라 사이렌이라는 것을 알 수 있었다. 이유는 알 수 없었지만 그것이 그로 하여금 웃음을 터트리게 했고 그는 가능한 한 커다란 목소리로 그 사이렌 소리를 흉내내기 시작했다.

□옮긴이의 말□

사랑과 폭력의 문제

1

 너새네이얼 웨스트가 죽기 일 년 전인 1939년에 나온 『메뚜기의 하루』는 그의 대표작으로 평가받고 있다. 또한 할리우드 주변의 인생을 다룬 소설로는 이 작품처럼 생생하게 그 생활을 묘사하고 있는 게 없다는 평가를 받고 있다. 이 작품은 랜덤하우스 출판사 산하의 모던 라이브러리 편집위원회가 선정한 '20세기의 위대한 영어 소설 100선'에 73위로 올라 있는 소설이다. 비슷한 수준에 오른 소설로, 조셉 콘래드의 『어둠의 한가운데』가 67위, 헤밍웨이의 『무기여 잘 있거라』가 74위, 솔 벨로의 『오기 마치의 모험』이 81위인 것을 보면, 이 작품이 20세기 영미문학에서 정전의 반열에 올라섰음을 알 수 있다.

 이 소설은 우선 제목부터가 재미있다. 우리말에 '메뚜기도 여름 한철이다'라는 말이 있듯이 이 제목은 무언가 덧없으면서도 슬프고 그러면서도 아름다운 이야기가 전개될 것 같은 예감을 준다. 또한 메뚜기 떼가 내습해 오는 날과 같은 자연의 맹렬한 힘, 혹은 그런 힘으로 상징되는 인간의 욕망(혹은 폭력) 등이 연상된다. 사실 이 소설에 나오는 사람들은 어딘지 모르게 메뚜기처럼 여름 한 철만 살고 말 것 같은 그런 맹렬한 사랑과 폭력을 보여주고 있다.

이 소설의 탁월함을 제일 먼저 알아본 사람은 1930년대 후반에 할리우드에서 시나리오 작가로 생계를 이어가면서 소설을 쓰고 있던 『위대한 개츠비』의 작가 스콧 피츠제럴드였다. 그는 이 소설을 읽고 이렇게 논평했다.

『메뚜기의 하루』는 아주 강력한 힘을 가진 인상적인 장면들을 많이 보여주고 있다. 나는 영화 시사회장 앞에 메뚜기 떼같이 몰려든 병적인 군중들의 묘사에 깊은 인상을 받았다. 여러 작중 인물들, 야망에 불타는 여배우, 할리우드 주변을 떠도는 삼류 인생들의 저 기이한 풍모, 기괴할 정도로 생생하게 그려진 배경 등에 대해서도 강한 인상을 받았다.

피츠제럴드의 지적처럼 이 소설에는 강력한 인상을 주는 멋진 장면들이 많다. 특히 여주인공 페이 그리너를 사랑하는 두 남자 주인공 토드 해케트와 호머 심프슨의 저 기이한 사랑의 방법은 이 소설의 하이라이트이다.

이 소설은 '불타는 욕망'을 주제로 할리우드 근처의 부나비 같은 인생을 하나의 거대한 벽화로 만들어낸다는 야망을 갖고 있다. 그리하여 할리우드로 몰려드는 수많은 사람들의 서로 다른 욕망의 모습을 보여주고 있다. 어떤 사람은 죽기 위해 할리우드로 오는가 하면 어떤 사람은 배우가 되기 위해 할리우드로 오고 또 어떤 사람은 투계로 노름돈을 따기 위해 할리우드로 오고 또 어떤 사람은 지루함을 죽이기 위해 할리우드로 오고 또 어떤 사람은 그저 존재하기 위해 할리우드 주위를 부나비처럼(혹은 메뚜기처럼) 떠돌아다닌다. 이런 수많은 군상들이 빚어내는 욕망의 형태는 저마다 다르다. 단지 메뚜기의 하루처럼 그들의 삶이 부질없이 불타올랐다가 사라진다는 점만이 유사하다. 이 불타는 욕망의 로스앤젤레스에 대하여 소설은 이런 인상적인 묘사를 하고 있다.

'불타는 로스앤젤레스'라는 그 그림 속에서 페이는 왼쪽 전경(前景)에 알몸의 여자로 나온다. 그녀는 광포한 군중들로부터 떨어져 나온 한 무리의 남녀에 의해 쫓기고 있다. 그 여자들 중 하나는 페이를 쓰러트리기 위해 돌을 던질 자세를 취하고 있다. 페이는 눈을 감은 채 달리고 있고 어렴풋한 미소가 그녀의 입 주위에 감돌고 있다. 얼굴에 나타난 꿈 같은 평온함에도 불구하고 그녀의 몸은 전속력으로 달리기 위해 팽팽한 긴장을 유지하고 있다. 그런 미소와 전력 질주라는 대조적 상황에 대해서는 이런 설명이 가능하다. 그녀는 그 맹렬한 추격전이 주는 해방감을 즐기고 있다. 그녀는 한동안 긴장하면서 숨어 있다가 그 긴장을 견디지 못한 나머지, 완전하고 무의식적인 공황 속에서 은신처로부터 뛰쳐나온 한 마리의 사냥감 새였다.(13장, p.113, 114)

그들은 이제 더 이상 따분하지 않으므로 붉은 화염 속에서 즐겁게 노래를 부르고 춤을 추고 있는 것이다.

전경 맨 밑에는 씩씩하게 행진하는 군중의 첨병들 앞에서 남자와 여자들이 맹렬하게 도망치고 있다. 그 도망치는 남녀 중에는 페이, 해리, 호머, 클로드 그리고 토드 그 자신이 있다. 페이는 무릎을 높게 치켜들고 씩씩하게 달린다. 해리는 페이 옆에서 두 손으로 소중한 더비 모자를 꼭 부여잡고서 비틀거리며 따라간다. 호머는 캔버스에서 거의 사라질 듯한 모습이다. 그의 얼굴은 반쯤 잠들어 있고 그의 커다란 손은 고통스러운 팬터마임을 벌이면서 허공을 부여잡고 있다. 클로드는 달리면서도 고개를 돌려 그를 쫓아오는 자들에게 손감자를 먹이고 있다. 토드는 그들에게 던질 돌멩이를 집어들고 있다.(27장, p.276)

이 소설은 '불타는 로스앤젤레스'라는 그림 제목이 시사하듯이 다양한 욕망이라는 주제를 다루고 있지만, 역자는 그 중에서도 사랑과 폭력의 문제에 중점을 두면서 이 소설을 읽어보려 한다.

2

작가가 어떤 사물을 묘사하고자 할 때 그가 사용할 수 있는 방법은 세 가지가 있다. 하나는 그 사물을 있는 그대로 객관적으로 그리는 것이고, 다른 하나는 그 사물에 대한 작가의 느낌을 사실적으로 전달하는 것이고 마지막 하나는 그 사물과는 전혀 관계없을 법한 이야기를 꺼내들어 그 사물을 간접적으로(그렇지만 더욱 절실하게) 전달하는 성동격서(聲東擊西)의 방법이다. 사랑이라는 주제에 접근할 때에도 위의 세 가지 방식은 그대로 적용된다. 가령 에릭 시걸의 『러브 스토리』는 사랑의 모습을 객관적으로 전달하려고 한 것이다. 서머싯 몸의 『해링턴의 빨래』는 사랑의 모습을 옆에서 관찰한 것을 전달한 것이다. 그리고 최근에 상영된 영화 〈오아시스〉는 전혀 사랑이 생겨나지 않을 법한 환경을 전면에 내세워 현실과 환상의 교묘한 착종을 통해 사랑이 아닌 것을 갖고 우회적으로 사랑을 말하고 있다.

『메뚜기의 하루』에 등장하는 토드 해케트와 호머 심프슨은 페이 그리너라는 여자를 사랑한다. 그런데 토드와 호머가 페이를 사랑하는 방식은 위에서 말한 세 가지 서술 방법 중 각각 두 번째와 세 번째에 해당한다. 토드는 페이를 쳐다보며 그녀에 대한 자신의 사랑을 관찰할 뿐, 그 사랑을 구체적으로 실현하지 못한다. 반면 호머는 전혀 사랑이 아닌 듯한 상황을 연출하면서 실은 그것이 사랑이라는 기이한 메시지를 전달하고 있다.

그러면 먼저 페이라는 여자를 살펴보고 이어 두 남자의 각각 다른 사랑에 대하여 살펴보기로 하자. 페이는 소설 속에서 남자를 죽이는 치명적인 여자(femme fatale)로 등장하고 있다. 이 치명적인 여자는 릴리스-보디발의 아내-클레오

파트라 – 살로메 – 모나리자 – 루크레지아 보르지아 등으로 이어지는, 서구의 전형적 성 페르소나(sexaul persona)인데 페이 그리너는 그런 전통에 속하는 여자이다. 소설은 페이를 이렇게 묘사하고 있다.

그녀의 초대는 즐거움이 아니라 어렵고 힘든 갈등으로의 초대였다. 그것은 사랑보다는 살인에 가까운 것이었다. 만약 어떤 남자가 그녀에게 몸을 내던진다면 그것은 마천루의 꼭대기 층 난간에서 허공을 향해 떨어지는 것과 같다.(3장, p.28)

이처럼 위험스러운 여자인 줄 알면서도 남자들이 그녀를 사랑할 수밖에 없는 것은 그녀가 아름답기 때문이다. 그녀의 아름다움에 대해서는 역시 아름다운 묘사가 소설 전편에서 전개되고 있다. 그 중 두 가지만 뽑아보면 다음과 같다.

그녀는 그에게 허리를 숙이면서 가볍게 쓰러지는 자세를 취했다. 하지만 피곤해서 그런 것은 아니었다. 그는 어린 자작나무가 정오에 햇빛을 너무 받아 그런 식으로 가볍게 쓰러지는 것을 본 적이 있었다.
"당신은 취했어요."
"제발."
"왜 이래요. 이거 놔요."
그에게 화를 내고 있는 그녀는 여전히 아름다웠다. 그녀의 아름다움이 나무의 그것과 마찬가지로 구조적인 것이기 때문에 더욱 그랬다. 그 아름다움은 그녀의 마음이나 머리에서 나오는 것이 아니었다.(17장, p.153)

그녀는 잠시 후 새로 산 꽃무늬 드레스와 그림이 그려진 모자를 쓰고 나타났다. 이번에는 그가 한숨을 쉴 차례였다. 그녀는 정말 보통 예쁜 것이 아니었다. 페이는 균형 잡힌 몸매를 뽐내며 문턱에 서서 뒷마당에 있는 두 남자를 내려다보았다. 그녀는 미소 짓고 있었다. 그것은 생각으로 오염되지 않은 순수한 미소였다. 그녀는 갓 태어난 듯했다. 그녀의 모든 것이 신선하고 촉촉했으며 곧 날아갈 듯 향기를 내뿜고 있었다. 토드는 갑자기 죽은 소가죽에 갇혀 있는 자신의 무감각한 발과, 무거운 펠트 모자를 든 채 끈적끈적하고 둔탁한 느낌을 주는 자신의 손을 생각했다.(19장, p.183, 184)

페이를 사랑하는 토드는 페이에게 '나와 자줘요'라고 말했다가 거부당하고 그 다음부터는 그녀를 강간하고 싶다는 반복적 충동에 시달린다. 사랑하는 여자를 강간하고 싶다는 충동은 일견 변태적인 것으로 보인다. 그러나 그 강간의 충동을 묘사한 장면은 어떤 심층 구조를 갖고 있는 듯하다. 왜냐하면 그 강간이 일상적 차원의 것이라기보다 상징적 차원을 가진 듯하기 때문이다. 가령 소설에서는 그런 느낌을 "그녀의 완벽성, 달걀과 같은 자기충족성(充足性) 때문에 그는 그녀를 깨트리고 싶다"(13장)라고 서술하고 있다. 또 다른 부분에서는 이렇게 묘사하고 있다.

그녀의 자기 충족성은 그를 불안하게 만들었고, 그 부드러운 표면을 주먹으로, 혹은 갑작스러운 몸짓으로 깨트리고 싶은 욕망은 억누르기 힘들 정도였다.
토드는 자기가 남들에게서 보았고 또 그림 속에서 묘사했던 저 고질적이고 병적인 냉담함이 자기 자신에게도 있는 것은 아닌지, 그렇기 때문에 어떤 자극을 받아야만 감수성이 눈을 뜨게 되고 그 때문에 페이를 쫓아다니는 게 아닌지, 하는 생각이 들었다.(19장, p.184)

우리는 토드의 강간 충동과 관련하여 페이를 묘사할 때 '자기충족성'이라는 말이 반드시 나오는 것에 주목하게 된다. 또 토드는 "어떤 자극을 받아야만 감수성이 눈을 뜨게 된다"라는 자의식을 토로하고 있다. 그리하여 우리는 여인의 자기충족성과 남자의 자의식(강간 충동)은 서로 관련된 것임을 알 수가 있다. 동시에 우리는 페이라는 여자가 그저 여자로만 제시된 것이 아니라 그것보다 더 큰 그림을 제시한다고 생각하게 된다. 다시 말해서 페이는 서구의 오랜 강박 관념인 '여자=감성=자연'(그 반대는 '남자=이성=문명')을 상징하는 존재가 아닌가 보여지는 것이다. 그리고 페이를 가리켜 '생각으로 오염되지 않은 순수한 미소' 혹은 '자작나무의 그것처럼 구조적인 아름다움'이라고 서술하는 것이 자연의 아름다운 측면이라면, 미겔과 페이의 음란한 춤(14장)이나 지저분한 암탉의 묘사 장면(20장) 등은 자연의 지저분한 면을 상징하는 것 같다. 이렇게 볼 때 페이는 자연의 객관적 상관물이 된다고 볼 수 있다.

그런데 여인을 자연과 동일시하고 여인의 몸을 '감추어진 것' '알 수 없는 것' '신비한 것'으로 해석해온 것은 서구 의식(意識)의 오랜 전통이었다. 그리하여 잭더리퍼(결국 잡히지 않은 19세기 말 런던의 살인범으로 여자를 살해하고 그 자궁을 꺼내어 나뭇가지에 걸어놓은 잔학한 연쇄 살인범)의 살인 행위도 '감추어진 어떤 것'을 드러내기 위한 것이라는 해석이 있는가 하면 히치콕의 영화 〈사이코〉에서 여자를 향해 칼을 휘두르는 복장 도착의 앤소니 퍼킨스도 여자(자연)의 자기충족성을 밖으로 드러내기 위한 것이라는 해석이 나와 있을 정도이다. 아무튼 이런 강간 충동에 바탕을 둔 토드의 사랑은 대상을 향한 사랑이라기보다는 그 대상을 향한 자신의 느낌에 대한 사랑처럼 읽힌다. 특히 식당에서의 강간 환상(26장)은 이러한 의심을 확인해준다.

페이를 사랑하는 또 다른 남자 호머는 단연 문제적인 인물이다. 그는 이 소설에서 강박증과 편집증을 앓고 있는 사람으로 나온다(22장의 '여기에 교회, 저기에 첨탑' 게임, 9장의 옷 입는 장면). 호머의 편집증은 영조대왕의 아들 사도세자의 의대증과 비슷한 것으로서 강한 스트레스를 받을 때 생기는 신경증이다. 물론 그 스트레스는 넓게는 존재의 조건으로부터, 좁게는 페이로부터 오는 것이다. 하지만 페이 이전에 로몰라 마틴이라는 여자로부터 받은 충격(9장)이 있어서 그는 여자에 관한 한 이미 커다란 상처를 입은 상태이다.

호머의 강박증을 읽으면 우리는 작가 웨스트가 했다는 다음과 같은 말을 생각하게 된다.

인간의 심리는 리얼리티와 아무런 관계도 없고 또 행동의 동기로 이용되어서도 안 된다. 소설가는 더 이상 심리학자가 아니다. 그러나 심리학은 훨씬 중요한 어떤 것이 될 수 있다. 심리학의 많은 사례 연구는 고대의 작가들이 신화를 사용했던 것과 동일한 방식으로 활용될 수 있다. 프로이트는 당신의 불핀치(신화 작가)이다. 당신은 그에게서 배울 수가 있다.

그러니까 웨스트가 프로이트의 사례 연구를 활용했다는 이야기인데 호머는 프로이트의 사례 연구 중 '쥐인간'에서 차용된 인물인 것 같다. 쥐인간의 증상은 대충 이런 것이다.

그녀(쥐 인간의 애인)가 떠나는 날 그는 길 위에 놓여 있는 돌에 발부리를 채였다. 그래서 그녀가 타고 있는 마차가 몇 시간 내에 같을 길을 지나다가 돌에 부딪쳐 혹시 그녀가 다칠지도 모른다는 생각에 의무감을 느껴, 그 돌을 길가로 옮겨 놓았다. 그러나 잠시 뒤 그는 이런 생각이 바보 같은 짓임을 깨달았다. 그래서 길가에 있는 돌을 길 위에 다시 올려놓아야 한다는 의무감을 느끼면서 돌을 다시 원래의 자리에 가져다 놓았다. 그는 지쳐서 나가떨어질 때까지 이 행동을 무수히 되풀이했다."

　자신의 애정과 관련하여 이렇게 하지도 저렇게 하지도 못하는 강박적 반복 충동에 빠진 쥐인간의 사례는 페이 그리너라는 아름다운 여자에게 일방적으로 박해를 당하면서도 사랑할 수밖에 없는 호머의 강박증을 잘 설명해준다. 여기에 로몰라 마틴에게 당한 정신적 강간까지 겹쳐져 있어서 호머는 일종의 학습된 무기력의 상태에 빠져 있다. 사랑에 관한 한, "나는 안 돼" "나는 실패작이야" 하는 자의식에 빠져 있는 것이다. 웨스트는 호머의 그런 마음을 도마뱀과 파리의 장면(10장)에서 잘 제시하고 있다. 이 장면에서 "자신이 개입해야겠다는 생각은 전혀 하지 않았다"는 것은 학습된 무기력의 상태를 잘 말해준다.
　이런 무기력 상태에 빠진 사람에게 과연 사랑의 희망이 있을까. 이런 호머의 상태에 대하여 소설은 이렇게 말하고 있다.

　아직 희망을 갖고 있는 사람들만이 눈물의 혜택을 받는다. 울고 나면 기분이 좋아지는 것이다. 하지만 호머처럼 희망이 없는 사람, 견고하고 영원한 고뇌를 앓고 있는 사람에게 눈물은 아무런 소용이 없다. 그 어떤 것도 그들의 삶을 바꾸어 놓지 못한다. 그들은 이 사실을 알고 있지만 그래도 울음을 멈추지 못하는 것

이다.(12장, p.102)

    이런 호머가 사랑에 빠지기 때문에 그것은 마치 정신과 의사가 정신병에 걸리는 것처럼 문제적 상황이 되는 것이고 그래서 독자에게 의미 있는 읽기를 제공하는 것이다. 그런데 호머의 사랑은 독자에게 직접적으로 노출되는 것이 아니라 페이를 사랑하는 또 다른 남자 토드의 눈을 통하여 독자에게 제시된다. 따라서 우리는 호머의 눈, 토드의 눈, 우리의 눈, 이렇게 세 겹의 동심원을 그리는 눈을 통해 페이라는 여자를 바라보면서 그 여자에 대한 사랑을 복합적으로 이해하게 된다.

    페이라는 여자가 우리에게 인상적인 인물로 각인되는 것은 그녀의 아버지 해리 그리너 때문이다. 해리 그리너는 자신의 연기(꿈)가 인생인지, 혹은 인생이 연기인지 경계선 위에서 살아가는 코미디언이다. 그의 아내는 동료 배우와 바람이 나서 달아나버리고 그는 어린 딸과 부정기적인 자그마한 수입과 사람들의 멸시 등을 부담으로 안은 채 힘겹게 살아간다. 이런 생활의 고통을 견디는 전략으로 그는 연기를 선택한다. 가령 슬픈 일이 있으면 웃는 것으로 대신하고, 괴로운 일이 있으면 즐거운 태도로 가장하는 것이다. 인생과 연기가 뒤죽박죽된 부녀의 이런 삶은 호머의 집에서 벌어진 부녀의 격돌(11장)에서 생생하게 드러나고 있다. 부녀는 서로 사랑하면서도 조롱, 냉소, 풍자 등 상대방에게 고통을 주는 방식이 아니고서는 그 사랑을 표현하지 못한다.

우리는 이 장면을 읽으면서 페이와 해리 그리너의 부녀간에 표현되는 저 기이한 사랑의 표현 방법에 충격을 받게 된다. 그러면서 그것이 우리의 머릿속에 일으키는 생생한 기억의 환기에 주목하게 된다. 왜냐하면 대부분의 사람은 성장과정에서 사랑과 관련된 고통의 기억을 간직하고 있기 때문이다. 그것을 프로이트는 가족 로망스(family romance)라고 하였는데 사랑에 관한 한, 우리는 언제나 늘 사랑이 부족하거나 혹은 너무 많은 상태로 성장한다는 것이다. 그리하여 부녀의 싸움 장면은 울고 싶은 사람에게 뺨을 때려주는 것처럼 우리의 부족했던 사랑(혹은 넘치는 사랑)의 기억에 호소하여 그것을 의식 속으로 표출시켜 소산(消散)시키는 효과를 갖는다.

페이 부녀의 이런 싸움은 전형적인 예술적 리얼리티라고 할 수 있다. 실제 생활 속의 부녀가 이처럼 싸운다면 그것은 전혀 아름다운 장면이 되지 못했을 것이다. 그러나 우리의 기억 속에 호소하여 되살아나는 저 기이한 사랑의 표현은 예술적 거리감(저장된 기억의 환기)이 이루어낸 빛나는 성과이다. 일찍이 오스카 와일드는 『거짓말의 파멸』이라는 에세이에서 "예술은 그럴 듯한 진짜를 묘사하는 것이 아니라 실재하지 않는 가짜를 그럴 듯한 진짜처럼 창조하는 것이다"라고 말했는데, 페이 부녀의 사랑은 "실재하지 않는 가짜가 그럴 듯한 진짜"처럼 읽히는 경우이다.

부녀의 이러한 사랑 표현 방법을 우리가 주목하게 되는 것은 그것이 나중에 페이와 호머의 생활에서 다시 되풀이되기 때문이다. 아버지와의 비틀린 사랑 표현 때문에 그토록 괴로움을 당한 여자가 나중에 자신이 그런 가해를 하는 아주 역설적인 입장에 놓이게 되는 것이다. 이것은 남편이 아내를 때리는 집안에서 태어난 아들이 나중에 커서 자기 아내를 구타하는 것과 비슷한 현상이다. 그런데 우리는 이 폭력이 토드-페이-호머의 사랑을 연결하는 점에 주목하게 된다. 단지 다른 것이 있다면 토드는 페이를 강간(폭력)하고 싶어하지만 호머는 페이로부터 일방적으로 폭력을 당한다는 점만이 다를 뿐이다.

왜 사랑이라는 좋은 감정이 폭력으로 기울어지는 경향을 보일까? 작가 웨스트는 "인간의 연민은 곧 증오로 변질된다"는 얘기를 『메뚜기의 하루』에서도 말하고 있고 또 전작인 『미스 론리하트』에서도 언급하고 있다. 다시 말해서 사랑이라는 감정은 손쉽게 폭력으로 바뀔 수 있다는 것이다. 폭력이 소설 속에서 가장 생생하게 묘사되어 있는 부분은 투계 장면(21장)이다. 페이 부녀의 다툼 장면 못지 않게 인상적인 이 장면은 자연의 비인간적인 힘을 상징하는 것인가 하면 동시에 인간의 욕망의 힘을 상징하는 것이기도 하다. 투계 장면과 지저분한 암탉을 묘사한 장면과 호머에게 야비하게 대하는 페이의 태도를 같이 읽어보면 지저분한 암탉은 곧 페이를 가리키는 것이라고 단정할 수 있다. 페이는 어린 자작나무처럼 아름다운가 하면 부스럼 투성이의 암탉처럼 지저분한데, 이는 페이라는 여자를 통해서 자연의 몰도덕성(아름다우면서 동시에 추한 모습)을 상징하려는 것처럼 보인다. 다시 말해서 자연에는 아름다움과 추함이 동시에 있으며 거기에는 인간 사회의 한계에 둘러싸인 인간이 성취할 수 없는 자기충족성이 깃들어 있다는 뜻이다. 토드가 그처럼 깨트리고 싶어했던 페이의 자기충족성은 다름 아닌 자연의 그런 무정형성을 가리키는 것이다.

작가 웨스트가 페이를 내세워 자연의 폭력성을 이처럼 구체적으로 묘사한 것은 소설 후반에서 터져 나오는 군중들의 폭력이 메뚜기 떼의 그것처럼 자연의 힘이며, 인간의 욕망(더 나아가 사랑)도 그에 못지 않은 자연의 힘이라는 것을 보여주기 위한 것으로 보인다. 다시 말해 인간의 사회가 아무리 구속하려고 해도 제어하지 못하는 군중의 폭력적인 힘이 있다는 것이다.

그들은 야만적이었고 또 사나웠다. 중년이거나 노인인 사람들이 특히 더 했는데 그것은 권태와 실망감 때문이었다.

그들은 책상, 카운터, 들판, 따분한 기계 등에서 평생 힘들고 고통스러운 일을 해왔다. 그리하여 푼푼이 돈을 모아 충분히 저축했을 때 그들이 누릴 수 있는 여가를 꿈꾸어왔다. 마침내 그 날이 왔다. 그들은 10달러 혹은 15달러의 주급을 꺼내어 쓸 수 있다. 이럴 때 햇빛과 오렌지의 땅인 캘리포니아 말고 어디로 가겠는가?

그러나 일단 그곳에 도착해 보니 햇빛만으로는 충분하지 않았다. 그들은 오렌지도 지겨워졌고 아보카도 배나 다른 과일도 역시 지겨웠다. 재미있는 일이 없었다. 그들은 남아 돌아가는 시간을 어떻게 해야 할지 알지 못했다. 그들은 여가를 즐길 수 있는 마음가짐도 없었고 돈도 없었고 쾌락을 즐길 수 있는 신체 여건도 되지 못했다.〔……〕

그들은 권태를 점점 더 견딜 수 없었다. 그들은 사기당했다는 것을 알고 분기탱천했고 매일 신문을 읽고 영화를 보러 갔다. 두 매체는 그들에게 린치, 살인, 성범죄, 폭파, 파편, 사랑의 둥우리, 화재, 기적, 혁명, 전쟁 등을 제공했다. 이런 정보를 날마다 제공받은 나머지 그들은 세련된 사람이 되었다. 캘리포니아의 태양은 농담에 지나지 않았다. 오렌지는 그들의 피곤한 혓바닥에 자극을 주지 못했다. 그들의 느슨한 몸과 마음을 팽팽하게 조여줄 수 있는 화끈한 것은 그 어디에도 없었다. 그들은 사기를 당했고 배신을 당했다. 그들은 말짱 헛것을 위해 노예처럼 일하고 뼈 빠지게 저축을 했던 것이다.(27장, p.262, 263)

여기서 작가 웨스트는 그런 권태와 무감각 때문에 폭력이 터져나온다는 것을 주장하면서 병든 현대 사회를 고발하고 있다. 처음에 토드와 호머의 병든 사랑을 제시하고, 페이라는 여자를 통해 자연의 몰도덕적인 모습을 제시한 다음, 그것을 사회와 자연의 대립이라는 주제로 확대하여 '불타는 로스앤젤레스'의 벽화를 완성하면서 이 소설은 끝을 맺는다.

3

 이 소설을 처음 읽었을 때 역자는 그 강렬한 장면의 계속적인 등장에 굉장히 충격을 받았다. 호머와 로몰라의 사건, 호머와 도마뱀, 페이 부녀의 싸움, 투계 장면, 페이와 미겔의 춤 장면, 호머의 강박증 장면, 토드의 강간 환상 등을 읽을 때마다 그 선명한 장면 묘사에 깜짝깜짝 놀라곤 했다. .

 우리는 슬프거나 충격적인 영화를 보면 관람하는 순간에는 잘 모르지만 한참 뒤에 그 슬픔과 충격이 오히려 힘이 되는 것을 느낀다. 가령 얼마 전에 상영된 한국 영화 〈나쁜 남자〉는 폭력과 매춘이 난무하는 끔찍한 충격의 영화이지만, 시간이 좀 지나면 깨어진 유리를 들고 남을 찌르려고 하는 주인공의 폭력적 눈빛과 반투명의 유리 속으로 자신이 사랑하는(혹은 사랑한다고 추정되는) 여자를 지켜보는 남자의 부드러운 눈빛이 겹쳐지면서 "아, 사랑은 저처럼 처절한 거로구나!" 하는 느낌과 함께 우리의 내부에 어떤 감정이 환기되는 것을 느끼게 된다.

 토드에 의해서 매개된 호머의 슬픈 사랑 이야기도 그런 감정을 환기하는 효과가 있는 듯하다. 페이 그리너라는 아름다운(때로는 징그러운) 여자의 초상도 오래 기억될 것 같다. 무엇보다도 미국이라는 사회에 사는 보통 사람들의 권태로운 일상을 폭력에 빗대어 이처럼 생생하게 묘사했다는 것이 이 소설의 포인트인 것 같다.

마지막으로 이 소설을 『미스 론리하트』와 함께 읽으실 것을 권하고 싶다. 『미스 론리하트』에는 질서와 무질서/ 언어와 지혜/ 고통과 구원/ 섹스와 폭력이라는 네 가지 주제가 다루어져 있는데, 『메뚜기의 하루』에서는 그 마지막 주제인 섹스와 폭력을 비교적 소상하게 다루고 있다. 이 두 소설을 함께 읽어보면 작가의 관심사가 얼마나 폭넓게 펼쳐져 있는지 잘 알 수 있으며 또 그가 앞으로 추구하려고 했던 주제가 얼마나 다양한 것인지 짐작해볼 수 있다. 특히 이 소설의 주인공인 토드와 호머라는 인물을 이해하는 데에는 미스 론리하트라는 인물이 많은 단서를 제공하고 있다. 독자들이 이 두 소설을 통해 인생과 사회와 자연에 대하여 깊은 통찰을 얻게 되기를 바란다.

너새네이얼 웨스트 연보

1903 10월 17일, 뉴욕에서 태어났다. 본명은 내선 웨인스타인(Nathan Weinstein). 아버지의 직업은 건설업자였다. 부모는 모두 러시아에서 태어난 유대계로 미국에 이민 왔다.

1920 3년 연속 학업 성적이 좋지 않아 드위트 클린턴 고등학교를 졸업하지 못하고 그만두었다.

1921 9월 가짜 고등학교 졸업증명서를 이용해 터프츠 대학교에 입학했다.

1922 또다시 가짜 고등학교 졸업증명서를 이용해 브라운 대학교로 전학했다.

1924 6월 브라운 대학교 영문학과를 졸업했다.

1925~1927 1925년 10월부터 1927년 1월까지 15개월간 파리에서 거주했다. 이때 이름을 법적으로 너새네이얼 웨스트로 바꾸었다.

1927~1930 뉴욕으로 돌아와 호텔 매니저로 일했다. 이때 대실 해멋(Dashiell Hammett), 제임스 패럴

(James T.Farrell), 어스킨 콜드웰(Erskine Caldwell) 같은 곤궁한 작가들에게 무료로, 혹은 싼값으로 방을 내주었다.

1931	처녀작 『발소 스넬의 꿈 같은 생활 *The Dream Life of Balso Snel*』을 500부 한정판으로 발표했다. 이 소설은 트로이의 목마 안에 들어간 온갖 기괴한 인물들의 이야기이다.

1932	소잡지 《콘택트 *Contact*》를 시인 윌리엄 칼로스 윌리엄스(William Carlos Williams)와 함께 편집했다. 이때 『미스 론리하트 *Miss Lonelyhearts*』 초고를 발표했다.

1933	『미스 론리하트』를 출판했다. 그러나 출판사의 도산으로 이 작품은 널리 알려지지는 못했다. 할리우드로 가서 콜럼비아 스튜디오의 계약 시나리오 작가로 일했다.

1934	『에누리없는 100만 달러 *A Cool Million*』를 발표했다. 이 소설은 자신이 옳다고 여긴 일을 했지만 그로 인해 오히려 더욱 타락하게 된 주인공을 통

해 미국인의 호레이쇼 앨저 성공 신화를 신랄하게 비판하고 있다.

1936   리퍼블릭 스튜디오의 시나리오 작가로 일하다가 나중에 R. K. O와 유니버설에서 근무했다.

1939   영화 산업 주변의 사람들을 다룬 소설 『메뚜기의 하루 The Day of the Locust』를 출판했다. 많은 문학 비평가들은 이 작품이 할리우드를 배경으로 한 소설들 중에서 최고의 소설이라고 생각하고 있다.

1940   4월 19일, 캘리포니아의 베버리힐스에서 아일린 매케니(Eileen McKenney)와 결혼. 매케니는 루스 매케니가 쓴 인기 있는 소설(후에 영화와 연극으로 만들어짐) 『나의 누이 아일린 My Sister Eileen』(1938)의 주인공이다.

12월 22일, 멕시코에 주말 사냥 여행을 갔다가 돌아오는 길에 캘리포니아 주 엘센트로 근처에서 부인과 함께 교통사고로 사망했다.